歴史と文学の王朝時代史

古典に時代を読む

木村茂光

吉川弘文館

目　次

第Ⅱ部　王朝時代の政治と社会

序章　一〇世紀の転換と王朝国家

はじめに

「一〇世紀の転換」というテーマは、石母田正の提起以来、[1]戦後歴史学の重要課題の一つであった。この提起を受けて高尾一彦・戸田芳實・坂本賞三らによって理論的・実証的な研究が深められ、[2]古代から中世への移行期の国家として「王朝国家」という概念が創出された。移行期独自の国家概念が提出されることによって、中世成立期の研究が飛躍的に前進したことは改めていうまでもない。[3]

一九九〇年代後半になって、主に古代財政史研究の立場から当該期の再評価が試みられ、王朝国家論が九世紀末・一〇世紀初頭に画期性を見出すのに対して、最近ではそれを一〇世紀後半に求め、一〇世紀後半以降の国家を「後期律令国家」として評価しようとする研究[4]や、これとは逆に前期摂関政治を「律令政治の最終段階」と把握し、一〇世紀後半以降の後期摂関政治を「初期権門政治」と理解すべきだとする研究も現れている。[5]これらの研究に触発されて、多様な論点の提起と新たな実証的成果が蓄積されつつある。

しかし、王朝国家論が富豪層論など在地社会の変化に着目して提起されていたのに対して、近年の研究が財政論・官人論など貴族社会からの視点が強いため論点が十分にかみ合っていない印象があったが、[6]最近、吉川真司が戸田の業績に真正面から取り組み批判を試みていることは、その克服の作業として評価しうる。[7]

だがやはり、残念ながら吉川らの研究には富豪層論など変革主体の究明という視点が含まれていない。移行期研究にとって変革主体の分析は不可欠であるという王朝国家論の立場から、再度一〇世紀の社会変革の意義を考え直してみることにしたい。

一　九世紀後半の社会矛盾と対応

1　九世紀後半の社会矛盾

九世紀後半の反律令闘争の主体として評価されたのが富豪層である。[8]彼らは浪人として律令制的負担から逃れつつ、蓄積した稲穀・牛馬などの動産を営田と出挙に投下し周辺の百姓や浪人を自らの経営に包摂するとともに、一方では、周辺百姓の調庸の代輸を通じて納税請負人になるなどして、律令制支配の根幹である班田制と戸籍・計帳にもとづく支配体制を崩壊させた。そして政治的には、院宮王臣家や官衙諸司などと結び付き、広範に反律令闘争を展開したのである。戸田がその具体的な外皮として評価したのが、九世紀後半における「初期荘園」（=反律令的大土地所有）の激増と「群盗」（=反律令人民闘争）の多発であった。[9]

私も、貞観年間（八五九〜八七六）頃より問題化する「勘籍人《かんじゃくにん》」の増大に着目し、当該期の社会矛盾の特質を考えたことがある。[10]勘籍人とは「蠲符《けんぷ》（課役免除の官省符）に依って不課に入る丁」[11]のことで、貞観九年（八六七）には近江・丹波両国の式部・治部・兵部三省の「蠲符雑色人」の増加が問題になり、昌泰四年（九〇一）頃の播磨国においては「此の国の百姓過半は是六衛府舎人」といわれるほどであった。(12) 富豪層が集団的に下級官人化・家司家人化することによって合法的に大量の不課戸を生み出し、人身支配体制を崩壊させるような状況が作り出された。

九世紀後半の社会矛盾を示すもう一つの現象は王臣家の家政機関の整備である。その具体的な事象が「家牒《けちょう》」の成立である。「家牒」が公的な性格を獲得する契機になったのは貞観一〇年（八六八）の家印の公認であった。(13) この眼目は、家印の公認によって家司を官司として封戸調庸物の未進を防ぐところにあったが、逆に公的性格を有する「家牒」の成立をもたらし、地域社会における王臣家の活動に合法的側面を与えることになった。言い換えれば、「家牒」を用いることによって、対外的に王臣家の「家」としての自立が合法的に認定されるとともに、家司制も整えられ家産制機構の整備が進められたのである。

そのうえ、当該期の王臣家は自らの行動を実現するため独自の強制機構をもっていた。王臣家による私的な裁判の実施、王臣家の使者による武装した火長《かちょう》の随身と横暴、私的な「非違検察」の執行による郡司・雑色人の追捕・監禁などによく現れている。(14)

このように、九世紀後半の王臣家は公認の家印をもって家牒を発し、家司制を整備して独自の強制機構をもち、その家政権力のもとに反律令闘争を展開していた富豪層を包摂していたのである。私的権門の登場といっても過言ではないであろう。

在地社会では富豪層の活動が活発化し、それに対応する国司の「国例」政策と相まって（後述）、律令制的な支配体制が実質的に崩壊しつつあった。院宮王臣家においては、富豪層との結託を基礎に独自の家政機関を発展させ権門化しつつあり、貴族層の分裂の危機が醸成されていた。

2　九世紀後半の国家的対応

九世紀後半の貴族政権はこのような危機を克服する課題に直面していた。なかでも国内支配を任され、政策と現実との矛盾に直面していた国司は現実的な対応を迫られた。その国司が採用したのが「国例」であった。「国例」は貞観年間（八五九～八七八）から頻出するようになるが、「不レ論二土浪人一」という文言に象徴的なように、土人＝百姓はもちろん、国衙支配から逃脱していた浪人＝富豪層をも収取や用役の対象に組み込むことを目的とした法令であった。すなわち、それまでのように富豪層の経営や活動を否定するのではなく、逆にそれを容認したうえで疲弊した班田農民に代えて彼らの経営を収取の対象に組み込み、収取体制を立て直そうというのであった。

そしてこの「国例」はたびたび「某国の例に任せて」と記されているように、同じような矛盾を抱えていた諸国でも適用されるようになり、地方支配の再編を目指しながらも、実質的には律令制的収取体系の崩壊を推し進めることになったのである。(15)

「国例」の採用だけで富豪層問題が解決したわけではない。問題は支配層の分裂の危機を内包していた王臣家と彼らの私的結合を分断することであった。

政府がとった対応の第一は増え続ける勘籍人の固定化である。前述の貞観九年（八六七）の近江・丹波両国の訴えに対して毎年それぞれ一〇〇人、五〇人に限定することが命じられているし、延喜九年（九〇九）には五畿七道諸国に居住する宿衛らの「貫属」を注進する宣旨が出されている。(16)また、同一四年（九一四）の三善清行「意見封事十二箇条」でも、勘籍人の定数の固定化（第九条）や勘籍人の本国との往還の禁止と居住空間の固定化（第一一条）が要求されている。(17)

この時期、移動の禁止と居住空間の固定化が図られたのは勘籍人だけではない。寛平年間（八八九〜八九七）頃より京・山城と畿内・畿外との通行を遮断しようという動きが活発化する。具体的には寛平三年（八九一）九月一一日に発布された二通の官符（寛平三年新制）、「まさに京戸子弟外国に居住するを禁制すべき事」と「まさに外国百姓京戸に奸入するを禁制すべき事」である。(18) 京から外国へ、外国から京へというまったく正反対方向の通行が同時に禁止されている。また、寛平七年には五位以上の前司が本任国に留住したり、たやすく畿外に出ることが禁止された。(19)

そして、それに続いて約一ヵ月後の一二月三日には、

まさに五位以上及び孫王輙《たやす》く畿内に出るを禁止すべき事

を命ずる官符が発布された。(20) これは先の一一月七日官符とは異なって、五位や孫王が「畿外」ではなく「畿内」に出ることを禁止している点に注目しなければならない。(21) 実際、本文には「今聞くならく、畿内百姓の愁歎極まりなし。（中略）其の尤も甚だしきは、権貴雑居しややもすれば煩苦をなす。宜しく件の輩の輙出を禁止し、稍か民意を慰むべし」とあって、この官符が五位や王孫の部内雑居による畿内百姓の愁歎を慰めることに目的があったことは明らかである。

そして、この官符の意図は本文中に記された例外規定に如実に示されている。一つ目は、会坂関、山崎・淀・泉河ら北涯、摂津丹波ら国堺、大兄山南面に限られた山城国境内の移動は制限しないと明記されていることである。ということは、この境界より外への移動は規制を加えるという意味になろう。二つ目は、氏人が大和国の春日社・興福寺・薬師寺らの祭礼、さらに畿内にある氏神社の祭祀のために山城以外の畿内に出ることは例外として認めるとあることである。とくに氏神祭への参加に対しては「意に任せて留連し、日を経て遊蕩するを得ざれ」と注記されているほどである。

そして、この「畿内輒出禁止令」は突発的な政策ではなく、計画的に実行されたと思われる。というのは、前年の一一月三〇日には検非違使に大井・淀・大津を一〇日ごとに巡検することが命じられているし、[22]「畿内輒出禁止令」が出されたその日に、官符の上卿であった大納言兼民部卿源能有が「五畿内諸国別当」に任命されているからである。[23]さらに、翌年四月二日と一三日には山城国問民苦使平季長の奏状を受け、能有と菅原道真が上卿となって四通の太政官符が出されているが、季長の奏状は山城国内の諸郡司解と諸郷百姓愁状を受けて作成されたものであり、かつ官符四通のうち三通は王臣家の横暴を阻止する官符であった。[24]王臣家の部内雑居による山城国内の百姓の「愁歎」を慰めることに目的があったことは間違いない。山城国問民苦使は「畿内輒出禁止令」を実際に執行するために任命されたと評価できよう。

以上のような状況から判断して、「畿内輒出禁止令」の発布と能有の五畿内諸国別当の就任、さらに季長の山城国問民苦使任命と派遣は一連の政策であったことは間違いない。寛平三年頃より京・山城とその外の国との通行を制限しようという政策が現れはじめ、それは寛平七年末の「畿内輒出禁止令」をもって一つの達成を迎えたのである。

このような傾向は固関《こげん》の儀の変容などでも確認できる。平安時代に入るにしたがい三関（越前愛発・美濃不破・伊勢鈴鹿）固関の軍事的役割が低下し、固関の儀における山城国境の宇治・淀・山崎の役割が大きくなった。また、延喜一四年（九一四）に初見する四堺祭が和邇・会坂・大枝・山崎の山城国境で行われ、また大索《おおあなぐり》も会坂・龍華・山崎・大江・宇治・淀で行われた。固関の儀、四堺祭、大索においても京・山城国境に焦点が置かれるようになった。[25]

次は「結保帳」の作成である。京内における保長制は貞観四年（八六二）に実質的に開始されたが、貞観九年二月二三日には「盗賊群起」による混乱を防ぐため「畿内」の「郷毎に結保」することが国司に命じられ、同年三月二四日には同じく全国的な保長制の施行命令が出されている。[26]京内・畿内を中心に全国的に保長制・結保制が施行されて

いった。(27)

そして、昌泰二年（八九九）には京中に限定して結保制が命じられた。六月四日の太政官符では、左右京ごとに各一巻の「結保帳」（保籍）を作成すること、「諸院諸司以下六位院司官人」を保長に任命すること、欠員になった場合は京職が「保内の事に堪うる者」を選んでその任に当たらせることなどが命じられている。(28)その徹底ぶりと罰則の厳しさは政府の強い意志を現している。

京・山城とそれ以外の国々とを分断しその通行を制限しながら、それぞれ結保帳作成を進めることによって新たな人民支配体制を実現しようとしたのである。

以上のように、富豪層の運動と院宮王臣家の権門化によって惹起された貴族社会の分裂の危機を克服するために、富豪層の賦課対象への取り込みや勘籍人の固定化などが実施されたが、なかでも、富豪層と王臣家との結合を分断するために、京・山城と「外国」との通行が厳しく制限されたことは重要である。そして、それに対応して京中・山城国内に対する支配も強化された。この結果、律令制的な貴族政権は京・山城国を直接的な権力基盤とする都市王権へと大きく転成することになった。(補注1)

二　光孝・宇多朝の政治的意義

1　光孝朝の成立と王統の再建

京・山城国とそれ以外の国を分断しつつ、京・山城を直接的な権力基盤とすることによって、貴族社会の分裂の危機を乗り越えようとする政策が遂行されている頃、王権にも大きな変化が起こった。それは承和の変（八四二年）を契機に成立した文徳王統が三代目陽成天皇の宮中殺人事件を要因に崩壊し、再び仁明天皇の子光孝天皇が即位したことである。

文徳王統は、その成立の契機だけでなく、清和が九歳、陽成が八歳で即位するという「幼帝」であったことや、正史『日本三代実録』の貞観一三年（八七一）の項に、「仁寿」＝文徳以後清和治世一四年目にいたるまで天皇が紫宸殿で政務をみることがなかった、と記されているほどの異常な政権であった。[29] そして、その当然の結果であるが、神今《じんこん》食《じき》や新嘗祭《にいなめさい》など天皇親祭の祭事が滞るようになり、宮中の神事における天皇親祭の地位の低下が明瞭になった。[30] そして、前述のように、天皇自身の宮中殺人という「異常性」のなかで王統の終焉を迎えたのである。

光孝天皇の即位は、その即位宣命が他の天皇のものと異なり、前天皇ではなく諸臣の推挙によると明記されていたことが示すように、このような危機を克服するために新しい王統の樹立が必要であることを貴族層全体が認めていたと考えられる。[31]

光孝は、文徳王統の代に混乱した儀式と政務の復興に精力的に取り組むことによって王権の復権を目指した。それは、すでに即位後東宮から御所仁寿殿に移る際から始まっていた。光孝は仁寿殿に移るに際し、仁寿殿の庭に竹木を植え砂を敷き水を引かせているが、これは「承和天子の旧風」に倣ったものであった。自分が「承和天子」＝仁明の王統を引き継ぐ正統者であり、その治世の継承を目指すことを示した象徴的な儀式である。また、御躰御卜《ぎょたいのみうら》、梅宮祭さらに諸国詮擬郡司擬文の復活も「承和の旧風」を根拠にしていたし、宇多による相撲節の復活もその前提には父光孝の復活があったと考えられる。釈奠《せきてん》や山陵祭祀の改変・整備も行われ、「旧儀の如し」と記された儀式が多数みられるのも光孝即位一年目の特徴である。[32] 光孝の「承和」へ戻ろうとする姿勢の強さは、菅原道真の「先皇（光孝）、

駁暦《ぎょれき》（治世）の初め、事皆承和に法則せり」という一〇年後の文章によっても裏づけられる。(33)

以上のように、文徳王統の異常な政治を刷新し支配者内部の分裂の危機を克服して、激動する在地社会の変貌に対処するためには、それが始まった仁明朝まで戻らざるをえなかったのである。光孝は仁明の子として、「承和の旧風」の復活をスローガンに政治の根幹である儀式の復活・整備を精力的に推し進め、王統の正統性を復権しようとしたのである。

2　宇多朝の権力編成

光孝の病死の後を継いだのが光孝の子宇多である。即位後の宇多は青年天皇にふさわしく積極的な政治を展開した。それは、即位した年の末か翌仁和四年（八八八）早々に二六年ぶりに「意見封事の徴進」を実施したこと、(34)さらにそれから二年後の寛平二年（八九〇）閏九月に「文章の士」一二人を宮中に召して詩宴を催したことによく現れている。(35)前者の意見封事の内容は不明だが、左大弁橘広相、蔵人頭藤原高経、中務大輔十世王、弾正大弼平惟範ら天皇の側近が意見を封進したことが確認できる。

即位早々、律令（公式令陳意見条）にもとづく意見封事を徴進させた宇多の背後に、側近でかつ娘を入内させ皇子二人の外祖父になっていた橘広相の存在を感じ取った藤原基経が、機先を制して持ちかけた難題が阿衡《あこう》事件であった。阿衡事件については深入りしないが、基経の登朝拒否という事態が起き、その修復のために広相の失脚という事態を招いたこと、さらに事件の対応をめぐって文人貴族のなかに分裂が生じたことの意味は大きい。貴族層内部における分裂の危機は確かに存在したのである。

阿衡事件によって一時勢いを押しとどめられた宇多が、寛平二年に基経の病気を見計らったように開催したのが閏

九月の詩宴である。その時菅原道真が作成した賦と詩が残されており、[36] そこには賦・詩を求めた宇多の勅が、

未《いま》だ旦《あ》けざるに衣を求むとは、人主の政を思ふ道を陳べしめんと欲ふなり。寒霜晩菊《かんそうばんぎく》とは、人臣貞《てい》を履《ふ》む情《こころ》を叙《の》べしめんと欲ふなり、

と引用されている。ここに流れている思想は賦と詩＝文章によって「人主の政を思ふ道を陳べ」、「人臣貞を履む情を叙べ」るという文章経国思想そのものであった。

このように、阿衡事件による中断はあるものの、律令に則った「意見封事」の徴進、さらに文章経国思想にもとづいた賦詩の召進を即位後矢継ぎ早に実行した宇多の政治姿勢は、側近と文人貴族を直接的な政治基盤として、本来の律令制的精神にもとづいた政治を目指そうとするものであった。そして、寛平三年（八九一）一月関白基経が死亡すると、二月には早速菅原道真を蔵人頭に任命し、積極的な政策を展開する。

宇多朝における支配体制の整備については多くの研究があるので、概括的に指摘しておこう。

まずは近臣政治の展開である。これは昇殿制の確立として現れた。昇殿制は天皇の居所である清涼殿の殿上の間に昇る（昇殿）ことのできる人間を位階によって決めるのではなく、天皇がその代ごとに資格や能力にもとづいて決定するという制度であった。弘仁年間（八一〇〜八二三）に成立した昇殿制は宇多朝以後公的な性格を強め、政治的な重要性を増すことになった。そしてこの背景としては、律令制の官僚機構と、摂関・蔵人所・検非違使といった天皇と私的な関係にある政治機構との関係が逆転し、後者の方が政治機構の中枢を占めるにいたったためであるという。[37]

第二は内廷の整備拡充である。これは蔵人所の権限拡大として現れた。仁和四年に五位蔵人二人を設置して蔵人所を格上げするとともに、寛平二年には橘広相に『蔵人式』を編纂させている。また、蔵人の兼帯関係を通して内蔵寮・修理寮など内廷官司の機能が蔵人所のもとに再編成された。[38] 同時期、広範な職種で成立してきた宮中の種々の

「所」（御厨子所《みずしどころ》・作物所・進物所など）が蔵人所によって分掌・統括されたのも同様な傾向である。[39]とくに、蔵人所が内廷官司や種々の「所」を掌握するようになって武官的側面が弱体化すると、それを補強するために滝口の武者が置かれたが、これも蔵人所の所轄であった。

以上のように、宇多朝には蔵人所の強化と昇殿制の整備を前提に、近臣政治が大きく前進した。それは、宇多がそれまでの紫宸殿に替わって清涼殿を日常の政務の場所としたことと軌を一にするものであった。すなわち、それまでの昼の御所＝紫宸殿、夜の御所＝仁寿殿という使い分けを清算し、天皇の御所そのものが政治の空間になったことを意味し、天皇との日常的な一体感こそ「政治」であるというミウチ的認識が形成されたのである。

また、ミウチ的な政治基盤を補強するために用いられたのが神国思想である。宇多朝には天皇が毎朝伊勢神宮を神拝する「毎朝神拝」が定例化し、一代一度の大神宝使発遣の制が創始され、賀茂臨時祭が成立したし、天皇が正月一日の早朝、属星・天地四方および山陵を拝して、年災をはらい幸福無事を祈る四方拝も始められた。[40]『宇多天皇日記』はその開始を「わが国はこれ神国なり、よって朝ごとに四方大中小神祇を敬拝す」と記している。[41]昇殿制による近臣の集中、蔵人所の拡充による内廷の掌握、そしてそれを支えるイデオロギーとしての神国思想の採用は一連のものであったのであり、京・山城に権力基盤を置こうとする都市王権に見合った政策であったということができる。

宇多朝で進められたのは内廷の整備・強化による権力の集中だけではない。都市王権としての貴族政権を支えるためには地方支配の整備・強化は不可欠であった。それが受領制の展開である。寛平八年（八九六）の調庸雑物の貢納と公文勘済の責任が国司長官一人に負わされることになったのを契機に、貢納弁済と任期中の公文勘済の全責任が長官に集中するようになり、国司長官の受領化が急速に進んだ。そしてそれと並行して国務の権限が受領に集中しその専制化が樹立されるとともに、それまで国務を担ってきた任用国司に代わって在地の有力者が受領のもとに組織され、国務を分担するようになった。このような国司制度の変化をうけ、専制化した受領の監察を強化するために新たな功過制度が導入された。解由《げゆ》制度の強化は九世紀末より開始され、受領功過定は延喜一五年（九一五）に宣旨によって始められた。受領が提出した功過申文と主計・主税の二寮が審査した勘文を素材に審議が行われるようになったのである。(42)

このように、九世紀末から一〇世紀初頭にかけて展開した、受領への責務と権限の集中、国務請負いと国郡の行政機構の再編、受領を監察するための功過定の開始などは相互に関係した政策であった。これによって、京・山城に権力基盤を置く都市王権は山城国以外の国々の支配を受領に委任する体制＝受領支配体制を作り上げたのである。

以上のように、宇多朝において、京・山城を直接的な権力基盤としつつ、昇殿制を中核とする近臣政治体制と蔵人所を中心とした内廷経済の整備・拡充による権力の集中、そして受領による地方支配体制とによって支えられた王朝国家体制の基本的構造が成立した。

三　王朝国家の成立

1　延喜新制の歴史的意義

昌泰四年（九〇一）正月、右大臣菅原道真を大宰府に左遷し、政権掌握に成功した左大臣藤原時平は、同年妹の穏子を醍醐天皇の女御とし、兼帯する蔵人所別当とあわせて内廷に大きな権限をもった。そして、翌延喜二年（九〇

二）三月には九通の官符（延喜新制）、いわゆる「延喜荘園整理令」を発して新政権の発足を宣言したのである。(43)

この延喜新制の意義を考える時、二つのことに注目する必要がある。第一はこの年の除目の性格である。正月二六日の除目で、中納言藤原国経・同定国が大納言に、参議源定恒・同藤原有穂が中納言に昇り、新たに平惟範・紀長谷雄が参議に任命されたが、実はこのメンバーは途中藤原定国と有穂が死亡するものの、延喜七年までの六年間まったく昇進も新入もなく固定化されたことである。(44)時平の死亡は延喜九年（九〇九）であるから、時平政権を推進する朝堂構成がこの延喜二年の除目で成立したのであった。第二は、この新制の七、八日後の二〇日に、穏子入内一周年を記念して、後宮飛香舎に醍醐天皇の臨席を得て時平主催の「飛香舎藤花和歌」が開催されたことである。(45)穏子の入内一周年を標榜しつつも、この宴の真の目的は天皇を迎えその眼前で多くの群臣とともに時平自らの新制を祝うことにあったのである。(46)

改めて、昌泰四年（延喜元）から延喜二年にかけての政治過程を整理してみると、昌泰四年正月二五日道真左遷、二月二二日三善清行の革命勘文の提出、三月穏子の入内、七月一五日延喜改元、延喜二年正月二六日時平政権の誕生、三月一二・一三日延喜新制の発布、同月二〇日藤花の宴となる。このような経過をみると、延喜新制の発布が相当政治的に準備されていたと考えざるをえない。ここに延喜新制の政治史的意義がある。

さて、延喜新制をめぐってはその前後の政策と政治的姿勢が異なることから、さまざまな評価が与えられてきた。ここでその詳述を避けるが、上横手雅敬の成果を(47)継承しながら検討を加えた吉川が、延喜新制は時平政権の基本理念を示すものであり、新制単独での現実的効果を求めることはできない、と評価している点には賛同しうる。(48)

では、延喜新制はどのような意味で時平政権の政治理念であったのであろうか。『類聚三代格』所収巻を参考に整理すると（表参照）、延喜新制は次のような内容をもっていたことになる。

表　延喜新制の構成

	太政官符の表題	類聚三代格所収巻	引用官符	百日内弁行	例外規定
A	班田を勤行すべき事	巻一五　校班田事	承和元年(巻一五　校班田事)	○	
B	田租は穎で徴するを禁止すべき事	巻一五　損田幷租地子事			
C	調庸は精好なるべき事	巻八　調庸事	①大同二年一二月二九日 ②承和一四年一〇月一四日(以上巻八　調庸事) ③延暦一四年七月二七日 ④承和一三年二月二一日		
D	交替は一度の延期を聴すべき事	巻五　交替幷解由事			
E	前司の時破損せる官舎駅家・器杖・池溝・国分二寺・神社を修造すべき事	『政事要略』巻五四　交替雑事(溝池堰堤事)	①寛平九年四月一九日(巻五　交替幷解由事)		
F	臨時御厨ならびに諸院諸宮王臣家の御厨を停止すべき事	巻一二　供御事		○	○
G	勅旨開田ならびに諸院諸宮および五位以上、百姓田地舎宅を買い取るを停止すべき事	巻一九　禁制事	①天平神護元年三月六日 ②宝亀三年一〇月一四日(巻一五　墾田幷佃事) ③弘仁三年 ④天長元年	○	○
H	諸院諸宮王臣家、民の私宅を仮りて荘家と号し、稲穀物を貯積するを禁断すべき事	巻一九　禁制事	①天平九年九月二一日(巻一四　出挙事) ②天平勝宝三年九月四日(巻一四　出挙事)		○
I	諸院諸宮および王臣家、山川藪沢を占固するを禁制すべき事	巻一六　山野藪沢江河池沼事	①延暦三年一二月一九日	○	

A班田の励行　　B租の納入法　　C調庸の精好　　D国司交替法　　E神社・官舎の修築
F御厨の停止　　G王臣家墾田の停止　　H王臣家の動産貯蓄の禁止　　I山川藪沢占有の禁止

これらは律令などに規定された国司の国内支配に関する基本的な内容ばかりである。そのうえ、これらの官符の多くには典拠となる法令が引用されておらず（A?・B・D・F）、引用されていたとしても八〜九世紀前半の官符ばかりで（A・C・G・H・I）、Eに寛平九年（八九七）官符が引用されているのが例外的であることである。とくに荘園整理令といわれ院宮王臣家と富豪層の分断令であるといわれてきた後半の四官符も、Fには引用がなく、かつG・H・Iに引用された官符のほとんどは奈良時代に発布されたものであり、その古さは異様である。延喜新制は当該期の社会的政治的矛盾を具体的に認識しながらも、その直接的な解決を目指したものでなく、観念的・理念的な対応を宣言したものであると考えざるをえない。

実はそれは、吉川が「強硬である」と評価した官符の「百日内弁行」規定でも確認できる。それはA・F・G・Iに記されているが、実はGには「元来相伝して庄家と為し、券契分明にして国務に妨げなくんば此の限りに在らず」という例外規定が付されていた。それはHにも記されており、Fにも同様の文言がみえる。これは「国務に妨げのない」王臣家の墾田・動産集積と内膳司の御厨は国司支配のもとで新たな「合法性」が与えられたと理解すべきである。実際、内膳司の御厨や供御《くご》制度は延喜五年と同一一年に体制的再編が行われている(49)。

そうすると、「百日内弁行」の強硬策が適用されたのはAとIの二官符だけになる。新政権発足に際し律令にもとづく基本理念を宣言しようとする時、A＝班田の励行とI＝「公私共利」を原則とする山川藪沢の私的占有の禁止はどうしても放棄できない政策であった。しかし、その班田も延喜一四年の三善清行の「意見封事」第三条では「事旧例に乖《そむ》けり、（中略）試みに施し行はしめよ」と進言されていた。律令に則った班田をしようというのも理念に過ぎなかったのである。

このように理解すると、藤原時平が自らの新政権の出発を宣言した延喜新制は、国司に院宮王臣家と富豪層との結合を分断しつつ律令に則った国内支配を遂行させることを基本理念としていたが、その実際は元来より相伝し証拠文書が分明でかつ国務を妨げるおそれのない事態については、新たな国司支配のもとで「合法性」を与えるというものであった。この理念と実態（新たに再編された合法性）との使い分けこそ延喜新制の本質であった。

2　王土王民思想の採用

時平が新しい政権を発足するに際し根幹のイデオロギーとして用いたのが「王土王民思想」である。王土王民思想の変遷を検討した村井章介は古代的な王土王民思想から中世的なそれへの転換が九世紀にあったことを論証しているが、(50)ここでは王土王民思想が官符に最初に採用された延喜二年（九〇二）四月一一日官符を重視したい。(51)

その官符とは、すでに「貞観以来の諸国例」になっていることを理由に、河内国らが、下級官人・家司家人化していながら本職に従わず、一方では本司・本主の権威を笠に、国司郡司の「差科」に遵わない「頗る資産ありて事に従うに堪うべき輩」＝富豪層を、国衙の雑役（「進官留国の雑役」）賦課の対象に組み込む「国例」の立法化を申請したことに対して出されたものである。明らかに第一節で検討した勘籍人対策である。とくに、勘籍人の定数を定めよという消極的な対策ではなく、彼らの特権を剥奪し「進官留国の雑役」を負担させせよという積極的な方策が、延喜新制の直後に出されていることは注目に値する。この時の論理として用いられたのが、

夫《そ》れ普天《ふてん》の下、王土に非ざるは無し、率土《そっと》の民、何ぞ公役を拒まん、

という文言である。この王土王民思想にもとづいて勘籍人など律令制的特権を振りかざして国家の課役から逃れてい

た富豪層を「公役」に取り込もうとしているのである。

そして、この王土王民思想の正当性を現実的に支えていたのが「諸国例」であった。貞観年間（八五九～八七六）以後、富豪層を国内支配に組み込むことを意図した「国例」が採用されたことは前述したが、この延喜二年四月の官符はその動きを一挙に国家的な政策とすることになった。そしてその正当性を担保する論理として用いられたのが王土王民思想であったのである。その意味で、この官符は九世紀後半以来、崩壊しつつある律令制支配に替わる新たな支配体制を模索してきた貴族政権が獲得した国制の基本理念を示すものであったといえよう。

周知のように、この王土王民思想は平将門の乱鎮圧を目指した太政官符にも、さらに保元の乱に勝利した後白河法皇が出した保元新制にも用いられている(52)。このように九世紀に作り出された中世的な王土王民思想は、延喜新制において国制を支える基本理念として採用されることによって、それ以後も国制の危機や画期に権力の正当性を保障するイデオロギーとしてその役割を担うことになった(補注2)。

3 「堪」＝能力主義の採用

延喜二年（九〇二）四月官符によって、「国例」を前提とする政策が王土王民思想を背景に国家的な政策として採用されることになったが、その国内支配において実際に新たに採用された基準が「堪」という基準であった。すでに前述の官符で、「公役」に動員される対象として「事に従うに堪うべき輩」などと指摘されていたのがそれである。

この基準は九世紀後半からさまざまな分野で採用されている。承和四年（八三七）には諸国講読師に(53)、貞観一一年（八六九）には新羅海賊に備えるために配置された「夷俘《いふ》」の長に(54)、同じ一一年には山陰諸国の弩師《どし》の点定に採用されている(55)。また寛平三年（八九一）の捜盗には「諸司官人武芸に堪える者」が動員されたし(56)、諸社の祝部《はふりべ》も「堪祭事者」から補任されることになっていた。[57]

このような動向は一般的な職種にも波及した。例えば前述のように、左右京の保長が欠員になった時は京職が保内の「堪事者」を選んで任ずることになっていた。保長になるために専門的な特殊技能が必要であったとは考えられないから、この場合は保内を取りまとめ非違検察を実行できる有力者を指していると解してよいであろう。

以上のように、九世紀後半になると身分や位階にとらわれず、事に従事する能力をもつ者を任用するという政策が広く採用されていたことが確認できる。前述の延喜二年官符が発せられる条件はすでにできあがっていたのである。

そして、この基準は土地制度のなかにも採用されるようになった。承平二年（九三二）の丹波国牒によれば「当郷の調絹は、例として郷々の堪百姓らの名に付徴」することになっていたし、[58]その際、東寺領大山荘預《あずかり》平秀・勢豊らは彼らの「名」に付徴された調絹の弁済を要求されているが、その根拠は「平秀らの身、堪にして俗に同じ」という郡司らの見解であった。

ここにみられる国衙の論理は、延喜二年四月官符のそれとまったく同じである。律令では不課戸である勘籍人でも「事に従うに堪うべき輩」は「公役」に従わせるべきであるというのが官符の主旨であり、不課戸の僧侶身分でも「身、堪にして俗に同じ」である者は国衙の負担を負うべきである、というのが丹波国牒の論理であった。[59]

同様な事態は政府の政策にも確認できる。それは承平三年（九三三）の「非常赦判」で、「流死百姓」の口分田を寄作する者がいない場合は「国、堪者に充て行い、殊に営作せしめ」るという政策が採用されている。[60]これは「郷々の堪百姓」を対象に調絹の納入を実現しようとした丹波国牒と同一の政策である。

このように、承平年間にいたって、丹波国と政府との政策の両方において「堪百姓」の採用が確認できることは注目に値しよう。九世紀後半の「国例」に始まった富豪層の賦課対象への取り込みは、さまざまな分野で「堪事者」の採用として実現されていき、延喜二年四月官符で国制の基本的な理念として定立されたが、それは理念にとどまらず、中央政府においても国衙支配においても着実に実行されていったのである。

四　王朝国家の基本構造

1　国家財政の再編

宇多朝に基本的な骨格が成立した王朝国家は、短命だった時平政権を経過してその弟の忠平政権の時に完成形を迎える(61)。ここでは忠平政権期に行われた三方面の政策、国家財政の再編と都市政策そして土地制度について整理し、王朝国家の基本構造についてまとめておくことにしたい。

まず、国家財政の再編については延喜一四年（九一四）が注目される。この年は、忠平が前年三月に死亡した源光の後任として右大臣に就任し、名実ともに太政官トップの地位を獲得した年でもあるが、実は太政官厨家の財源に関する二通の官符も発布されていた(62)。それは二通で一〇箇条にもおよぶ総合的なもので、太政官厨家の収入・支出に関する式数の固定化を図ることによって、その財源確保をめざしたものであり、この両官符によって平安時代中・後期の太政官財政を支える制度の骨格ができあがったのである(63)。

しかし、中央財源の再編強化が図られたのは厨家だけではない。延喜一〇年（九一〇）から一六年までの財政政策を概観すると、厨家に関する政策（四個）以外にも、別納租穀制に関する政策（四個）、御厨子所に関するもの（二個）、その他＝損田率法に関するもの（一個）を数えることができる。厨家と同数の官符が発布されている別納租穀制は位禄・季禄・節禄など官人給与の財源確保のために採用された制度であるが、これは後に外国支給＝遙受《ようじゅ》兼国制に変わるとはいえ、その財源が律令制的な調庸物から租穀（広義の正税）へと制度的に大きく変化したのは延喜七年（九〇七）から一三年の頃であった。(64)

また、天皇家に菓子・御贄などを供給する御厨子所の財源の整備も注目される。延喜一一年（九一一）には、五畿内と近江の六ヵ国に日次御贄《ひなみ》の貢納の日と種類が定められているし、一三年（九一三）には御厨子所の乳の分配が定められている。(65)

そして、その中央財源整備を支える地方支配においても新たな政策が実施された。一つは受領功過定が延喜一五年（九一五）に開始されたことであり、二つ目は九世紀以来問題化していた不堪佃田対策に再度「厳罰主義」が採用されたのが延喜一八年（九一八）であった。

このように延喜一四年を一つの画期として、この前後に内廷経済を中心に中央財源の新たな整備が行われ、かつそれを円滑に実施するために地方支配の制度的な整備も進められたのである。

2　都市政策の展開

都市王権を中核として成り立っていた王朝国家にとって、都市政策は欠かすことのできない政策であった。この時期の都市政策で特徴的なのが都市民救済策の展開である。まずは一〇世紀初頭に成立する京中の恒例賑給《しんごう》が注目される。周知のように、賑給とは国家の慶事や災害などの凶事に際し、天皇の徳を天下に知らしめる目的をもって、高齢者や被災者・病者に食料や衣料を支給した制度である。

しかし、一〇世紀になると外国（地方）支給がその実質的な意義を喪失したのに対し、京中賑給は平安京の年中行事の重要な位置を占めた恒例賑給として、臨時の賑給とともに一〇世紀以降も盛行した。実はその恒例賑給が開始されたのが延喜年間であった。その開始時期を明確に示す史料は確認できないが、「賑給使定」の初見が延喜一〇年(九一〇)であったこと[66]、そして、その後延喜年間に賑給使定の儀がしばしばみられることから、京中貧民・弱者に対する恒例の賑給が延喜年間に成立したことはほぼ間違いない。

それはもう一つの都市民救済策によっても確認できる。それは施米の制である。施米とは京辺の東西北三方の山に住する無供の僧侶を対象に米塩などを支給する行事で、対象者は異なるが恒例賑給と同様の意図にもとづいた行事であった。実はこの施米の初見も延喜一三年(九一三)であった[67]。都市民救済という同様の内容をもった制度がほぼ同時に初見することは、両者が関連をもちながら成立してきたと考えることができよう[68]。

王土王民思想にもとづきながら「堪事者」を「公役」の負担体系に取り込むことに成功した王朝国家であったが、天皇の徳を天下に知らしめる重要な施策である賑給・施米においては、「外国」=地方を切り捨て京中に限定せざるをえなかったところに、王朝国家が都市王権を中核として成立していたことに起因する理念と現実とのギャップがみごとに示されている。

その都市王権の都市支配を担う勢力として新たに登場してきたのが検非違使であった。検非違使は成立以来京中の警察機能を担っていたが、これらの都市民救済策を通じて京中支配にも参画する。延喜一六年(九一六)には、宇多法皇御算賀に際して検非違使が稟院の米五〇〇石を朱雀大路で施行しているし[69]、延長八年(九三〇)には両京職とともに病窮人を施薬院・悲田院・曲殿に収容し、米塩を支給している[70]。そして一〇世紀以降、貴族社会にケガレ観念が蔓延するなかで、検非違使が京中掃除などを媒介にケガレ—キヨメを統括する役職として重要な位置を占めるにいたることはすでにあきらかにされている[71]。

もちろん、京職の京中支配の機能が消滅してしまったわけではないが、それまでの警察機能に加えて、賑給・施米・キヨメという都市支配のイデオロギー的根幹を検非違使が掌握したことは王朝国家における京中支配の特徴と評価できるであろう。

その検非違使のもとで実際の京中支配を担当したのが保長であった。律令制下で京中支配を担当した坊令の活動は前述の延長八年の路頭の病者を施薬院・悲田院に収容することを命じた官符が最後であり(72)、坊令に代わって昌泰二年(八九九)の結保帳作成以後、保長の活動が顕著になる(73)。このことは、九世紀末に本格化した保長による京中支配が徐々に坊令のそれを凌駕していき、ついには延長年間に坊令の活動が終焉を迎えたことを示している。

3　国図公田制と免除領田制

京・山城国を基盤とした王朝国家の地方支配は、国々の支配を受領に委任するとともに、受領功過制度で受領を統制することによって成り立っていた。

国内支配をめぐって王朝国家と受領との委任の前提になっていたのは「国図公田制」であった(74)。王朝国家は、一〇世紀初頭、班田制を完全に放棄するとともに、朝廷から認定さていた寺田・神田や荘田(国務に妨げなき荘園)以外の田地をすべて公田とし、それを租税(官物と臨時雑役)の賦課対象とした。この公田こそ王朝国家の国家的収奪の基盤であり、国家財政の基礎であったから、王朝国家は、一〇世紀初頭を基準に一国規模の公田を記載した帳簿を作成し、それを地方の国内支配の基本台帳とした(基準国図)。基準国図に固定化された公田数が王朝国家と受領との間で「契約」された租税納入の基準として意味をもつことになった(国図公田制)。

国図は作り替えないことを原則としたので、時間が経つにしたがい記載の公田数と実際の公田数の間に大きなズレが生じ、租税納入の基準というより指数に変化した。しかし、その指数としての役割が中世社会まで受け継がれている点に国図公田制成立の歴史的意義がある。それは、承平年間（九三一〜九三八）に編纂された百科全書『倭名類聚抄』記載の諸国田数が、中世を通じて儀式書に引き継がれ、諸国の本田数としても生き続けていることによって明らかである。[75]

指数としての役割を果たしたとはいえ、基準国図では国内の実際の公田数を把握できなかったので、それを補うために重要視されたのが国司検田権である。国司検田権の行使は延喜元年（九〇一）の河内国符に確認できるし、[76]その後も延喜八年（九〇八）の播磨国某荘別当解を初見に、[77]不輸荘内の新開田の収公・免除として現れる。[78]国司検田権の成立は、国内支配が国司に委任されたことと併せて、国司の田地支配に対する権限を非常に強固なものとした。一〇世紀以降国司の免判だけで成立する国免荘が増加するのも、一〇世紀後半以降国司苛政上訴闘争が激しくなるのも、国司の権限強化が原因であった。[79]

国図公田制のもとにおいて、対荘園として採られた政策が免除領田制である。免除領田制とは、官省符によって認可された荘園（官省符荘）のなかでも官物賦課の対象にならない田（免田）を固定化し、そこには不輸官物の特権を認めるが、他の荘田からは官物を収取するという国家的方針にもとづいて、国司が任国内の官省符荘ごとに不輸官物の調査・認定を行う制度である。[80]免除領田制においては官省符田に限定されていたが、しばしば国司の裁量によって官省符田以外の新開田も免除されたから、これも国司検田権行使の具体的な現れとみなすことができる。

4　王朝国家期の負名と荘園

国内支配を委任され検田権を掌握した受領は、基準国図と一任一度の検田によって掌握した公田の経営と納税とを負名に請け負わせる制度を採用した。負名制の具体的な姿を示す初見史料は、前に「堪百姓」の分析に用いた承平二年（九三二）の丹波国牒である。[81]

この国牒は、丹波国衙が同国多紀郡に所在した東寺領大山荘の預僧平秀・勢豊の「私宅」に集積されていた稲を検封したことに関して東寺に出されたものだが、問題は、なぜ平秀らの「私宅」の稲の検封をめぐって東寺と丹波国衙との間で交渉が行われたのかである。結論から述べるならば、平秀・勢豊らの私宅とは大山荘を経営するための拠点＝荘家であったのであり、そこに集積されていた稲は経営のための資本でもあったのである。だからこそ、国衙は「調絹」未進のカタに直接収奪するのではなく、検封という手段をとり弁済後は開免すると約束せざるをえなかったのである。[82]

ここから、平秀・勢豊らは私宅を拠点に国衙領とは負名として関係を結び、その一方では私宅＝荘家を拠点に大山荘の経営にあたっていた、という「両方兼作」の構造が読み取れよう。そして、この事実は九世紀末・一〇世紀初頭の政治改革の結果をみごとに表している。それは富豪層が律令制的な特権を剥奪されて（「身堪同俗」）負名体制に組み込まれており、その一方では、「国務に妨げなき」荘園は国司の統制のもと新たな合法性を獲得し存続しえたことを物語っているからである。

このように、王朝国家期の負名と荘園はともに富豪層の経営を基盤に成り立っていたことは明らかであり、このような体制を創出することが九世紀末・一〇世紀初頭の国制改革の目的だった。丹波国における負名と荘園のあり方はその改革が着実に実行され、律令制とは異なった王朝国家期を支える新しい社会構造が形成されていることを如実に示している。

結びにかえて

近年、一〇世紀後半の画期性を強調する見解と相まって承和期のそれを評価する見解がある。これらと九世紀末・一〇世紀初頭の画期性を評価する本章との関係について最後に述べておきたい。

承和期に政策基調の変化があったことは事実であり、それが「十世紀以後の政治改革を根底で規定していた」[(83)]としても、その変化が社会構造まで含めて大きな政治的・社会的矛盾として現出してきたのが九世紀後半（貞観年間以降）であった。富豪層と王臣家の活動によって惹起させられた危機を、富豪層の収奪体系への取り込みと地方支配の受領への委任、そして権力の基盤を京・山城に置くことによる都市王権の確立とによって、崩壊しつつあった律令制国家は王朝国家へと転成したのである。

しかし、当然のことながらこのような転成が一挙になされたわけではない。九世紀末・一〇世紀初頭の政策転換が具体的にその姿を現すのは延長〜承平年間のことであった。そしてその政策転換は延喜新制の分析で明らかにしたように、「理念と実態」が未分化であったから、現実的な対応を迫られた収奪体系や地方支配の側面では早い時期に新しい体制（国図公田制）に移行したが、貴族層の「共同」統治観念を維持するうえで重要な役割を果たした中央の政務組織や国家規模の帳簿や監査システムなどは、依然律令理念に則った形態が継続される傾向にあった。それらが現実の収取体系に見合った形態に移行するのが一〇世紀後半以降のことであると考える。現実的な国内支配と中央の政治システムとの乖離も王朝国家期の特質の一つであった[(84)]。

本章では触れることができなかったが、九世紀末・一〇世紀初頭における都市王権の成立は、近臣的・ミウチ的政治としての摂関政治の全盛と都市貴族文化としての国風文化の隆盛、そして都市が農村を支配する荘園制の展開を準備することになったのである。一〇世紀の社会変革のもう一つの歴史的意義はこの点にあったのである。

注

（1）石母田正「古代末期の政治過程および政治形態」（初出一九五〇年、『石母田正著作集』第六巻、岩波書店、一九八九年）。
（2）高尾一彦「荘園と公領」（『日本歴史講座』第二巻、東京大学出版会、一九五六年）、戸田芳實「平安初期の国衙と富豪層」（初出一九五九年、『日本領主制成立史の研究』岩波書店、一九六七年）、坂本賞三『日本王朝国家体制論』（東京大学出版会、一九七二年）。
（3）森田悌『研究史　王朝国家』（吉川弘文館、一九八〇年）。
（4）大津透「律令国家の展開過程」（『律令国家支配構造の研究』岩波書店、一九九三年）。
（5）①吉川真司「摂関政治の転成」（初出一九九五年、『律令官僚制の研究』塙書房、一九九八年）、②同「平安京」・「院宮王臣家」（『日本の時代史五　平安京』吉川弘文館、二〇〇二年）、玉井力「一〇―一一世紀の日本」（初出一九九五年、『平安時代の貴族と天皇』岩波書店、二〇〇〇年）。
（6）下向井龍彦「平安時代史研究の諸潮流をめぐって」（『日本古代・中世　研究と資料』一五号、一九九七年）。
（7）吉川注（5）「平安京」・「院宮王臣家」。
（8）戸田注（2）「平安初期の国衙と富豪層」。
（9）戸田芳實「中世成立期の国家と農民」（初出一九六八年、『初期中世社会史の研究』東京大学出版会、一九九一年）。
（10）木村茂光「王朝国家の成立と人民」（初出一九七五年、『日本初期中世社会の研究』校倉書房、二〇〇六年）。
（11）貞観九年五月八日官符（『類聚三代格』巻一七、蠲免事）。
（12）昌泰四年閏六月二五日官符（『同右』巻二〇、断罪贖銅事）。
（13）貞観一〇年六月二八日官符（『同右』巻一、神宮司神主禰宜事）。佐藤宗諄「「家牒」の成立」（初出一九六八年、『平安時代前期政治史序説』東京大学出版会、一九七七年）。西別府元日「王臣家牒の成立と王臣家の地域進出」（初出一九八〇年、『律令国家の展開と地域社会』思文閣出版、二〇〇二年）。

(14) 戸田注(9)「中世成立期の国家と農民」。
(15) 戸田注(2)「平安初期の国衙と富豪層」。
(16) 延喜九年宣旨(『類聚符宣抄』第六、雑例)。
(17) 『古代政治社会思想』(「日本思想大系」九、岩波書店、一九七九年)。
(18) 寛平三年九月一一日官符(『類聚三代格』巻一四、出挙事)。
(19) 寛平七年一一月七日官符(『同右』巻一九、禁制事)。
(20) 寛平七年一二月三日官符(『同右』同右)。
(21) 保立道久『平安王朝』(岩波書店、一九九六年)。
(22) 寛平六年一一月三〇日官符(『政事要略』巻六一)。
(23) 『公卿補任』寛平七年条。
(24) 寛平八年四月二日官符(『類聚三代格』巻一六、閑廃地子事。『同』巻一六、山野藪沢江河池沼事。『同』巻一九、禁制事)。寛平八年四月一三日官符(『同』巻八、農桑事)。
(25) 仁藤智子『平安初期の王権と官僚制』(吉川弘文館、二〇〇〇年)。
(26) 貞観九年三月二四日官符(『類聚三代格』巻一九、禁制事)。
(27) 北村優季「平安初期の都市政策」(初出一九九四年、『平安京』吉川弘文館、一九九五年)。
(28) 昌泰二年六月四日官符(『類聚三代格』巻二〇、断罪贖銅事)。
(29) 『日本三代実録』貞観一三年二月一四日条。
(30) 山下克明「平安時代初期における「東宮」とその所在地について」(『古代文化』三三—一二、一九八一年)。
(31) 早川庄八「天智の初めて定めた「法」についての覚え書き」(『名古屋大学文学部研究論集CⅠ史学』三四号、一九八八年)。伊藤喜良『中世王権の成立』(青木書店、一九九五年)。
(32) 木村茂光「光孝朝の成立と承和の変」(初出一九九九年、本書第Ⅱ部第一章)。
(33) 『菅家文草・菅家後集』三八四、「春、惜桜花、応製一首。並序」(「日本古典文学大系」七二、岩波書店、一九六九年)。
(34) 『日本紀略』仁和四年正月二七日、二月二日、二月五日、二月七日各条。所功「律令時代における意見封進制度の実態」(古代学

協会編『延喜天暦時代の研究』吉川弘文館、一九六九年)。
(35)『日本紀略』寛平二年閏九月一二日条。
(36)『本朝文粋』巻一、賦一一「未旦求衣賦一首」(『新日本古典文学大系』二七、岩波書店、一九九二年)。
(37)古瀬奈津子「昇殿制の成立」(初出一九八七年、『日本古代王権と儀式』吉川弘文館、一九九八年)。
(38)玉井力「成立期蔵人所の性格について」(初出一九七三年、注(5)『平安時代の貴族と天皇』)。
(39)所京子「「所」の成立と展開」(初出一九六八年、『論集日本歴史三 平安王朝』、有精堂、一九七六年)。
(40)岡田莊司「宇多朝祭祀制の成立」(初出一九八七年、『平安時代の国家と祭祀』続群書類従完成会、一九九四年)。
(41)仁和四年一〇月一九日条(所功編『三代御記逸文集成』国書刊行会、一九八二年)。
(42)北条秀樹「文書行政より見たる国司受領化」(一九七五年、『日本古代国家の地方支配』吉川弘文館、二〇〇〇年)。勝山清次「収取体系の転換」(『岩波講座日本通史六 古代五』岩波書店、一九九五年)。
(43)後掲「表 延喜新制の構成」参照。
(44)『公卿補任』各年条。
(45)「醍醐天皇日記」延喜二年三月二〇日条(注(41)『三代御記逸文集成』)。田中喜美春「古今和歌集の形成」(秋山虔編『王朝文学史』東京大学出版会、一九八四年)。
(46)木村茂光『「国風文化」の時代』(初版一九九七年、吉川弘文館、二〇二四年)。
(47)上横手雅敬「延喜天暦期の天皇と貴族」(『歴史学研究』二二八号、一九五九年)。
(48)吉川注(5)「平安京」・「院宮王臣家」。
(49)赤松俊秀「座について」(初出一九五四年、『古代中世社会経済史研究』平楽寺書店、一九七二年)。網野善彦「天皇の支配権と供御人・作手」(初出一九七二年、『網野善彦著作集』第七巻、岩波書店、一九八四年)。
(50)村井章介「王土王民思想と九世紀の転換」(初出一九九五年、『日本中世境界史論』岩波書店、二〇一三年)。
(51)延喜二年四月一一日官符(『類聚三代格』巻二〇、断罪贖銅事)。木村注(10)「王朝国家の成立と人民」。
(52)村井注(50)「王土王民思想と九世紀の転換」。
(53)承和四年八月五日官符(『類聚三代格』巻三、諸国講読師事)。

(54) 貞観一一年一二月五日官符(『同右』巻一八、夷俘幷外蕃人事)。
(55) 貞観一三年八月一六日官符(『同右』巻五、加減諸国官員幷廃置事)。
(56) 『西宮記』巻一二。
(57) 元慶五年三月二六日官符(『類聚三代格』巻一、神社公文事)。
(58) 承平二年九月二二日丹波国牒(『平安遺文』二四〇号)。
(59) 木村注(10)「王朝国家の成立と人民」。
(60) 『政事要略』巻五三、交替雑事。森田悌「摂関政治成立期の考察」(初出一九七六年、『平安時代政治史研究』(吉川弘文館、一九七八年)。
(61) 橋本義彦「貴族政権の政治構造」(初出一九七六年、『平安貴族』平凡社、一九八六年)。木村茂光「藤原忠平政権の成立過程」(初出一九九三年、本書第Ⅱ部第三章)。
(62) 『政事要略』巻五三、交替雑事。
(63) 橋本義彦「太政官御厨家について」(初出一九五三年、『平安貴族社会の研究』吉川弘文館、一九七六年)。佐藤宗諄「藤原忠平政権の形成」(初出一九七七年、注(13)『平安時代前期政治史序説』)。
(64) 村井康彦「平安中期の官衙財政」(『古代国家解体過程の研究』岩波書店、一九六五年)。
(65) 『西宮記』巻一〇。
(66) 『貞信公記』延喜一〇年五月一六日条。
(67) 『西宮記』巻三。
(68) 川本龍市「王朝国家期の賑給について」(坂本賞三編『王朝国家国政史の研究』吉川弘文館、一九八七年)。
(69) 『日本紀略』延喜一六年三月三日条。
(70) 『政事要略』巻七〇、糾弾雑事。
(71) 丹生谷哲一『検非違使』(吉川弘文館、一九八六年)。
(72) 『政事要略』巻七〇、糾弾雑事。
(73) 北村注(27)「平安初期の都市政策」。

(74) 工藤敬一「荘園制社会の基本構造―概説」(初出二〇〇二年、『荘園制社会の基本構造』校倉書房、二〇〇二年)。
(75) 弥永貞三「拾芥抄及び海東諸国記にあらわれた諸国の田積史料に関する覚書」(初出一九六六年、『日本古代社会経済史研究』岩波書店、一九八〇年)。
(76) 延喜元年一一月七日河内国符(『平安遺文』一八五号)。
(77) 延喜八年正月二五日播磨国某荘別当解(『同右』一九八号)。
(78) 勝山注(42)「収取体系の転換」。
(79) 坂本賞三『荘園制成立と王朝国家』(塙書房、一九八五年)。
(80) 坂本注(79)『荘園制成立と王朝国家』。
(81) 注(58)承平二年九月二二日丹波国牒。
(82) 木村茂光「田堵の経営」(初出二〇〇一年、「田堵の性格と経営」と改題して注(10)『日本初期中世社会の研究』に所収)。
(83) 西別府注(13)『律令国家の展開と地域社会』。
(84) 坂本注(2)『日本王朝国家体制論』。

(補注1) ここで用いた「都市王権」は、マックス・ヴェーバーが提示した都市ゲマインデの萌芽形態としての「都市王制」とまぎらわしいが、それとは無関係に用いている。よりふさわしい概念の検討が必要である。

(補注2)「王土王民思想」の歴史的意義については木村茂光『平将門の乱を読み解く』(吉川弘文館、二〇一九年)を参照されたい。

第Ⅰ部　文学に読む王朝時代

第一章　光孝朝の歴史的位置と『伊勢物語』

はじめに

『伊勢物語』は在原業平を主人公とした歌物語であるが、周知のように彼自身が作り上げた物語ではなく、業平が書いたといわれる原『伊勢物語』に何度かの増補が加えられて、彼の死後一〇〇年以上も経てまとめられたのが現在の『伊勢物語』である。したがって、このような複雑な経過をたどって成立した『伊勢物語』の作成過程については、当然研究者の間でも諸説があり、定説をみていない。

そのような難問に取り組む能力はないが、以前、光孝朝成立の意義について論じた際に、前段階の文徳王統の特異性についても言及することがあった。(1) 詳細は本論で述べるが、その文徳王統の時代こそ在原業平が活躍した時代でもあった。

このような文徳王統と在原業平との関係の存在をふまえた時、文徳王統三代の政治とその否定の上に成立した光孝朝の政治のなかに、『伊勢物語』成立の要因の一端を見出すことができるのではないか、と思い、改めて検討し直してみようと思ったのが本章である。

したがって、以下では、文徳王統が成立した承和の変（承和九年〈八四二〉）から光孝天皇即位までの皇位継承の経過と光孝天皇の政治の特徴を確認することから始めることにしたい。そのなかで、在原業平の政治的位置についても適宜検討し、それらをもとに『伊勢物語』成立の要因を探ることにしたい。

さて前述のように、光孝朝の歴史的位置については、すでに「光孝朝の成立と承和の変」で検討したことがあるので、それをもとにした内容が中心になることをあらかじめお断りしておきたい。

一 承和の変の特質

まず、承和の変の通説的理解を示すと次のようになる。

承和九年（八四二）に嵯峨上皇が死亡すると、伴健岑と橘逸勢らによる皇太子恒貞親王（淳和上皇の皇子）を擁した謀叛が発覚し、首謀者の伴健岑と橘逸勢らが配流された。この機を捉えた藤原良房は恒貞親王を廃太子するとともに、仁明天皇の皇子で、妹順子の子道康親王（のちの文徳天皇）を立太子させた。藤原北家（良房）による他氏排斥事件の第一段である、といわれる。

しかし、その直後に大納言藤原愛発・中納言藤原吉野ら淳和上皇の側近が捕らえられ、京外追放や大宰員外帥に処されていることを考えるならば、藤原氏内部の抗争という側面もあったことに留意する必要がある。かつ、恒貞親王の廃太子や愛発・吉野の処罰によって淳和系の勢力が排除されて、淳和―仁明と継受されてきた迭立が解消されることになり、仁明―道康（文徳）という直系継承が成立する前提ができたことも確認しておきたい（図参照）。

実際、嘉祥三年（八五〇）に仁明天皇が死亡すると道康親王が即位し（文徳天皇）、以後、清和・陽成と文徳系の幼帝が相次いで即位することとなった。しかし、ことはそれほど順調ではなかった。元慶八年（八八四）、陽成天皇が

図　皇統関係系図

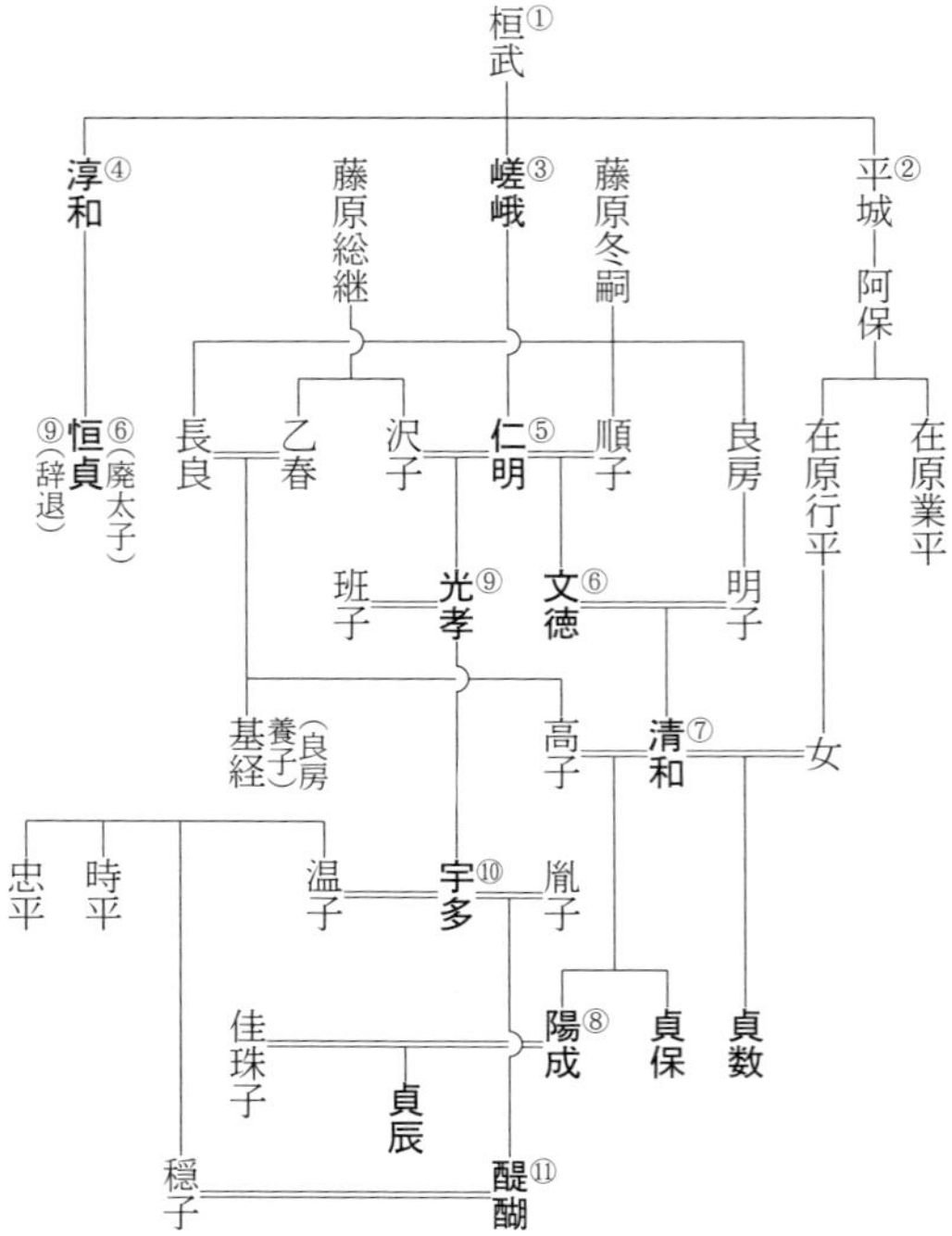

宮中で乳兄弟であった源益を殺害するという事件を起こしたのである。良房を継いだ基経は直ちに陽成を退位させ、その後に五五歳という高齢の光孝天皇を即位させたのであった。

このように、承和の変は藤原北家（良房—基経）が権力を掌握する契機として重要な位置を占めているが、皇位継承という側面からみると、変後、幼帝が続いたこと、そしてそれが陽成の宮中殺人事件によって急遽中断させられたこと、さらにその後を受けて、皇位継承から外れていた光孝が高齢で即位したことなど、異常な事態が続いて起きていることを考えると、この変がその後の皇位継承問題に大きな影を落としていると考えざるをえない。以下、この点に焦点をあてながら、当該期の政治の特質について考えたいと思う。

二　光孝天皇の即位事情

いま、「皇位継承から外れていた光孝」天皇が即位したと記したが、当然、光孝以外にも皇位継承者は存在した。

しかし、彼らは皇位を継承することはできなかった。まず、その辺の事情について概観しよう（図参照）。

第一は、陽成の兄弟である貞保であるが、彼の母は、陽成と同じく清和天皇の女御（のち皇太后）藤原高子であったが、高子は在原業平との浮き名が絶えなかったため、候補者にはならなかった。次は陽成の子である貞辰である。彼の母は藤原基経の娘佳珠子であったが、佳珠子の母の身分が低かったために候補者にならなかったのであろうといわれている。(2)

そして第三番目は陽成の異母兄弟である貞数である。彼は在原行平（業平の兄）の娘を母としており、高子の四〇歳の賀で「童舞」を務めるなど、高子の寵愛を受けていたことが知られる。その四〇歳の賀を祝う「秘宴」の記事には次のように記されている。(3)

天皇於二清涼殿一設二秘宴一、慶二賀皇太后卌之算一也、（中略）貞数親王舞二陵王一、上下観者感而垂レ涙、舞畢、外祖父参議従三位行治部卿在原朝臣行平候二舞台下一、抱二持親王一、歓躍而出。

「秘宴」に参加していた者が感涙にむせんだというのだから相当立派な舞であったのであろう。祖父の在原行平は貞数を抱きかかえ「歓躍」して退出したとも記されている。しかし、貞数も高子と業平の子という説(4)があったためかどうかわからないが、即位することはできなかった。

以上が、三人が皇位を継げなかった理由としてこれまでいわれてきた説明であるが、まず、候補者三人中二人が業平と高子のスキャンダルもあって皇位継承者から外されたことは、当該期の業平の政治的位置を考えるうえでも留意しなければなるまい。この点については後で考えるとして、話を皇位継承問題に戻す。

私は、これら三人が皇位に就けなかった原因は三番目の貞数にあると考えている。というのは、先の高子の四〇歳の賀の秘宴に関する記事や、貞数が生まれた時、業平が詠んだというわが門に千尋ある影をうへ《（ゑ）》つれば夏冬たれか隠れざるべき（わが家の門に千尋もある蔭をつくる大きな木を植えたのだから、夏も冬も、誰がその下に隠れずにおられようか）

という和歌[5]などを考え合わせるならば、三人のなかでも貞数が皇位継承の可能性が一番高かったと考えられるからである。

しかし、貞数には出自と出生に関する問題があった。まず、出自についてであるが、彼の母が在原行平の娘であったことは前述したが、その在原氏は「平城太上天皇の乱」（「薬子の変」とも）を起こした平城天皇の子孫であったことである（図参照）。

周知のように、平城太上天皇は、弘仁元年（八一〇）都を再び平城京へ戻そう計画して失敗して出家させられ、皇太子の高岳親王は廃太子させられた。そして、この事件に連座して同じく平城の子の阿保親王は大宰権帥に左遷されたうえ、高岳親王と阿保親王の子は「在原」を賜姓され臣籍に下されたのである。行平と業平はその阿保親王の子であったのであり、したがって貞数は平安初期の王権を揺るがす大事件に連座した人物と直接つながる存在だったのである。

もう一つの出生については、前記した『伊勢物語』七九段に「これは貞数の親王、時の人、中将（業平）の子となんいひける」と記されるほどの噂があり、かつ前述のように、業平と浮き名を流した藤原高子から寵愛を受けていたことである。

上記のような政治的位置にある在原氏を母方にもち、かつスキャンダルが絶えない業平と高子との関係も深かった貞数が後継者として推挙される可能性は少なかったといえよう。

しかし、一番可能性があった貞数を継承者として推せない以上、貞数を差し置いて貞保・貞辰が推挙されることはありえないことであった。このようにして清和の子の貞保と貞数、そして陽成の子貞辰が後継者争いから脱落したことによって、文徳―清和―陽成と続いた文徳王統は三代で途絶えることになった。

以上のように、清和・陽成につながる候補者が後継者争いから脱落するなかで、まず白羽の矢が立ったのが淳和天皇の子恒貞親王であった。恒貞親王は仁明天皇の皇太子であったが、承和の変により廃太子されていたこともあって、当然要請を拒否した。

廃太子されていた恒貞まで候補に挙がったことは、貴族層のなかに皇統を九世紀前半の文徳以前までさかのぼらせようとする歴史意識が存在したことを示しており、ここに文徳―清和―陽成の王統を否定しようとする歴史意識の存在を確認できる。(6) すなわち、この選択は、平城太上天皇の変以後安定していた嵯峨系と淳和系との迭立まで立ち返って、皇統を立て直そうとする意識の反映であったと考えられる。

しかし、恒貞が拒否したため、上記のような歴史意識を実現するために、最後に選ばれたのが仁明天皇の第三皇子光孝の即位であった。それは、即位の際の光孝の年齢が五五歳という高齢であったことや、即位後自分の子を臣籍に下し皇位を継がせないことを表明したことによく現れている。(7) この処置こそ嵯峨・淳和両系迭立の原則を遵守することを宣言したものであったのである。

三　光孝天皇の政治と歴史的位置

1　光孝天皇の「旧風」復活

いま、光孝即位に至る経緯をみたが、光孝天皇の政治について検討する前に、その前提の文徳王統三代の政治の異常性についてまとめておこう。

これまで指摘されている主な異常性は次の四点である。

第一は、紫宸殿において政務を執ることがなかったことである。第二は、内裏に常住することが少なかったこと。第三は皇太子を置かなかったこと。第四に新嘗祭を行わなかったこと、などである(8)。ともに幼帝であったことに起因するとも考えられるが、天皇が自ら政治を執り行うという体制がまったくできていなかったことは明らかである。

思いがけなく皇位に就いた光孝天皇であったが、彼にはこのような異常な政治体制を克服することがなによりも求められた。そのため、光孝が最初に行ったのは、三代の間あまり使われることがなかった宮中の整備である。まず、仁寿殿の庭の整備を行った。『日本三代実録』元慶八年（八八四）二月二八日条には次のように記されている、

天皇遷レ自二東宮一、御二内裏仁寿殿一、（中略）帝未二遷御一之前、遣下右大弁橘朝臣広相、諸陵助正六位上林朝臣忠範一、率二所司一行二掃除之事一、栽レ樹種レ竹布レ沙控レ水、効中承和天子之旧風上、忠範性有二風流一、故使レ之矣。

これによると、光孝はまだ遷御する前に、右大弁橘広相らに命じて仁寿殿の庭を「掃除」させ、樹＝木や竹を植え、砂を敷き、水を引かせたというのである。宮庭がいかに荒廃していたか知ることができよう。そして、このように仁寿殿の庭を整備することは「承和天子の旧風」＝仁明天皇の習わしに効（倣）う、すなわち旧に戻すものであったのである。

次は御体御卜の読奏の復活である。御体御卜とは、毎年六月と一二月に神祇官で天皇と皇太子の平安を占う儀式のことであるが、「承和以後」停廃していたため、この日「旧式を尋ね」て実施したという。(9) これ以外にも梅宮祭や鷹狩りなどが復活されているが、いずれも「旧風を尋ねて」実現されたものであった。(10)

このように、光孝天皇の初期の政治は「承和の旧風」に則り宮廷儀式を復活・整備することであった。それだけ宮中の政治・儀式が廃れていたことを示すと同時に、光孝の最初の仕事が文徳王統三代の政治の異常性を克服し、承和＝仁明朝の政治に則ることであったことは明らかであろう。

このような光孝天皇の政治を象徴的に示しているのが、菅原道真が寛平七年（八九五）頃に詠んだ漢詩の序文である。その漢詩とは「春、惜桜花、応製」とあるように、宇多天皇の命に応えて詠んだ「春、桜花を惜しむ」という詩であるが、(11) その「序」は次のように記されていた。

承和之代、清涼殿東二三歩、有㆓一桜樹㆒、樹老代亦変、代変樹遂枯、先皇馭暦之初、事皆法㆓則承和㆒、特詔㆘知㆑種㆑樹者㆒、移㆓山木㆒、備㆓庭実㆒。

清涼殿の東に植えられていた桜の木が老木になり遂には枯れてしまったのを「先皇」＝光孝が樹を植え山木を移して立派な庭にした、と記されている。これは先述した元慶八年二月に、光孝が即位するにあたって仁寿殿の庭の整備したことをいったものであることは間違いない。

そのような光孝の行為を誉めたうえで、道真は「先皇（光孝）は馭曆（治世）の初め、事皆な承和に法則せり」と明記している。光孝がいかに文徳王統三代の異常な政治を克服し、「承和」＝仁明天皇の政治に戻すことに腐心していたことをよく示しているといえよう。

2　光孝・宇多朝の画期性

以上、同時代の史料を用いながら、光孝天皇の政治の意義について整理したが、もう少し後世の史料によってそれを確認してみたい。その意義を明確に示しているのが、南北朝期『神皇正統記』を著した北畠親房の評価であろう。親房はその著作のなかで次のように書いている。[12]

光孝ヨリ上ツカタハ一向上古也。（中略）上ハ光孝ノ御子孫、天照大神ノ正統トサダマリ、下ハ昭宣公ノ子孫、天児屋命ノ嫡流トナリ給ヘリ。

親房が光孝より以前は「上古」であって、光孝以後が中世につながる「正統」の皇統であると明言していることは明らかであろう。すなわち、文徳王統三代と光孝との間に皇統の大きな断絶があると認識していたのである。そして、それは摂関家も同じであって、親房は「昭宣公」＝藤原基経の子孫が藤原氏の嫡流となったというのである。少々極端ないい方をすれば、文徳王統三代を作り上げた良房を藤原氏の嫡流から外して考えるという認識があったことを示している。

このような認識は南北朝期の北畠親房だけではなかった。平安時代後期に作られた『大鏡』にも、

帝（光孝）の御すゑもはるかにつたはり、おとゞ（基経）のすゑもともにつたはりつゝうしろみ申給。

と記されており、[13]『神皇正統記』と同じ時代認識を示している。[14]

このように、光孝朝の画期性は、摂関家の動向も含みつつ、後世においても認められるものであったのである。

この光孝朝の画期性は次の宇多朝においても確認できる。宇多朝の分析は本章の主題からは外れるので、これまでの成果に拠りながら簡潔に指摘しておこう。

まずは、宮中行事の整備である。これを代表するのは、藤原基経が仁和年間から寛平初年にかけて（八八五〜八九〇）清涼殿の東廂に設置したという「年中行事障子」である。この障子に記載された行事が、その後の宮中の行事の前提になったことは先学の指摘するところである。

次は踏歌と相撲の復活である。踏歌の場合も「年中行事抄」によれば「承和の旧風」にもとづくものであるという(15)。

このように、宮中の年中行事や儀式が整備される一方で、天皇直轄の祭祀が始まるのも宇多朝であるという。岡田莊司によれば、このとき「毎朝神拝」や「一代一度大神宝使」の派遣、そして天皇が出御する「賀茂臨時祭」などが開始されたという(16)。また昇殿制が本格的に始まったのも宇多朝であった(17)。これによって天皇を中心とする「ミウチ社会」が形成されることになった。

以上のように、宇多朝においては、光孝朝の「変革」を前提にして、日本的儀式の成立、天皇直轄の宮中祭祀の成立、そして天皇を中核とする「ミウチ社会」の形成が進められたのであった(18)。先に『神皇正統記』や『大鏡』の時代認識を紹介したが、それらは、いま述べたような光孝・宇多両朝によって遂行された変革がいかに大きな変革であったかを如実に示しているということができよう。

この両朝の変革によって中世王権に連続する皇統が成立したのであるが、それが文徳王統三代の否定の上に成り立っていたことが重要である。それは、文徳王統三代を飛び越えて、「承和」＝仁明朝の原則、嵯峨・淳和系の迭立という原則に戻るという歴史認識によって支えられていたのであった。

3　小　括

以上、長々と光孝天皇の即位事情と政治の特徴について述べてきたが、簡潔にまとめると以下のようになろう。
まず、承和の変を契機に成立した文徳王統三代は清和・陽成が幼帝であったこともあって、尋常な政務を執り行うことができず、さまざまな異常な事態を招いた。その極めつけが陽成天皇の宮中殺人事件である。

陽成の後継者をめぐって、貞保・貞辰・貞数ら陽成の兄弟や子らが候補者として存在したが、まだ幼かったり、当時恋愛をめぐって浮き名の絶えなかった藤原高子や在原業平らとの関係があったり、なによりも文徳王統三代の異常な政治を繰り返さないという貴族社会の暗黙の了解もあって、彼らは後継者として推されることはなかった。

それに代わって突如後継者に推され即位したのが光孝天皇であった。したがって、光孝は文徳王統三代の異常性を克服するために、「承和の旧風」＝仁明の時代の政治に戻ることを目指して政務や儀式の復活と整備に努力した。その成果は次の宇多天皇に引き継がれ、「光孝ヨリ上ツカタハ一向上古也」と北畠親房が喝破したように、この両朝の代に中世王権に連続する王権の基盤が成立したのであった。

四　『伊勢物語』成立の背景

以上のような歴史的経過にもとづくならば、文徳王統三代と深く関わっていた在原業平を主人公にした『伊勢物語』が彼の死後一世紀以上も経て編集されたことはどのように理解したらよいであろうか。

繰り返しになるが、陽成が業平の子という噂が立ち[19]、貞数も業平と高子の子であるという噂があった[20]。さらに業平は、清和天皇の代に昇進し始め、陽成の時には高子の推挙もあって蔵人頭に任命されているように[21]、清和の女御（後、皇太后）で陽成の母藤原高子を介したこの王統との関係の深さは相当なものがある。

しかし、縷々述べてきたように、その後の宮廷の歴史は業平が深く関わった文徳王統三代を否定する方向に進んだ。その否定の上に光孝朝以後の中世王権につながる基礎が形成されたのである。ということは、業平は政治的には文徳王統とともに否定される、ないしは消去されてもおかしくない存在であったということができよう。ここでは仮に政治的な「敗者」と表現しておこう。

しかし、業平は死後『伊勢物語』の主人公として蘇ることになった。この要因は奈辺にあるのだろうか。「はじめに」でも述べたように、『伊勢物語』の原型は不明であること、したがって現在の形に整理された経過も確定できないと評価されている。このような研究状況なので、その要因を解明することは至難の業であるが、「新日本古典文学大系」の『伊勢物語』の解説で秋山虔が述べていることは、それを解く一つのヒントを提供してくれているように思う[22]。

秋山は、『古今和歌集』に採録された和歌が二つの「序」（「真名序」と「仮名序」）にもとづいて体系化されていると評価しながら、「そうした体系化に背反するような印象を投げかけているのが、（中略）在原業平の若干の歌であった」と指摘する。秋山が「背反する」というのは、業平の和歌の詞書きの長さだけでなく、業平の和歌だけが「集中の歌同士が特定の関係」として採録されており、『古今和歌集』の「歌の一首一首がその体系的な秩序を組成するための因子であるとすれば、集中の歌同士が特定の関係にあるということは、異例に属すというほかなかろう」というのである。

そして、そのような形式を採らざるを得なかった要因を次のように説明している。

選者たちは、この撰集の体系化の方針に反するような形で進入してくる業平の歌の在り様を尊重せざるをえなかった、というよりその在り様に屈服せざるをえなかったと考えるほうが適切であるかもしれない。ということは業平の歌がすでに多分の説話化をこうむっており、彼はその説話との関係を切断されがたい主人公と化していたのであっただろう。

長い引用になったが、『古今和歌集』に採録された業平の歌の特徴から当時の業平の位置を指し示した文章ということができよう。「尊重せざるをえない」、「屈服せざるをえない」要因については示されていないし、「説話化」の内容も説明がないが、秋山は『古今和歌集』の選者にとって業平と業平の和歌が特別の位置を占めていた、と考えているのである。

私は、『古今和歌集』の体系に背いてまで（「尊重」し「屈服」してまで）業平の和歌を採録せざるをえなかったのは、やはり業平の和歌の力にあったと考える。しかし、それは単なる和歌の力ではなく、先述のように、歌人業平の政治的な「敗者」としての性格を背景にした和歌の力であったと考える。

少々情緒的な理解になりすぎたので、別の視点から業平の和歌が『古今和歌集』に採録された要因について考えてみたい。その時参考になるのが、『伊勢物語』成立に関する「三段階成立説」である。

『伊勢物語』が業平自作の物語でなく、彼の死後、何段階かの増補を経て現在の形になったことはすでに述べたところである。(23)増補の過程については諸説あるが、その代表的な理解が三段階成立説である。それは以下のような考え方である。

①『古今和歌集』以前の原初形態——一〇章段にも満たない原『伊勢物語』

②一〇世紀中葉——①を核に新しい物語が付加されて四五章段ほどに

③①の約一〇〇年ほど後にさらに七〇章段が付け加えられて現在の形態に

①は業平の作と考えられ、すでに「二条后物語」・「東下り物語」・「斎宮物語」・「惟喬親王物語」など現行本の基礎的な構成ができあがっていたといわれる。②は①に新しい物語が付加されたもので、「業平集」という業平の和歌集に確認できるという。秋山が検討している『古今和歌集』との関連が生じるのはこの段階のものである。

ところで、『古今和歌集』は「万葉集に入らぬ古き歌、自らのをも、奉らめ給ひて」(「仮名序」)、「各歌集幷びに古来の旧歌を献」じて(「真名序」)編集した勅撰和歌集だが、実はその編集には大きな偏りがあった。

それは収録和歌約一一〇〇首のうち詠み人が判明しているのは六五〇首ほどであるが、なんとその六五〇首のうち紀貫之ら編者四人が詠んだ和歌が二四〇首にもおよび、詠み人がわかっている和歌数の三分の一を超えていることである。このような事実を前提に、田中喜美春はその要因を歌人が少なかったこと、したがって採録できる和歌が不足していたことに求めている。(24)

私はここに在原業平の和歌が『古今和歌集』に採録された要因を見出すことができると思う。先の「三段階成立説」に依拠するならば、業平自身が詠んだ和歌を含んだ二〇章段前後の原『伊勢物語』は、『古今和歌集』の編者にとっては収録すべき和歌の不足を補う魅力ある存在であったと考えられる。それは採録された業平の和歌数三〇首というのが編者の一人壬生忠岑の三五首に次ぐ第五番目の和歌数であったことによっても裏づけられる。ここに在原業平の和歌が蘇るもう一つの要因があったということができるのではないだろうか。

しかし何度も述べてきたように、業平は否定された文徳王統と関係の深い政治的な「敗者」でもあった。この二つの側面を『古今和歌集』編纂という国家的なプロジェクトのなかで統一するのはそう簡単ではない。

そこで『古今和歌集』の編者は、政治的な「敗者」としての業平の和歌を一種の「言霊」と捉え、それを鎮める意味を込めることによって『古今和歌集』に採録することにしたのではないだろうか。そして、業平の和歌は原『伊勢物語』としてすでに「説話化」、すなわちひとまとまりのできあがった作品として周知されていたために、長い詞書きを随伴させたまま採録せざるをえなかったのではないだろうか。秋山がいうように、『古今和歌集』の体系に背反するにもかかわらず、「その在り様に屈服」し「その在り様を尊重」してまでして採録した要因はここにあるように思う。

そう考えると、『古今和歌集』「仮名序」で「その心余りて、言葉足らず。萎める花の、色無くて、匂ひ残れるがごとし」という厳しい評価をしながらも、「その名聞えたる」歌人の一人として、業平の名を挙げていることも理解できる。

このような意図のもととはいえ、業平の和歌は『古今和歌集』に採録されることによって、一〇世紀中葉以後の和歌世界において確固たる位置を獲得することになった。そうなると、『古今和歌集』に三〇首も採録された歌人、若い頃の放逸な生活、色好みの個性、絶えないスキャンダル、さらに政治的「敗者」などとしての業平の多彩な経歴と性格は、盛んになりつつあった物語の作者たちにとっては格好の素材ではなかったろうか。かくして業平を主人公とする『伊勢物語』の素地はできあがり、さらに増幅されて現在の『伊勢物語』が形成されたと考えたい。

したがって、私は『伊勢物語』の根底には、政治的「敗者」としての業平の霊を鎮魂するという要素が多分に含まれていたと考える。すでに指摘されているように、業平の和歌や『伊勢物語』には、当時権勢を誇った藤原氏に対する批判めいた内容がところどころに差し挟まれていることも(25)、政治的な「敗者」となった業平の霊を鎮める意図が込められているように思うのだがいかがであろうか。

最後は推測の連続で読みにくい内容になってしまったが、秋山の魅力的な評価を頼りに『伊勢物語』成立の背景について考えてみた。なんらかの問題提起になっていれば幸いである。

注

（1）「光孝朝の成立と承和の変」（初出一九九九年、本書第Ⅱ部第一章）

（2）保立道久『平安王朝』（岩波新書、岩波書店、一九九六年）。

（3）『日本三代実録』元慶六年三月二七日条。

（4）『伊勢物語』七九段（『竹取物語　伊勢物語』「新日本古典文学大系」一七、岩波書店、一九九七年）。

（5）『伊勢物語』同右段。

（6）保立注（2）『平安王朝』。

（7）『日本三代実録』元慶八年四月一三日条。

（8）目崎徳衛「文徳・清和両天皇の御在所をめぐって」（『貴族社会と古典文化』吉川弘文館、一九九五年）など参照。

（9）『日本三代実録』同年六月一〇日条。

（10）詳細は木村注（1）「光孝朝の成立と承和の変」を参照されたい。

（11）『菅家文草・菅家後集』巻第五、三八四番（「日本古典文学大系」七二、岩波書店、一九六六年）。

（12）『神皇正統記・増鏡』（「日本古典文学大系」八七、岩波書店、一九六五年）。

（13）『大鏡』第二巻「太政大臣基経」の項（「日本古典文学大系」二一、岩波書店、一九六〇年）。

（14）木村茂光「『大鏡』の時代認識に関する覚書」（『歴史評論』六三七号、二〇〇三年、本書第Ⅰ部第五章）。

（15）『続群書類従』第一〇輯。

（16）岡田莊司『平安時代の国家と祭祀』（続群書類従完成会、一九九四年）。

（17）古瀬奈津子「昇殿制の成立」（初出一九八七年、『日本古代王権と儀式』吉川弘文館、一九九八年）。

（18）木村茂光『「国風文化」の時代』（初版一九九七年、吉川弘文館、二〇二四年）。

（19）一条兼良『花鳥余情』（「国文註釈全書」第三巻、國學院大学出版部、一九〇八年）。

（20）注（4）『伊勢物語』七九段。

(21) 市川久編『蔵人補任』元慶三・四年条（続群書類従完成会、一九八九年）。目崎徳衛「在原業平の歌人的形成—良房・基経執政期の政治情勢における—」（初出一九六六年、『平安文化史論』桜楓社、一九六八年）。
(22) 秋山虔「伊勢物語の世界形成」（注(4)『竹取物語　伊勢物語』）。
(23) 例えば、日向一雅「歌物語の展開」（鈴木日出男他編『日本文芸史』第二巻、河出書房新社、一九八八年）。
(24) 田中喜美春「古今和歌集の形成」（秋山虔編『王朝文学史』東京大学出版会、一九八四年）
(25) 日向注(23)「歌物語の展開」の「業平の反世俗の姿勢」の項など参照。

第二章　讃岐国守菅原道真の国務と目線

――『菅家文草』巻三・四を読む――

はじめに

文人貴族菅原道真が突如讃岐国守に任ぜられ任地に下向したのは仁和二年（八八六）のことである。そしてその任を解かれ帰京したのは寛平二年（八九〇）のことであるから、途中一度上洛しているものの、足かけ四年、讃岐国守として国務を行ったことになる。その四年間に彼が詠んだ漢詩が『菅家文草』(1)の巻三・四に一四〇首ほど収録されている。

本章は、これらの漢詩文から道真の国守としての仕事ぶり＝国務とその地で経験した事どもから、道真の在地社会を見る目＝目線について考えてみようとするものである。

さて、道真の讃岐時代について触れた論考は多数あるが、ここでは道真の伝記を扱ったいくつかの本のなかから、讃岐国守時代の道真の評価について整理しておこう。

まず、坂本太郎『菅原道真』(2)である。坂本は讃岐国に下向する道真の苦悩を説明したうえ、任国で詠んだ名詩「寒早十首」（二〇〇―二〇九）(3)や讃岐国の良吏について記した「路遇二白頭翁一」（二二一）などを紹介しつつ、讃岐国における道真について次のように評価している。

まことに讃岐守四年の生活は客観的には有効な人生経験の場ではあったが、かれ自身の心情においては耐え難い無聊と憂鬱の連続であった。

また、次のようにもいう。

道真は頭で考え心で労したほどに、表てに成績があがらなかったのが実状であって、それが政治家としての、かれの限界に外ならないと思われる。

道真の讃岐守としての経験に対して否定的な評価ということができよう。

第二は弥永貞三「菅原道真の前半生―とくに讃岐守時代を中心に―」(4)である。弥永は道真の「家系」から説き起こして「少年時代」、「対策」、「出身」、「民部少輔時代」、「文章博士時代」と概述した後、「讃岐守になる」から讃岐守としての道真を扱っている。その仕事ぶりは「国守として」の項に記されているが、その内容はこの時代に道真が詠んだ漢詩文を用いて国守としての仕事を紹介している程度で、とりわけ突っ込んだ議論を展開してはいない。そのうえで、弥永は次のように国守としての道真を評価している。

道真は国司としてはまずまず立派な方であるが、(安倍)興行のように、ほんとうに民衆の中に身を置いて骨身を惜しまないというタイプではなかったのである。

「国守として」の後に道真が讃岐国守の間に起きた「阿衡問題」についても記しているが、その分量が「国守として」の三倍以上にもおよんでいることから推測するならば、弥永が「道真の讃岐守時代」で書きたかったのは「阿衡問題」のなかの道真でなかったのではないだろうか。

第三の阿部猛『菅原道真　九世紀の政治と社会』(5)は赴任から着任までの経過を追いつつ、この間に詠んだ漢詩を紹介している。そして、冬の寒さに苦しむ一〇の職種の下層民を詠んだ「寒早十首」を紹介しつつ、次のように記している。

もちろん、国守が直接民衆と接する機会があるはずもないが、しかし、かれなりに新しい世界を発見したのであろう。地方の民衆を発見することによって、菅原道真の詠詩に新しい心境をもたらしたであろう点を評価している。両氏とも、文人貴族で当代随一の詩人であった道真の中央政界での動向に中心的な関心があるため、讃岐時代の道真についてはあまり詳細には取り上げず、かつ積極的な評価を与えていない、ということができよう。

第四は平田耿二『消された政治家　菅原道真』(6)である。平田は、当該期の土地制度や税制研究を専門としていたから、本書でも、九世紀末から一〇世紀初頭に政治改革における道真の役割を追いつつ、彼が政界から抹殺された理由と天神として祀られるに至ったなぞの解明を目指している。

そのなかの「第二章　地方官としてみた政治と社会」で道真の讃岐守時代を扱っているが、氏の専門にふさわしく「破産状態の讃岐」「厖大な数の脱税人口」「激減した成年男子」などと、当時の讃岐国の経済状況を復元しつつ、「民政のエースとして」道真が讃岐国に下向したと評価している点に特徴がある。

そのうえで、道真が讃岐の政治を実際に捉えた作品として「寒早十首」を取り上げ、各首を丁寧に解釈したうえで、川口久雄の評価にもとづいて「平安時代の「貧窮問答歌」」と評価している。そのうえで、「道真は、国守として赴任はするが、国政の立場から、地方政治の実情を調査するように命じられていた」とする。さらに、「行春賦」(二一九)を紹介しながら道真が「律令による人民支配に絶望」していたとも主張する。

このように地方官(国守)としての道真の役割と立場に視点を置いて、讃岐時代の道真を評価している点に特徴があるが、道真が実際に行った国務の内容に関してはそれほど突っ込んだ分析はしていない。

最後に藤原克己『菅原道真　詩人の運命』(7)である。同じく道真の生涯を扱った著作ではあるが、本書ではかなりのページを割いて讃岐時代の詠詩を取り上げ、その特徴について言及している。

藤原は、これまでの研究と同じように、讃岐国下向にともなう「詩臣のなげき」を確認しつつも、「寒早十首」に「律令」（戸令）にもとづく「儒教的な福祉理念」を読み取り、さらにこのような下層の民衆の苦しみを具体的に詠むことができたのは、これも「戸令」に規定されている「国守巡行条」(8)にもとづいて国内巡察を行ったからである、と評価する。そして、

> 讃州時代の道真は、地方官に転出されたことの不遇を託ってばかりいたわけではありませんでした。国守としての任務も忠実に果たしていたのです。

と評価している。実際、『菅家文草』には国内巡行の際の状況を詳しく記した「行春詞」が収録されている。この詩については後述する。

その後、藤原は「国守の仕事の物憂さ」を読み取り、「行春詞」で当時の讃岐国の実状と道真の思いについて叙述し、さらに「路に白頭の翁に遇ふ」（二二一）では地方行政のあり方に対する道真の立場を解説している。

これらの分析からだけでも学ぶべき点は多々あるが、私が注目したい点は、さきの「儒教的な福祉理念」を展開させて、道真の「社会的弱者への関心」の高さを読み取っていることである。「寒早十首」や「路遇㆓白頭翁㆒」、さらに「問㆓藺笥翁㆒」（二二八）などを筆頭に多くの詩や詩の一部で老人や社会的弱者を詠んでいることを指摘したうえで、藤原は「なぜか？」と自問して次のように答えている。

> 「在地における階層分化の進行と戸籍の空洞化」は極限まできており、「地方財政を運営してゆくためには、律令原則を墨守していたのでは不可能で、変治・変法が必要であることを、道真は痛感させられていた。しかしなが

ら、律令の戸令等の条文の根底にある儒教的福祉理念だけは、彼はそれを放棄するわけにはいかなかった。なぜならそれは、儒者としての彼の存在理由に関わるからです。」

長い引用になったが、道真の国守として儒者としての両面の立場をみごとに説明していよう。私が本章をまとめようと思った動機は、藤原のこの評価にある。「寒早十首」だけでは、讃岐国守としての菅原道真の意味は解けないのである。

この後、藤原は、道真の国吏としての「悲哀と懊悩」を読み取り、さらには「白居易の諷諭詩との比較」を行っているが、すでに紹介が長くなってしまったので、その指摘にとどめよう。

以上のように、本章は、藤原の仕事を契機とし、さらにそれを根拠にしつつも、漢詩の評価というよりは、道真の国守としての仕事ぶりと彼が当時の在地社会から得た心境について考えることに目的がある。

一　讃岐国下向

先述のように、道真が八年余り勤めた文章博士の職を解かれ、讃岐守に任ぜられたのは、四二歳の仁和二年（八八六）の正月のことであった。(9) この突然の人事異動に驚き動揺していたことは、『菅家文草』巻三に収録されている漢詩に明瞭に表現されているし、これまでの道真研究の指摘するところである。

例えば、関白藤原基経が開いてくれた餞の宴では、讃岐国守として都を離れることに対して「何なることをか恨みとせむ」としながらも、四句目では

明春、洛下の花を見ざらむことを

と、来年の春、都の桜の花をみることができないことだけが唯一の恨みであると詠んでいる（一八六、「相国東閤餞席」）。

また、大学寮の北堂（文章道の講堂）で開かれた送別の宴では、次のような漢詩を詠んでいる（一八七、「北堂餞ㇾ宴、各分二一字一。探得ㇾ遷」）。

我れ将《まさ》に南海に風煙に飽《あきだ》らむ
更に妬《そね》む　他人の左遷なりと道《い》はむことを
倩憶《つらつらおも》ふ　分憂《ぶんゆう》は祖《おや》よりの業《わざ》にあらぬことを
徘徊す　孔聖廟門の前

「分憂（国守）は菅家の祖業ではない」、「他人はこれを左遷というに違いない」といい切っているところに当時の道真の気持ちが十分現れている。

二　さまざまな国務

道真はいろいろな思いを抱きながら、同年三月京を発ち、讃岐国へ赴任する。『菅家文草』には、赴任中に詠んだ漢詩が約一三〇首収められているが、それらの漢詩のなかから、道真が行った国務に関する詩文を摘出し、国守としての働きぶりを復元してみよう。

まず、「以下卅四首、到ㇾ州（讃岐国）之作」と記された二番目の詩に、「金光明寺百講会有ㇾ感」という漢詩がある（一九一）。道真は三〇日より以来雨が降らなかったが、今朝に降って草が青さを取り戻したのはすべて仁王般若経の霊験の賜物である、と詠んでいる。道真は赴任後間もなく仁王般若経百講に国守として参加し、降雨を祈ったのである。

同じような詩は、秋の重陽の節にも詠まれている。「重陽日府衙小飲」という詩である（一九七）。重陽の節を祝って国府で小宴が開かれたのであろう。しかし、第五句・六句には小宴とは似つかわしくない内容が記されている。

　盃を停《とど》めては且《しばら》く論《あげつら》ふ　租《いだしもの》を輸《いだ》す法
　筆《ふみて》を走《は》せては　ただ書く　訴《うるた》へを弁《わきま》ふる文

秋は税の収納の季節である。重陽の宴を行いながらも、租税を徴収する方策について論じ、民衆からの訴状に対する判決文を書いている、作詩どころではない、という道真の心境が伝わってくるようである。ともあれ、これらの漢詩を読む限り道真は国務を勤勉に遂行していることが読み取れる。

なかでも道真の国務ぶりを鮮明に伝えている詩として有名なのが「行春詞」（二一九）と「路遇㆓白頭翁㆒」（二二一）であろう。

「行春詞」は「行春」＝春の国守の巡察に出向いた時の状況を詠んだ詩である。全体で四〇句からなる長い詩であるが、藤原克己のまとめに従えば、次のように区分される。

第一段（第一～一四句）……国守の任務は困難で、自分にはとても立派な治績をあげることはできない。せめて廉直な国守でありたい、という巡察に向かう前の心構え。

第二段（第一五～二八句）……実際に巡察に出かけ、部内の民衆の状況とそれへの対応を記している。これについては後に具体的に叙述したい。

第三段（第二九～四〇句）……巡察を終えた道真の国守としての悲哀と懊悩。

第一段では、「才愚《さいおろか》にして　ただ傷《いた》める錦を嫌《きら》ふべし」（第三句—才覚も愚かで拙いが、まずい政治をして失敗しないか心配だ）などといいながらも、「行行《こうこう》　且《かつ》がつ稲梁《とうりょう》の登《みの》らんことを禱《いの》る」（第一四句—すべての行為は稲や梁〈穀物〉が豊かに稔ることを祈ることに関わっている）と国守としての責務を自覚している。

第二段では、巡察した部内の様子が詠まれているが、代表的なものを四句ほどあげよう。

雨を過《すご》して経営《けいめい》して府庫を修む（第一七句）
煙に臨みて刻鏤《こくる》して溝塍《こうしょう》を弁《わきま》ふ（第一八句）
遍く草の褥《しとね》を開きて冤囚《えんしゅう》を録《しる》す（第一九句）
軽く蒲《がま》の鞭《むち》を挙げて宿悪《しゅくあく》を懲《こら》す（第二〇句）

雨などで壊れた府庫の修理、溝や塍（あぜの小溝）の補修、罪もなく囚われている人の救済、以前からの積悪を懲らしめる、などの仕事が詠まれているが、これは『律令』「戸令」三三、国守巡行条に

凡そ国の守は、年毎《としごと》に一たび属郡に巡り行《ある》いて、風俗を観、百年を問ひ、囚徒を録し、冤枉《えんおう》を理《おさ》め、詳《あき》らかに政刑の得失を察《み》、百姓の患《うれ》へ苦しぶ所を知り、敦《あつ》くは五教を喩《さと》し、農功を勧め務めしめよ。（後略）

などと規定された(10)、国守として当然しなければならない職務を遂行していることが読み取れる。ただ、これらの職務内容のなかに、

卑貧《ひひん》は富強に凌《しへた》げられむかと恐《おそ》る（第一五句）

と記されていたり、第三段の最後に、自分は「州に到りて半秋　清《せい》と慎《しん》とを兼ぬ」（第三九句—讃岐へ来て半年、自分は清廉と謹慎をモットーに政治にあたってきた）と記した後、

恨《うら》むらくは　青青《せいせい》として汚染したる蠅あることを（第四〇句—遺憾に思うのは、臭穢に群がる蒼蠅のように、腐敗汚

染した輩がいることだ）

と記していることには注目したい。

道真は、現実の社会では貧富の差による階層分解が生じていて、当時「富豪層」と呼ばれた階層が貧窮の百姓を犠牲にのし上がってきており、役人のなかにも律令の規定を守らず、私利私欲を貪っている階層が生まれてきていることを敏感に察知していたのである。道真の国守としての悲哀と懊悩は、このような変質しつつあった律令制社会の現実に起因するものだったのである。

このような悲哀と懊悩があったからこそ、次の「路に白頭の翁に遇う」という漢詩が詠まれたのである（二二一）。これも有名な詩なので、藤原の著書を参考にその概要を紹介しておく。

ある時、白髪ながら顔の血色のよい老人に会った。老人がいうには「私は九八歳、妻も子もいない貧窮の身。南山の麓の粗末な家に住んでいて、農業も商売もしていない。家財も一つの木箱と一つの竹籠があるだけです」。不審に思って、「ではなぜそんなに血色がよいのか」と尋ねると、老人はひざまずいて次のように語り始めた。

貞観年間の末から元慶年間の初めにかけての国守は非道な国守で、旱害や疫病が流行っても、租税を免除してくれず、哀憐を垂れてくれなかったため、村々はすっかり荒廃してしまった。ところがその後任に安倍興行というお方が介（二等官）として赴任すると、彼はあたかも奔波のように州内を巡察し、疲弊した州民に賑恤を施して下さったので、ようやく私たちの生活も安定し、他郷に逃れていた者も帰ってきました。

さらに、その後任には藤原保則という方が守として赴任してきましたが、その方は名君で人徳もあり、要を押さえた政治を行いましたので、役人たちの不正・腐敗もなくなりました。このお二人の善政のお陰で私どもの村も豊かになり、そのせいもあって私は近隣の人々に養ってもらっているのです。

安倍興行や藤原保則のような良吏であることに期待を受けつつも、道真はこの漢詩の最後で、自分には興行や保則のような良吏として働く能力もないと卑下しつつ、次のように自分の思いを吐露してる。

自余《このほか》　政理　変無《へんな》きこと難《かた》けむ（第五一句―前任の国守の政治と同じという訳にはいかない）

奔波の間《ひま》に　我は詩を詠《えい》じなむ（第五二句―私流で巡視も奔波のように続け、その合間に詩を詠みたい）

藤原は、この前の句に着目し、興行や保則のような古典的な良吏のやり方では民力をある程度回復できても、「租税や徭役を確保することはできない、租税や徭役を確保するためにはさらに何らかの変治・変法を講じなくてはならない」という道真の考えを読み取っているが、正鵠を射た評価であろう。先の富豪層の活動や私利私欲に耽る役人に関する詩文と重ね合わすと、道真の真意は十分理解できる。

さらに道真の批判は中央の貴族層にもおよぶ。「遊覧偶吟」（遊覧してたまたま吟ず）という詩はやはり国内を巡察していた時に詠まれたと考えられるが（二五六）、そこでは美しい讃岐国の自然が徐々に私的に領有されつつあるのではないか、という危惧を表しつつも、次のような句を詠んでいる。

京中の水ある地《ところ》　王公の宅（第三句）

畿内《きだい》の花咲く林　宰相の荘（第四句）

京中の池水のある風光明媚な土地は王臣家の邸宅に取り込まれており、畿内で花が美しく咲く所は大臣たちの荘園になってしまっている、というのである。九世紀後半より「院宮王臣家」と呼ばれる貴族層が地方の富豪層と結託し土地の兼併を進めており、それが延喜二年（九〇二）に発せられた延喜荘園整理令の大きな要因であったことは有名な話である。(11) 道真はそのような動向が讃岐国まで押し寄せてきていることを看取し、歎き批判しているのである。

当代随一の儒家、菅原道真らしいといってしまえばそれきりだが、任国讃岐国で起きている「変化」を鋭く感知していたということができよう。だからこそ、前記の「路遇白頭翁」のなかで「自余《このほか》　政理　変無《へんな》きこと難《かた》けむ」という句を発せざるをえなかったのである。

三　旱魃と勧農

国務に関する記述が長くなったが、これとの関連で、道真の詩文のなかには勧農に関する句も目立っている。とりわけ、仁和四年（八八八）に讃岐国は旱魃に襲われたようで、[12] 勧農に関する詩が多く詠まれている。

例えば、「四年三月廿六日作」という詩文は「到レ任之三年也」という付記があるように、讃岐国に下向して三年も経ったことに感じて詠んだものである（二五一）。その最後には、いよいよ四月に入るので鶯や花など風流心を忘れ、「冷《すさま》しき心もて　一向《ひたぶる》に農蚕《のうさん》を勧めむ」（第八句—ひたすら百姓たちが農業や養蚕に励むよう努力しよう）と記されていた。

また、「客居対レ雪」という詩では（二七六）、「一夜で雪が一尺も積もるであろう」と記した後に次のように詠んでいる（第八句）。

祝著す　明年旱《ひでり》と飢ゑとを免《まぬが》れむことを　今年旱有りき、故に云ふ

讃岐国で一尺も雪が積もったことも興味深いが、それはさておき、道真は、大雪によって明年の灌漑用水が確保できて、きっと旱魃と飢饉を免れることができるであろう、めでたいことだ、と感慨を述べている。次の「酬二藤十六司馬対レ雪見レ寄之作一」でも（二七七）、第四句に「明くる年の秋の稼《たなつもの》は　雲と平《たいらか》ならむ」と詠んでいるから、「今年」＝仁和四年の春に起こった旱魃がいかにすざましいものであったかを示している。

実は、この旱魃に関する長い詩文（「国分寺蓮池の詩」）が残されている（二六二）。ここでは、その題文を紹介して

おこう。そこには次のように記されている。

私が巡察に向かった時、国府の北に一つの蓮池があった。長老がいうには、この蓮は元慶までは葉はあったが花はなかった。しかし仁和年間（道真の赴任）になると葉も花も盛んに付くようになった。それで私は同僚と池中の蓮の茎を採って国内の二八箇寺に分け与えたので、みな感激して発心するほどであった。ところが今年の春より雨降らず、夏になっても雲がわかず、池底に塵が生じ、蓮の根気は枯れてしまった。仏の慈悲が及ばないのでないとしたら、人間の心が不信心になったからにほかならない。いささか文章を叙してすなわち以て嗟歎《さたん》すと。

この後、全四八句の漢詩が続くが、関係する句を摘記してみよう。

豈図《あにはか》りきや　此の歳　豪雨なからむとは（第二七句）
何なる罪ありてか　当州且《まま》に旱天《ひでりぞら》なる（第二八句）
祝史《しゅくし》は幣《へい》を頒《わか》つ社に馳せむことに疲《つか》る（第三三句）
禅僧は経を読む筵《むしろ》に著《つ》かむことに倦《う》む（第三四句）
笑ふことな　芳修偏《ほうしゅうひとへ》に力少きことを（第四一句）
慙《は》づべし　政の理毎《ことわりつね》に愆《あやま》ち多きことを（第四二句）

道真が旱魃の対応に苦慮し、自分の政策に過ちが多いことを恥じていることがわかる。実は、道真は自分の政策を恥じて鬱々と漢詩文を詠んでいるだけではなかった。

同じく『菅家文草』巻第七には「祭㆓城山神㆒文　為㆓讃岐守㆒祭㆑之」という「記」が残されている（五二五）。これは、仁和四年五月六日に降雨を城山の神に祈願した時の祭文である。「八十九郷、二十万口の如き、一郷損すること无《な》く、一口愁へ无からませば」と祈願している。文章博士としての道真の面目躍如たるところであろう。ちなみに、

「八十九郷」とは讃岐国の郷数、「二十万口」とは同国の人口を指している。

さらにこの年の十二月下旬、道真は同僚を率い、国府に部内の名僧を屈請して仏名礼懺会《ぶつみょうらいざんえ》を修している。その時の詩文が「懺悔会作」である（二七九）。仏名会とは、毎年十二月の定めた三夜に、過去・現在・未来の三千仏の名号を唱え、一年の罪障を懺悔・消滅するために催された行事である。道真にとってはこの一年間の旱魃による悲惨な被害を懺悔・消滅する目的があったのであろう。内容は長くなるので引用は避けるが、ただその一句に「帰依す　一万三千仏　経中の仏名なり　／哀愍す　二十八万人　部内の戸口なり」とあることを記しておこう。

四　古老・弱者への目線

1　さまざまな老人を詠む

道真の讃岐時代の漢詩に老人との対話が多いことは藤原の指摘するとおりである。先に紹介した「路遇㆓白頭翁㆒」はその代表といえよう（二二一）。

もう少し詳しくみると、老人・古老は道真が讃岐国に赴任して間もなくの漢詩に登場する。その最初は「重陽日府衙小飲」（一九七）で、「菊は園を窺《うかが》はしめて村老送る」（重陽の宴のための菊は村の老人が庭先から覗いて送ってくれる）と記されている。仁和三年（八八七）正月の「旅亭歳日、招㆑客同飲」でも「招いた郷老」と酒を飲んだことが記されているし（二一四）、前述した「行春詞」にも「年高けた祝」「臈《ろう》老いたる僧」が出てきていた。

あとは名称と詩の番号だけを摘記すると、「漁りの叟《おきな》い」（二一五）、「霜白の老」（二二七）、「翁」（二二八〜二三一）、

「釣叟《ちょうそう》」（二三五）、「釣を垂る叟」（二四九）、「邑老《ゆうろう》」（二五一）、「長老」（二六二）、「漁叟《ぎょそう》」（二七九）、「翁」（三一四）などを挙げることができる。漁師の老人が多いのは瀬戸内海に面した讃岐国だからかもしれないが、多くの老人が詩文に詠まれていることは間違いない。

そして、「旅亭歳日、招レ客同飲」（二一四）や「四年三月廿六日作」（二五一）のように、老人とともに酒を飲んでいる情景を詠んだ詩も多い。これは「国務条々」(13)の第一五条に「老者を粛んで風俗を申さしむる事」とあったように、古老との会話によってその土地の風俗を知るためであったのであろう。このような日々の付き合いがあったからこそ、「路遇白頭翁」や「国分寺蓮池の詞」に記されたような内容が道真に伝わったのであろう。

2　「問藺笥翁」以下の四連詩

道真の国務とは関係ないが、道真が老人を詠んだ詩としては「問二藺笥《ゐげ》翁一」から始まる四連詩（二二八〜二三一）は秀逸であろう。藺《いぐさ》で笥《はこ》を造ることを職業としている老人との二問二答の形態をとった詩である。

問はくは「尓《なんじ》　皤皤《はは》たる一老人
名づけて藺笥といふ　事《こと》何にか因《よ》る
生年幾箇《いくばく》ぞ　家安《いづ》くにか在る
偏脚《へんきゃく》としどりあしにして句瘻《くる》とくくせなる　亦　具《つぶさ》に陳《つら》ねよ」といふ

道真は問う、「お前さん、髪の毛の真っ白な爺さんよ。お前さんを藺笥の爺さんというのはどうしてかね。年はいくつか、家はどこかね。どうして足が悪く、かつ背が曲がってしまったのか、詳しく聞かしておくれよ」と。

代レ翁答レ之

「藺笥の名をなすこと　手工に在り
頽齢《たいれい》六十　山東に宅せり
毒瘡《どくそう》腫《は》れ爛《ただ》れて傷《いた》べる脚偏《ゆが》めり
何れの年といふことを記せず　小き童よりなり」といふ

老人に代わって答える。「藺笥の爺さんという名が付いているのは、私は藺笥作りだからでございます。年は六〇歳、山の東に住んでおります。質《たち》の悪い瘡がもとで腫れ爛れて、足を悪くしてしまい、歩行がうまくゆきません。いつからかは覚えていませんが子どものころからこうでしたよ」と。

以下、二つの詩の訳は省略する。

重問

「近く前《すす》め　汝に問はむ　更に辛酸なることを
年紀病源　これ老残なり
笥を村の中に売りても價賤《あたひやす》かるべし
生涯定めて飢ゑと寒さとを免れざらむ」といふ

重答

「二女三男　一老妻
茅の簷《かや》の内外《うちと》にして聲を合せて啼《な》く
今朝幸《さいはひ》に軟《へへやか》なり　慇懃《ねんごろ》に問ひたまふこと」といふ
杖に扶けられて帰る時　斗米を提《ひきさ》げたり

長い引用になってしまったが、足が悪く背の曲がった藺笥売りの老人との問答を詠んだ詩である。藺笥を売る貧しい老人の生活や家庭や生涯がこの短い詩のなかにみごとに詠み込まれている。道真の老人をみる目線は確かである。また、最初の詩の「お前さん、その体はどうしたのだ」という問いかけ、「重て問ふ」の「さらに辛いことがあるだろう」、「藺笥を売っても大した収入にはならないだろう」という避けることのできない現実、そのうえで「お前さんは、一生、飢えと寒さから免れることはできないだろう」と発した感慨。道真の老人に対する目線は低く、細やかで優しい。彼らの生活の苦しさを知りながらも何もできない国守道真の苦悩も十分感じ取れる詩といえよう。最後の詩の第四句、老人が「提げて帰った一斗の米」は道真の与えたものであろう。

もう一つ。短いがこれも道真の目線が十分感じることができる詩である（三一四）。

野村の火

燈《あぶらひ》にあらず　燭《ともしび》にあらず　さらに蛍にもあらず
驚きて見る　荒《あば》れたる村の一つの小き星
問ふこと得たり　家の翁の病ひの困《くるしび》に沈みて
夜深くして　松節《たいまつ》の　柴の扃《とぼそ》（入り口の粗末な戸）を照すなりと

荒れた村に住み、病気が重くなった貧しい老人の家の粗末な入り口を照らす松明の小さな灯。ただそれだけを詠んだ詩であるが、道真の病気の老人に対する目線は非常に優しい。先の「問藺笥翁」の詩にあった「更に辛酸なることを」とか「定めて飢ゑと寒さとを免れざらむ」というような心情的な表現がないだけに、なおさら老人、社会的弱者に対する道真の思いが非常によく現れている詩だということができるように思う。

これら「問藺笥翁」や「野村火」にみられた道真の社会的弱者への目線、思いは、藤原のいうような「儒教的な福祉理念」にもとづいた社会的弱者への視線だけでは評価できないのではないだろうか。やや情緒的だが、詩人・国守としての立場を超えた人間道真の目線ともいうべきものではないだろうか。

3　「寒早十首」との比較

ところで、道真が讃岐国の民衆を詠んだ詩として有名なのが、赴任して間もなくして詠んだ「寒早十首」であろう（二〇〇～二〇九）。「何れの人にか　寒気早き」に始まるこの漢詩には、「冬になってだれよりも寒さが身にしみる人々」として走還人《はしりかへるひと》・浪来人《うかれきたれるひと》・老鰥人《おいたるやもをのひと》・狐　人《みなしごなるひと》・薬圃人《やくほのひと》・駅亭人《えきていのひと》・賃船人《ちむせんのひと》・魚釣人《いををつるひと》・塩売人《しほをうるひと》・採樵人《さいせうのひと》の一〇の職業人が詠み込まれている。そのことから、『菅家文草　菅家後集』の校訂者川口久雄をして「平安社会の職業尽くしであり、貧窮問答歌ともいうべき秀作である」といわしめた作品である。

最初の詩は次のように始まる。

　何れの人にか　寒気早き
　寒は早し　走り還る人
　戸を案じても　新口無し
　名を尋ねては　旧身を占ふ
　地毛　郷土瘠せたり（郷里の土地は瘠せて、いくら労役しても実りが少なく）
　天骨　去来貧し（あくせく往来するままに 民の骨ぐみも貧弱になる）
　慈悲を以て繫がざれば
　浮逃　定めて頻ならむ

逃亡先から連れ戻されたものの、人口は増えていないし、土地も痩せたままでいくら働いても貧しいばかりである。このまま国司が慈悲ある政治をしなければ、だれも留まることなく、再び浮浪逃亡が頻発するにちがいない、と、地方の在地社会の悲惨さが巧みに詠まれている。

このようにして、以下九種の職業についている民衆の苦しさがその職種に応じて多様に詠まれており、道真の鑑賞力と表現力の高さを示している。しかし、漢詩文としての文学的な評価はできないが、先の「問藺笥翁」や「野村火」に詠まれた病気の翁に対する目線と比べるならば、非常に技巧的でまさに漢詩文作者としての作品という雰囲気が強いように感じられてならない。また、目線も高く、悪くいえば、この地を支配する国守としての目線の強さを感じるのは私だけでないであろう。

赴任して間もなく讃岐国の民衆の多様な職業と生活を鋭く描写した道真の文人貴族としての力量に疑いはないが、その後の老人たちとの対話や描写のきめ細やかさとは比較できないように思う。「寒早十首」から「問藺笥翁」・「野村火」への目線の変化こそ、現地に根ざした国守としての道真の成長を示しているのではないだろうか。

まとめにかえて

以上、『菅家文草』の漢詩文の内容を手掛かりに、菅原道真の讃岐国守としての国務ぶりについて概観した。道真が詠んだ漢詩文全体からみれば、讃岐時代の漢詩は多いとはいえないが、国守としての仕事を的確に行っていたことが読み取れる。

とくに勧農に関する内容が結構詠まれていること、仁和四年の旱魃への対応においては「祈雨の願文」が残されていたことは注目してよい。文章博士としての能力を遺憾なく発揮している。

また、古老を中心とした社会的弱者を詠んだ詩文が多いことは、「儒教的な福祉理念」にもとづく国守としての仕事という以上の評価を与えてもよいのではないだろうか。国務と関係しないが、「問藺笥翁」から始まる四連詩（二二八～二三一）は当時の民衆の生活をビビッドに描いた秀逸の作品だと思う。このような民衆に対する目線を獲得できたのは、道真が九世紀第四四半期という政治的・社会的な変動期に、讃岐国という地方社会で生じていた変化・矛盾を経験したからこそではないだろうか。このような社会的な弱者への目線が、帰京後の道真の政治、漢詩文にどのような影響を与えたかについては分析する能力がないが、菅原道真研究の重要な視点になるのではないだろうか。

注

（1）川口久雄校注『菅家文草　菅家後集』（「日本古典文学大系」七二、岩波書店、一九六六年）。

（2）吉川弘文館、一九六二年。

（3）『菅家文草　菅家後集』からの漢詩の引用に際しては同書の収録番号を付した。また、訓読と現代語訳も本書に依拠していることをはじめにお断りしておきたい。

（4）『人物日本史大系』一（朝倉書店、一九六一年）。

（5）教育社歴史新書、教育社、一九七九年。

（6）文春新書、文藝春秋、二〇〇〇年。

（7）ウェッジ選書、ウェッジ、二〇〇二年。

（8）『律令』（井上光貞他校注、「日本思想大系」三、岩波書店、一九七六年）。

（9）『日本三代実録』仁和二年正月一六日条。

（10）注（8）『律令』。

（11）当面、戸田芳實「中世成立期の国家と農民」（初出一九六八年、『初期中世社会史の研究』東京大学出版会、一九九一年）、木村茂光「一〇世紀の転換と王朝国家」（初出二〇〇四年、本書序章）を参照されたい。

（12）この年の讃岐国の旱魃については他の史料で確認することはできない。
（13）『朝野群載』巻二二、「諸国雑事」（吉川弘文館）。

第三章　『土佐日記』の主題について

一　なぞ多き『土佐日記』

「男もすなる日記といふものを、女もしてみむ、とて、するなり」という有名な文章で始まる『土佐日記』[1]は、女性に仮託した仮名の旅日記として教科書などでも紹介されているが、実は具体的な分析に入ると、たちまち迷路にはまってしまう。というのは、承平四年（九三四）一二月、土佐守の任を終えた紀貫之が国司の館を出発し、翌年二月一六日に帰京して自邸にたどり着くまでの五五日間の旅程の様子を、和歌を交えながら描写した日記であることは間違いないのだが、その主題、すなわち貫之が何のために『土佐日記』を叙述したのかという中心的な課題についてすら、まだ意見の一致をみていないのである。

例えば「新編日本古典文学全集」の『土佐日記』[2]の「解説」で、校注者の菊地靖彦は「『土佐日記』の世界」として、「はかどらぬ旅程」「対人関係の記事」「京待望と亡児追懐」「僻遠地におけるみやび欠如」「諧謔《かいぎゃく》」「歌と歌にまつわる記事」「古今集的羇《き》旅《りょ》の世界」の項目を掲げ、『土佐日記』の多様な世界の一つ一つに丁寧な内容説明を加えているが、その後の「『土佐日記』の主題」という項においては「そのどれ一つも、それだけでは主題とはいえない」といわざるをえないのである。同じく「新日本古典文学大系」で『土佐日記』の校注を担当した長谷川政春も「その執筆動機となると、複雑である」と記している。

このような結論にいたるのは、『土佐日記』が、帰路中に記されたと思われる船中日記をもとに、帰京後しばらくして貫之によって書かれた文学作品であるからにほかならない。日記という実録的な形式をとりながらも、読者を想定した非常に創作性の強い文学作品として著された日記だからである。

実は、それはその冒頭の「男もすなる日記といふものを、女もしてみむ、とて、するなり」という文章からも明らかである。すでに指摘されていることだが、まず「男もすなる日記」というが、貫之が『土佐日記』を書く頃は貴族の男社会においても日記はそれほどポピュラーではなかったし、なによりも旅日記という形式は一部の天皇の行幸記などを除くとまったくないジャンルであった。男性優位の当時の社会にあって、その旅日記を「女もしてみむ、とて、する」というのはまったく非現実的なことである。

そして、それに続く一文、「それの年の十二月の二十日あまり一日の日の戌の刻に、門出す」。さらに「ある人、県の四年五年はてて」と続く文章は、貫之という主人公が初めから想定されており、かつ彼が承平四年に任を終えたことも明白であるにもかかわらず、「それの年」「ある人」と年代も主人公も限定しない物語性を如実に示しており、最初から事実性を担保しない構造になっている。

しかし、まったく主題が確定していないわけではない。菊地は前の文章に続けて、

『土佐日記』の主題とは、本来が京のみやびの中心にいたある人（国司）の「僻遠の地からの帰京の旅」そのものであった（中略）。その難儀、不如意、喪失感、悲哀感の中で、それでも一行がいかにみやびに一つ一つの事物に対処していったか、それこそが『土佐日記』の伝えたいことなのであった。

と記しているし、長谷川も次のようにいう。

『土佐日記』において、おかしみとことば遊びの表現の奥に仄見してやまないものは、都びと意識や流人意識、また死・老いへの感慨である。さらに付け加えれば、氏族意識であった。

このような『土佐日記』の主題を筆者紀貫之の貴族としての生活意識や人生の深みから説明しようとする論者に対して、そこに記されている内容に則して『土佐日記』の主題を説明しようとする研究者もいる。それが『土佐日記』研究の第一人者萩谷朴である。

二　和歌初学入門書としての『土佐日記』

萩谷は『土佐日記―紀貫之全集』(3)や『土佐日記全注釈』(4)を手がけた研究者として有名であるが、その当初から『土佐日記』は歌論書であり、和歌初学者を読み手とした作品であることを主張してきた。萩谷はこれまでの主張をまとめて『紫式部の蛇足　貫之の勇み足』(5)を刊行しているので、ここから氏の主張をまとめてみよう。

氏は『土佐日記』の主題が三つあるとし、「表層第一主題＝歌論的展開」、「中層第二主題＝社会風刺」、「深層第三主題＝自己照射」を指摘し、『土佐日記』はこの「三大主題を並行させた、極めて多目的で、複雑多岐な内容を包含した作品である」と評価している。

そして、肝心の「表層第一主題＝歌論的展開」について、『土佐日記』の記事のなかからこの主題に関する記事を丁寧に抄出し、それらを二〇テーマ（小主題）に分類する。それらをすべて引用すると煩雑になるので一部を紹介すると以下のようである（番号は萩谷のもの）。

（1）句題和歌の詠法を紹介したもの

（2）漢詩・和歌の朗吟に音楽的効用を見出したもの
（5）問答歌合の紹介
（15）和歌沿革論
（16）和歌効用論
（17）文学的感動の超民族・超国家的普遍性を論じたもの
（18）詩歌発想論とその超民族・超国家性を説いたもの
（20）幼少者の和歌の頻繁な紹介

これら歌論に関するテーマのなかから主なものを選び、他の和歌集などを用いて詳細に評価を加えた後、萩谷は「表層第一主題として看取される歌論展開は、当初読者として予定された和歌初学入門の年少男子に対する『面白く為になる』歌論書として想定されたもの」である、と結論づける。さらに、対象が年少「男子」であると限定したことについては、（1）（2）（18）などの特徴から「菅原道真以来の『和魂漢才』的教養」が重んじられており、当時「和魂漢才的教養」が必要とされたのは「男子の年少者」であると説明される。

萩谷の『土佐日記』＝年少男子に対する和歌初学入門書論は中層第二主題＝社会風刺でさらなる展開をみせる。詳述は避けるが、貫之が政治的に頼りとしていた醍醐天皇・右大臣藤原定方、さらにもっとも親交の深かった中納言藤原兼輔までもが土佐守在任中に死亡してしまい、帰京しても中央政界に頼れる人物がいなくなった貫之が「歌壇第一人者としての名声と献歌を通じての辱知の関係とに一縷の望みをかけて、求職申請書即ち「申文」として執筆し、（摂政左大臣藤原）忠平一家に献呈したのが『土佐日記』であった」というのである。したがって、第一主題で「年少男子」といわれた読者対象はさらに限定され「忠平の孫達」となってしまい、その結果、第一主題の「面白くて為になる和歌初学入門の書としての歌論展開は、この忠平の孫達に有効なものとして、求職請願の申文に添えられた、むしろ副次的な主題」に落ちてしまったのである。

非常に興味深い論の展開ではあるが、ここまでくるとやや牽強付会すぎるのでは、という感想を持たざるをえない。私は萩谷が最初に提起した「『土佐日記』＝和歌初学入門書」という評価にもう少しこだわってみたいと思う。その理由は後述するが、すでに指摘したように九世紀後半から一〇世紀のかけての時期は文人貴族の手による「初級教科書編纂の時代」とでもいうべき時期で[6]、当該期の文人貴族、なかでも歌壇第一人者であった貫之がそのような動向にまったく無関心であったとは到底考えられないからである。

以下、萩谷とはやや異なった手法で「『土佐日記』＝和歌初学入門書」の証明を試みてみることにしたい。

三　登場人物の多様性

『土佐日記』の特徴の一つとして、和歌の詠み手の多様性と庶民性が指摘されている。数え方にもよるが、船唄を加えると三〇名ほどの詠み手が登場する。そして、これらの人々のほとんどは、一番詠歌数の多い主人公が「ある人」と表記されているのが象徴的なように、その個性が確定されない。もちろんなかには「あるじの守」「帰る前の守」などある程度個性がわかるものがあるが、その多くは「船人」とか「女の童」「ある女」などとあるだけで、その人間関係や出身階層などもわからない。「淡路の専女」とか「昔土佐といふところに住みける女」などやや素性を匂わせるような人物も出てくるが、それは登場人物の無規定性からくる平板さをなくすためのアクセントに過ぎないように思う。

表1 『土佐日記』に登場する和歌の詠み手

あるじの守
帰る前の守
ある人
かの人々
行く人
不明(歌の贈り主)
不詳だが筆者と考えられるもの
ある人の女の童
女童
人
船の長しける翁
船君
年九つばかりなる童
ある女の童
淡路の専女
ある女
女
土佐といふところに住みける女
船なる人
ある童
昔へ人の母
淡路の島の大い御
興ある人
密に心知れる人
船君の病者
船人

樋口寛「『土佐日記』に於ける貫之の立場」(日本文学研究資料刊行会編『平安朝日記』一、有精堂出版、一九七一年)の表を一部改変

そのうえ、彼らは庶民的である。それは乗船者に対象を広げるといっそう明らかである。船路という設定から当然のごとくしばしば登場する楫取や船子、信用貸しの民謡に歌われた少女など、この時期の文学作品には現れてこない名もない庶民が次から次へと現れる。とくに、たびたび登場し、かつ主人公と思われる「ある人」よりも個性豊かに描かれる楫取は『土佐日記』のもう一人の主人公、いいかえれば「狂言回し」的な位置を占めているといってもよいであろう。

私はこのような庶民の豊かな個性を発見し、その描写を文学までに高めた点に『土佐日記』の文学的価値の一つがあると考えている。以前、「私は、紀貫之が最初に私的な世界として描いたのが地方の人々とその生活であったことを重視したい。政治的でもなく都市的でもなく、さらに貴族的でもないという三重の意味で「私的」世界(中略)であったのだ。(中略)当時第一級の文人であった貫之によって、初めて船頭や楫取や海女など地方民衆の姿が生き生きと描かれ」たのである、と書いたが(7)、いまもその考えは変わっていない。

四　馬の餞(はなむけ)する人々

話が少々ずれたが、これら豊かな登場人物をもう少し丁寧に追いかけてみると、いままで紹介した人物とやや異なった人物が描かれていることがわかる。それは『土佐

日記』の初発の部分に現れるのだが、その最初の記事を引用してみよう。

廿二日に、和泉の国まで、と、平らかに願立つ。藤原のときざね、船路なれど、馬のはなむけす。（一二月二二日条）

「馬で行く陸路ならかまわないが、船でゆく海路なのに『馬のはなむけ＝餞』をした（のはおかしい）」という『土佐日記』の諧謔性を示す有名な箇所であるが、ここに「藤原のときざね」という固有人物名が突然現れてくる。書きはじめられてから二日目の記事なので突然とはいえないかもしれないが、前にも書いたように、『土佐日記』の登場人物には職業がわかる者や素性を匂わせる者も若干いるものの、主人公の「ある人」を含めほとんどは固有人物名で表記されない人々であった。そのような特徴からみれば、この人名表記は異常である。

実はこれは「藤原のときざね」だけではなかった。このような固有人物名で表記される人物をそれが出てくる日付に注目して整理すると表2のようになる。

表2　固有人物名とその登場日

一二月二二日	藤原のときざね
一二月二三日	八木のやすのり
一二月二四日	（講師）
一二月二七日	（守の兄弟）・藤原のときざね・橘のすゑひら
一二月二八日	（以前の守の子）・山口のみちみね
一二月二九日	（医師）
正月　二日	（講師）
正月　四日	まさつら
正月　九日	藤原のときざね・橘のすゑひら・長谷部のゆきまさ等

「藤原のときざね」以下の固有人物名の人物が国府の役人であり、貫之が土佐守在任中、彼の国政を支えてくれた人々であることは間違いないであろう。貫之は「この人〴〵ぞ、志ある人なりける」（正月九日条）と表現している。彼らと並んで国ごとに置かれた講師《こうじ》や医師も「馬の餞」に来ているし、名前は記していないが新任の「守の兄弟」も酒などをもってきて「別れ難きことを」いっている。彼らはすべて国府の関係者であった。

ところが、このような人物表記は正月九日を最後にまったくみられなくなる。あとは「ある人」を中心に名もなき人々の海路の旅が続くのである。では、なぜこの日で固有の人物名が出なくなるのであろうか。当日の記事をみてみよう。

この日は大湊から奈半の泊を指して船を進める日であった。その時、貫之は

これかれ互に、「国の境のうちは」とて、見送りに来る人あまたが中に、藤原のときざね、橘のすゑひら、長谷部のゆきまさらなむ、(中略)こゝかしこに追ひ来る。

と記している。ここで注目しなければならないのは「国の境のうちは」という語句であろう。奈半の泊は現在の高知県安芸郡奈半利町に比定されているし、行程からいっても土佐「国の境」とは理解できない。すでに指摘されているように、これは国府が所在した長岡郡を「国」と表記し、その隣の香美郡との境を意図したものであろう。とすると、国府があった長岡郡内に限って固有の人物名が使用され、それもすべてが国府関係者であったことになる。

ここに貫之の『土佐日記』執筆の際の一つの仕掛けをみることができるように思う。すなわち、『土佐日記』はその書き出しから「私的」なものではなくて、少なくとも正月九日まで、国府所在地の長岡郡に自分が滞在している間は、国守としての立場、すなわち公性を保持していたのであった。その公性を示すものとして使用されたのが、実際の人物か否かは不明ながらも、国府の役人らしい固有の人物名であり、同じく国府に配置された講師・医師、さらに「守の兄弟」であった。二五日・二六日と続いた国府での新旧国司の別れの宴会から正月九日の「国の境」での餞の会までの期間は、公性から私的な世界へと徐々に移行する時間であったのである。

五　饗応（あるじ）する人々

いま、馬に餞する人々の性格から『土佐日記』の最初の部分の意味を考えたが、今度は目を末尾に転じてみたい。とすると、そこには「餞する人々」の反対に「饗応《あるじ》する人々」を確認することができる。それは貫之が淀川を上り、山崎に着いた時の記事で、次のように記されている。

（二月）十二日。山崎に泊れり。

（中略）

十五日。今日、車率《ゐ》て来たり。船のむつかしさに、船より人の家に移る。この人の家、喜べるやうにて饗応《あるじ》したり。この主人の、また饗応のよきを見るに、うたて思ほゆ。いろ〱に返り事す。

土佐から帰ってきた貫之の一行を温かく迎え、いろいろと饗応してくれる人がおり、その饗応のみごとさに何となく鬱陶しさを感じたと、記している。

実はこのような経験はこれが初めてではなかった。これより七日ほど前の二月八日条にも、鳥飼の御牧の辺りに停泊した時にも、「ある人が鮮魚をもってきたので、米で返礼をした」という記事が記されている。そして、それに続いて「男ども、ひそかに言ふなり。「飯粒《いひぼ》して、鮍《もつ》釣る」とや」と記している。これは今でいう「エビで鯛を釣る」と同意の当時のことわざと考えられるから、土佐から帰京した貫之を認めて、鮮魚を贈ってよこし、その返礼として鮮魚の価値以上の米を手に入れた、という意味になろう。

この時期からそうであったのであろうが、『今昔物語集』の「受領は倒れるところに土をもつかめ」ということわざにもあるように(8)、任期を終えて帰京した国司はそれ相応の蓄財をしていたと思われるから、それを知っている人々が手を替え品を替えて、その蓄財を目当てに近寄ってきたのであろう。一五日の記事に貫之が饗応のよさに「うたて思ほゆ」（なんとなく鬱陶しさを感じた）と書いているのはその辺の気分をみごとに表現しているといえよう。

このような事態をはっきりと示しているのが、翌一六日の記事である。

かくて、京へ行くに、島坂にて、人、饗応したり。必ずしもあるまじきわざなり。発ちて行きし時よりは、来る時ぞ人はとかくありける。これにも返り事す。

（京へ行く途中、島坂という所である人がもてなしをしてくれた。これはなくてもよいはずのことだ。出立して行く時よりは帰って来る時のほうが、人はとかくいろいろとするものである。これにも返礼した。）

菊地靖彦は前書の校注で「国司が任期中にした蓄財のおこぼれにあずかろうとする一般の風潮に対する不快感の表明」と記しているが、一般であったか否かは問わないにしても、下級官人の世界ではその通りであったろう。このように考えると、「饗応する人々」の登場というのは、貫之にとって新たな政治世界の出現を意味していたと思われる。

しかし、私がいまここで確認したいことは、そのような不快感を抱かせるような下級貴族がたくさんいたことではない。これら「饗応する人々」の記事が前に述べた「餞する人々」と対になっているのではないか、ということである。それは、このような「饗応する人々」に関する記事が二月七日の鳥飼の御牧付近から始まり、山崎の地ではっきりとした姿を現していることからも推測できる。鳥飼の御牧は現在の大阪府摂津市鳥飼に比定され、淀川をはるかに上った所であるし、いうまでもなく山崎は平安京のある山城国の南の入り口（摂津国と山城国の境）であったからである。旅の出発時においては奈半の泊という「国の境」が公性＝政治的世界の終焉であった。そしてその終着時においては、山崎という「国の境」が公性＝政治的世界の入り口であったのである。

このように理解することが可能であれば、『土佐日記』は私的な旅日記とはいわれながらも、実は公的世界から私的な世界へ、そしてさらに公的世界へという構成を念頭に執筆されたと評価することができると思う。

六　私的世界と女童・童らの和歌

以上の理解にもとづくならば、承平五年正月九日の奈半の泊から同年二月八日の鳥飼の御牧ないし一六日の山崎までの間が、私のいう『土佐日記』の私的世界であった。

この私的世界の特徴は「女の童」「童」を中心とした庶民の和歌が登場することである。漢詩や民謡を除くと、彼らの和歌が最初に詠まれるのは正月七日のことで、「ある人の子の童」が返歌を詠んでいる。そして彼らの和歌が最後に詠まれたのは二月五日ないし二月六日のことである。五日には和泉の灘から小津の泊へ行く途中、「ある童」が詠み、六日には難波から川尻に向かう途中、「淡路の島の大い御」が詠んでいる。

前半の公的世界の終焉が正月九日で、童の詠歌の開始が正月七日であった。そして後半の公的世界の始まりが二月七日ないし一五日であったのに対し、童の詠歌の最後は二月五日、「淡路の島の大い御」の詠歌は二月六日であった。このように正月七日の童の返歌を除くと、これについては後述するが、童ら名もなき庶民の和歌は「私的世界」の期間にすっぽりと収まるのである。このことは『土佐日記』の私的世界を代表するのが彼ら庶民の和歌であり、詠歌であったことを示しているといってよいであろう。

もう少し詳しくこの期間の和歌の詠み手を調べてみると、「新日本古典文学大系」によれば、『土佐日記』には和

表3　童ら庶民の和歌が収録されている月日

月日	詠み手
正月　七日	ある人の子の童(9)
正月　九日	船子・楫取の船唄(13・14)
正月一一日	ありける女童(15)
正月一五日	女の童(18)
正月二一日	付きて来る童の船唄(27)
正月二二日	齢九つばかりなる男の童(29)
正月二六日	ある女の童(31)
〃	淡路の専女(32)
二月　五日	ある童(45)
二月　六日	淡路の島の大い御(49)

番号は「新日本古典文学大系」のもの

歌・舟唄・民謡を含め六一首の歌が収められている。先述した正月七日の童の和歌は第九首目で、二月五日の童の最後の和歌は四五首目、六日の「淡路の島の大い御」は四九首目にあたる。したがって、この私的な期間に詠まれた歌は四一首になる。このうち、童など名もなき庶民が詠んだ歌は表3のように一一首を数える。貫之自身と考えられる「ある人」の詠歌は一四首であるから、それに匹敵する数の和歌が引用されたことになる。

さらに、その一一首のうち「童」の詠歌であることが明らかな和歌が船唄を含めて七首も含まれていた。前半と後半の公的世界に彼らの和歌が一首も採られていないという対比から考えて、それらは庶民の和歌であり、さらに限定するならば、童・女童らの和歌であったということができよう。

それは、わざわざ「この間に、使はれむと、とて付きて来る童」を登場させたうえ、

なほこそ国の方は見やらるれ、わが父母ありとし思へば。帰らや。

という船唄まで歌わせて、「歌ふぞあはれなる」という評価を加えていることからも読みとれる（正月二一日条）。

私はここに『土佐日記』の真髄があると考える。したがって、この私的世界の期間こそ『土佐日記』の中核であり、貫之の歌論がいかんなく発揮された時期だったのである。

七　正月七日条のもつ意味

さて、童の和歌が最初に記された正月七日の記述について少々考えてみたい。というのは、前述のように、前半の公的世界の最後の日（正月九日）とこの童の和歌が詠まれる私的世界の始まりの日とが若干ずれているからである。

それを考えるヒントは「七日になりぬ。同じ港にあり」というその日の書き出しにある。というのは、これ以前も以後も「六日。昨日のごとし」とか「八日。障ることありて、なほ、同じ所なり」と、一度日付で止めて、その後出来事を記すといういわゆる日記体で書かれているが、この日は「七日になりぬ」と日付で止めずに一文で記し、「七日になった」ことが強調されている。こような文体は「九日のつとめて」（正月）とか「十三日の暁に」（正月）など類似のものはあるが、断定的な記述はこの日だけである。

このような強調はこの日が白馬《あおうま》の節会であり、いわゆる正月松の内の終日に当たっていたためかもしれないが、実はそれだけではなかった。改めてこの日の記述の構成を簡潔にまとめてみると、次のようになる。

①「今日」は白馬の節会だけれど、船の上なので何もできない。

②池という所からいろいろな食べ物を長櫃に入れてよこしてくれた。

③そのなかに若菜が入っており、今日が春の七草の日であることを教えてくれた。若菜にちなんだ和歌が入っていた。

④長櫃の食物は童まで与えたので、みんな満足している。

「かくて、この間に事多かり」

⑤「今日」、破籠《わりご》を持ってきた人がいる。名前は忘れた。この人は和歌を詠みたかったようで、いろいろ言ったあげく、一首詠んだが、大した歌ではない。
⑥「ある人の子の童」が返歌をしたいというが、なかなか詠まない。
⑦夜になって、無理に言わせると、なかなかよい出来映えの和歌である。
⑧子どもの返歌では失礼なので、嫗か翁かが署名したほうがよかろう。ついでがあったら渡そう。

少々長くなったが、⑤と⑥の間の「かくて、この間に事多かり」という一文を境に日記の内容に変化があるのに気づこう。前半は、白馬の節会だけど何もすることがない、と嘆きながらも、ある人が多くの食べ物を贈ってくれ、かつそのなかに若菜を入れてくれたため、今日が春の七草であることを知ることができたと、あくまでも京の貴族世界に思いを寄せているが、後半はそのような余韻が微塵たりとも感じられない。破籠に食べ物を入れて持ってきてくれたのに「その名などぞや、今思ひ出でむ」と軽んじ、彼がせっかく詠んだ和歌も「持て来たる物よりは、歌はいかゞあらむ」といい、「一人も返しせず」という扱いである。そして、この後に童の返歌が記されているのである。

このように理解すると、「かくて、この間に事多かり」という一文を境に日記の内容が大きく変化していることがわかる。これは「さて、この滞在中にいろいろの出来事があった（ものだ）」と解釈できるようであるが、これと最初の「七日になりぬ」という一文が連動して、これ以前を過去のものとして扱おうとしていると考えられる。だからこそ、前半で白馬の節会や春の七草を話題にしながらも、後半ではそれらとはまったく関係のない和歌の話が展開されることになったのである。ここにも公的な話題は過去の事柄であり、それとまったく関係のない破籠の主の話題は童の返歌、すなわち私的世界への導入としての位置を与えられていたのである。

といっても、これで七日の童の歌の開始と九日まで公的世界が続いていることを整合的に説明したことにならないが、ここでは、正月七日の記述にはその前半と後半との間で大きな違いがあり、それは「公から私へ」と評価できる内容であること。そして、その私的な世界に移ったところで童の和歌が登場してきたことが示すように、貫之は童の和歌を登場させるための周到な準備をしていたことを確認しておきたい。

八　童・女童の和歌と貫之の和歌論

さて、以上のような状況のもと、童らの和歌が登場してくるのだが、それらの和歌に対して貫之はほめることすらあれ、他の詠み手に対するような歌論的批評をまったくしていない。例えば、表3（9）（以下同じ）の「ある人の子の童」の和歌については「かくは言ふものか。うつくしければにやあらむ」（なんとも上手に詠んだものだ。その子がかわいいからであろうか）と言い、（15）については「この歌よしとにはあらねど」（この歌がそんなにいいというわけではないが）としながらも、「げに、と思ひて、人〳〵忘れず」（なるほどな〈情感がこもっているな〉と思って人々は忘れない）と評価している。（18）と（29）については、「いふかひなき者の言へるには、いと似つかはし」「幼き童の言にては、似つかはし」と、「幼い子どもが詠んだ和歌としては似つかわしい」と同様な評価を与えている。（31）・（45）は引用だけで評価を加えていない。

このように、貫之が子どもの詠んだ和歌については非常に好意的な評価を加えていることは間違いない。とくに、童の和歌を評価する時に「似つかはし」という言葉を用いていることは重要である。この背景にあるのは「分相応」という考え方ではなかろうか。童は童なりに素直に詠めばいい、という考え方である。

これは貫之の楫取に対する評価とも重なる。貫之は「楫取、もののあはれも知らで、己《おのれ》し酒をくらひつれば」（一二月二七日条）とか、「この楫取は、日もえ計らぬ乞丐《かたゐ》なりけり」（二月四日条）ときびしい評価を加えながらも、二月五日条では、「船を早く漕げ、天気がよいのだから」という船君の催促を受けて、楫取が船子どもに命じた

御船よりおふせ給ぶなり。朝北の出で来ぬ先に、綱手はや曳け

（主人の御船より命令があったぞ。朝の北風が吹かないうちに、早く船をだせ。）

という言葉について、次のような評価を加えている。

この言葉の歌のやうなるは、楫取のおのづからの言葉なり。楫取は、うつたへに、われ、歌のやうなること言ふとにもあらず。聞く人の、「あやしく歌めきても言ひつるかな」とて、書き出だせれば、げに三十文字《みそもじ》あまりなりけり。

（この言葉は歌のようであるが、楫取がただなんとなく発した言葉に過ぎない。楫取は、ことさら歌のような言葉を言おうとしているのでもない。聞く人が「妙だな。歌めくように言ったようだ」というわけで、書き出してみたら、なるほど三十字余りであったよ）

貫之は、楫取がなんとなく自然と発した言葉に和歌性を認めて、その言葉を書き上げて、確かに三〇文字余り（三一文字）であることを確認し感嘆している。和歌が「おのづからの言葉」からも生まれるものであることを強調しているといえよう。

このような貫之の和歌論は次のような『土佐日記』のなかの言葉からも確認できる。それらを拾ってみると、和歌とは、「おもしろし、と見るに堪へずして」（正月九日条）、「喜びに堪へずして」（二月七日条）、「悲しきに堪へずして」（二月九日条）詠まれるものであった。正月二〇日条の阿倍仲麻呂の故事に関する記事の中で、「今は上中下の人も、かうやうに別れを惜しみ、喜びもあり、悲しびもある時には詠む」と仲麻呂に言わせているのも同じ心であろう。[9]

このような面白かったり、嬉しかったり、悲しかったりした時、「おのづからの言葉」で「似つかはし」い和歌を詠む主体として童は格好の存在であったのである。

また、甲斐唄（一二月二七日条）や船唄（正月九・二一日条）などの民謡を適宜挿入させているのも、歌が「おのづからの言葉」で「似つかはし」く歌うものである、という主張の補強を意図したものと考えられる。なかでも、正月九日に詠まれた船唄二首のうち一首にわざわざ「うなゐ」＝女童を登場させ、

昨夜のうなゐもがな、銭乞はむ、虚言をして、おぎのりわざをして、銭も持て来ず、おのれだに来ず。

（夕べの童来ないかな。来たら銭をもらおう。嘘をついて、掛け買いにして、銭は持ってこないし、顔も見せないよ）

と、信用買いをさせたうえ、銭も持ってこないし自分も現れない、という彼女らのしたたかさと、それに騙された大人の滑稽さとを笑い飛ばしている。これは、歌の対象の素朴さと豊かな表現の可能性を主張するのに効果的な役割を果たしているといえよう。

九　和歌と漢詩との架橋

『土佐日記』の歌論的特徴として、和歌と漢詩の架橋を試みている点があることはすでに多くの人々によって指摘されている。先に紹介した萩谷の二〇におよぶ小主題のうち、

(17) 文学的感動の超民族・超国家的普遍性を論じたもの

(18) 詩歌発想論とその超民族・超国家性を説いたもの

などは、これに関するものである。

貫之は、最初、「女の日記」であることを意識して、男たちが「漢詩《からうた》、声あげて言ひけり」という状況にあったにもかかわらず、「漢詩は、これにえ書かず」（女である私には漢詩をここに書くことができない）などと記しているが（一二月二六日条）、その後は漢詩と和歌との関連性を主張するようになる。

その主張には二つの側面があるようである。一つは、前述した阿倍仲麻呂の故事に関する箇所の記述によく現れているように、漢詩であれ和歌であれ、詠む人の心は同じであることを主張した部分である（正月二〇日条）。貫之は、中国に渡った仲麻呂が帰国する際、中国の人々が別れを惜しんで漢詩を詠んでくれたのに対し、日本でも「かうやうに別れを惜しみ、喜びもあり、悲しびもある時には詠む」として、

青海原振り放け見れば春日なる三笠の山に出でし月かも

と詠んだ。しかし、和歌なので中国の人には理解できないだろうと思ったが、通訳が「男文字」＝漢字に置き直して和歌の真意を伝えたところ、「心をや聞き得たりけむ、いと思ひの外になむ賞で」てくれた、という寓話を記した後、次のように述べている。

唐土とこの国とは、言異なるものなれど、月の影は同じことなるべければ、人の心も同じことにやあらむ。

中国と日本とでは言葉は違うが、「別れを惜し」む気持ちには変わりがないから、詠んだ歌も漢詩であっても和歌であっても、詠む人の心は同じである、というのである。仲麻呂の和歌に関する寓話を創作しただけでなく、自分が今、船の上にいることを意識して、仲麻呂の和歌の初句「天の原」を「青海原」と改変するなど(10)、貫之の意識が非常に強く出ている箇所だけに、漢詩であろうが和歌であろうが詠む人の心は同じだ、という主張も、彼が『土佐日記』のなかで強調したい内容であったことは間違いないであろう。

もう一つの主張は、正月一七日条によく現れている。それは、曇っていた雲も晴れて暁の月がみごとに現れ、その

月が海にも映って、空も海も同じような情景になった時、貫之は中唐の詩人賈島《かとう》の漢詩

棹は穿《うが》つ波の上の月を、船は圧《おそ》ふ海の中の空を（原文は「棹穿波底月、船圧水中天」）

を引用した後、次の二首を「ある人」の詠んだ和歌として引用する。

水底の月の上より漕ぐ船の棹にさはるは桂なるらし

影見れば波の底なるひさかたの空漕ぎ渡るわれぞわびしき

ここにみられる漢詩と和歌の関係は前とは異なっている。ここでは、漢詩の内容（波底の月、船の棹など）を受けて、それを和歌で表現し直そうとしたと思われる。同じような記事は正月二七日条でも確認できる。そこでは、作者未詳の漢詩「日を望めば、都遠し」を引用した後、

日をだにも天雲近く見るものを都へと思ふ道の遥《はる》けさ

吹く風の絶へぬ限りし立ち来れば波路はいとゞ遥けかりけり

という和歌二首を記している。明らかに正月一七日条と同じ形式である。前の仲麻呂の故事に関する際の叙述は、漢詩であれ和歌であれ詠む人の心は同じであることを主張していたが、ここで主張されているのは、漢詩の内容＝心を和歌でも詠むことができる、表現できるという点であろう。

漢詩と和歌との架橋を実現し、和歌を漢詩と同等の位置に高めること、これもまた『土佐日記』の目的の一つであったといえよう。

ところが、漢詩と和歌との架橋を試みたのは貫之が最初ではなかった。実は九世紀最末にすでに二人の漢文学者によって試みられていたのである。それは寛平六年（八九四）宇多天皇の勅命によって大江千里が撰進した『句題和歌』(11)と、寛平五年頃、菅原道真が編纂した『新撰万葉集』(12)である。

『句題和歌』は、『白氏文集』など中国の漢詩の一句を題として千里自身が和歌を詠んだものである。それに対して『新撰万葉集』は、宇多天皇が催した歌合の和歌二〇〇余首を上下二巻に編集し、その和歌の内容を、当代随一の漢文学者の道真が七言絶句に翻案して添えたものである。『句題和歌』の形式は『土佐日記』の貫之の手法とまったく同じであるし、道真の『新撰万葉集』はこの時期隆盛しつつあった和歌への漢詩文からの挑戦とも読みとれる(13)。貫之が『土佐日記』のなかで漢詩と和歌との架橋を行おうとした動機として、千里や道真の仕事を抜きにしては語れないであろう。

というより、漢詩文の第一人者である道真はすでに亡く、そして、漢詩文との対抗という一大事業である『古今和歌集』の編纂の中心的な役割を担った貫之にとっては、和歌詠みの立場から、漢詩との架橋という形を採りつつも、和歌の優位性を示すことがどうしても必要であった。このことなくして貴族社会に広く和歌を普及することはできないと考えていたのではないだろうか。貫之がその普及の方法として用いたのが童など名もなき庶民の和歌であった。とくに、童の素直な感性は和歌詠みの基本であり、「おのづからの言葉」で「似つかはし」く詠むことが和歌の基本であることを主張したかったと思うのである。

一〇　『土佐日記』の主題

『土佐日記』が公―私―公という構成を採っていることを手掛かりに、その私的世界の童の和歌に注目して、『土佐日記』の主題について考えてみた。漢詩文優位という当時の貴族社会に和歌をいっそう普及させるべく、漢詩と和歌の対等性を確保したうえで、さらに和歌の優位性を強調しつつ、童ないし女童の和歌に仮託して和歌詠みの方法を提示しようとしたのではないか。すなわち、『土佐日記』は和歌初学入門書であったというのが当面の結論である。

もちろん、これだけで『土佐日記』のすべての謎を解き明かしたことにはならないが、これを前提にいくつかの見通しを述べておくことにしたい。

まず、船路が選ばれたことについてであるが、これは、詠歌の場所として閉鎖された、ないし限定された空間＝舞台を設定したかったからではないだろうか。しかし、船上は単純な閉鎖的空間ではなかった。風や波の具合によって動かない日もあったが、自然のなかを航海する動く舞台でもあった。すなわち、閉鎖的な空間のなかで変化する自然に身をゆだねながら、その時に感じたものを「おのづからの言葉」で「似つかはし」く詠むことの重要性を指摘したかったのではないだろうか。

もちろん、菊地がいうように「冬の海上である。花も紅葉もない。鶯も時鳥も鳴かない。あるのは波と風と雨でしかなかった」『土佐日記』の旅は、詠歌の空間としてはこれほど「相応しくない場もない」のであるが、そこでも和歌は詠める。「花も紅葉もない。鶯も時鳥も鳴かな」くても和歌は詠めることこそ貫之が主張したかったことではなかったろうか。前にも述べたが、「今は上中下の人も、かうやうに別れを惜しみ、喜びもあり、悲しびもある時には詠む」とわざわざ阿倍仲麻呂にいわせていることを思い出していただきたい（正月二〇日条）。

この文章と『古今和歌集』仮名序(14)の

やまと歌は、人の心を種として、万の言の葉とぞ成れりける。世中に在る人、事、業、繁きものなれば、心に思ふ事を、見るもの、聞くものに付けて、言ひ出せるなり。

と同じ精神をみようとする研究者は多いが、すでに指摘されているように、『古今和歌集』の編纂はこの仮名序に記されたような精神にもとづいて行われたわけではない。漢詩文に代わって和歌を国家的な位置にまで高めようとする醍醐天皇らの意志を受けて、まさに政治的に編纂されたのであった。[15] それは、『古今和歌集』に収録された和歌のうち詠み手のわかる和歌約六七〇首のなかで、二四〇首余は貫之ら編者四人が詠んだものであったし、貫之に至っては約一〇〇首もの和歌を詠んでいることからも明らかであろう。この偏りは異常であり、貫之ら編者が後宮の梨壺で歌材を必死に集めて、次から次へと観念的に詠まざるをえなかったことを示していよう。

私は、貫之が『土佐日記』のなかで実現しようとしたのは『古今集』的表現ではなく、自分がそれまで得意とし、それによって名声をはせてきた「屏風絵和歌」作者としての表現を超えようとしたことではないかと考える。「その場でなければ詠めないといったものではない「観念的な詠風である」『古今集』的表現」（菊地）をいかに克服するか、これこそ彼の課題であったように思う。そのためには、閉鎖された空間と限定された登場人物者、そして何もないが常に変化する海上という自然＝現実が必要であったのである。和歌は、このような環境のなかでも「おのづからの言葉」で「似つかはし」く詠まれなければならないのである。

しかし、このような限定された舞台では変化する自然と人との間に生じる感情を詠むことはできても、人と人との間の感情を詠むことは難しい。それは『土佐日記』に和歌の主たる歌材である「恋」の和歌がないことによく示されている。貫之が想定した詠み手の一つがたとえ童や女童であったとしても、和歌にとって重要な主題である男女間の愛や恋の和歌がないのは不思議である。私はそのような人と人との間に生まれる感情を詠む歌材として設定されたのが「京で生まれ土佐国で死んだ女子」ではなかったかと思う。貫之本人ではなくとも、周囲の人々の誰かに女子を亡くすという体験があったのかもしれないが、子を亡くしたテーマが『土佐日記』の主要なモチーフとして繰り返され、そのたびに「悲しきに堪へずして」和歌が詠まれているのは、単に「女子の死」という事実を悲しんで詠んでいるのではなく、人と人との間に生まれる感情もまた詠歌の重要な題材であることをその都度確認する必要性があったからだと思われる。
その意味でも、『土佐日記』は徹頭徹尾、和歌の初学入門書であったのである。そして、それは漢詩文優位の文学的世界から仮名文優位の文学的世界への移行を推進するためには、誰かがどうしてもやらなければならなかった仕事であった。『古今和歌集』の責任編者であり、かつ土佐に赴任する直前に、醍醐天皇から『古今和歌集』の秀歌を抜粋して新たな和歌集『新撰和歌』を作ることを命ぜられていた紀貫之にとってみれば、自分がやらなければならない仕事として受け止めていたに違いない。さらに推測をたくましくすれば、彼の和歌世界のよき理解者であった醍醐天皇や右大臣藤原定方、さらに親交の厚かった中納言藤原兼輔までもが彼の土佐守在任中に死亡してしまった貫之にとっては、受け取る相手がいない『新撰和歌』の撰進もさることながら、仮名文優位の文学的世界を作り上げるための仕事として、和歌の初学入門書を書くことにこそ使命感を抱いたのではないだろうか。それが『土佐日記』であったと考える。

注

（1）『土佐日記』の本文の引用は『土佐日記　蜻蛉日記　紫式部日記　更級日記』（「新日本古典文学大系」二四、岩波書店、一九八九年）に拠る。
（2）『土佐日記　蜻蛉日記』（「新編日本古典文学全集」一三、小学館、一九九五年）。
（3）「日本古典全書」朝日新聞社、一九五〇年。
（4）角川書店、一九六七年。
（5）新潮社、二〇〇〇年。
（6）小原仁『文人貴族の系譜』（吉川弘文館、一九八七年）。木村茂光『「国風文化」の時代』（初版一九九七年、吉川弘文館、二〇二四年）。
（7）木村注（6）『「国風文化」の時代』。

（8）「信濃守藤原陳忠、落入御坂話」（巻二八―第三八話、「新日本古典文学大系」三七、岩波書店、一九九六年）。
（9）菊地「解説」、注（2）。
（10）この和歌は、『古今和歌集』巻九羇旅歌（「新日本古典文学大系」五、岩波書店、一九八九年）の第一番に収められている次の和歌を、船上にいることに合わせて改作したものである。

唐土にて月を見て、よみける

あまの原　ふりさけ見れば春日なる　三笠の山にいでし月かも

（11）『群書類従』第一一輯など。
（12）『同右』第一六輯など。
（13）『新撰万葉集』については、当面、竹内光浩「「道化師」貫之の本領」（木村茂光編『歴史から読む『土佐日記』』東京堂出版、二〇一〇年）を参照されたい。
（14）注（10）「新日本古典文学大系」『古今和歌集』。
（15）木村注（6）『「国風文化」の時代』参照。
（補注）『土佐日記』の主題については、以下のような論文名で発表する機会を与えられた。機会を作っていただいた東原伸明氏に感謝したい。「『土左日記』の主題について・再論―ジェンダー史・民衆史の視点から―」（東原伸明他編『土左日記のコペルニクス的転回』）（武蔵野書院、二〇一六年）

第四章　王朝文学にみる平安京の変容

――「田舎」の成立――

はじめに

本章は、一〇世紀後半から一一世紀にかけて記された王朝文学に現れる「田舎」という語の意味する内容について、最近の歴史学の成果をふまえながら検討してみようとするものである。

本章執筆の直接的な動機は、最近『更級日記』を読む機会があり、[1]そこに「田舎」ということばが散見することに関心をもったことにある。というのは、平安時代の京都の性格を本格的に解明した黒田紘一郎の「『今昔物語集』にあらわれた京都[2]」には、「田舎」は「京」との対比のなかで一〇世紀中頃に成立したと指摘されているからである。

実際、平安時代の荘園関係文書を網羅的に編纂した『平安遺文』では、「田舎」がそのような意味で使用されるのは天喜三年（一〇五五）がその早い例である。[3]そこには、東大寺の使者僧善久が自ら摂津国「為奈御庄」＝猪名荘（現在の尼崎市東南部）に下向したことを指して、「田舎に罷り下りて已に数□(月カ)及ぶ」といっているのがそれである。東大寺からみて摂津国は「田舎」であったのである。

このように、一〇世紀中期以降、王朝文学にも荘園文書にも「田舎」が現れはじめるのは単なる偶然ということはできないであろう。黒田の問題意識を受け継ぎながら、都市平安京との関係から「田舎」成立の意義について考えてみることにしたい。

一　平安中期の移動規制と「城外」

まず最初に、歴史学における近年の平安京研究の成果から「田舎」成立に関係する研究を二つ紹介しておこう。一つは拙稿「一〇世紀の転換と王朝国家」(4)であり、もう一つは西山良平の「平安京と農村の交流」(5)である。発表年次からいえば西山論文の方が先だが、分析対象の時期では、拙稿が九〜一〇世紀を、西山が一〇〜一一世紀と、私の方が古い時期を扱っているので、拙稿から紹介することにしたい。

拙稿は、その論文名が示すように、石母田正・戸田芳實らの成果にもとづいて、一〇世紀初頭の国政改革を律令制国家の崩壊と王朝国家の成立として理解し、その特徴を明らかにしようとしたものである。そこでは、寛平年間（八八九〜九七）に京・山城と畿内・畿外との通行を遮断しようとする官符が相次いで発布されていることに注目した。すなわち、寛平三年（八九一）九月一一日に出された二通の官符（寛平三年新制）と同七年に発布された二通の官符である。

まず、前者の二通は

応に京戸子弟、外国に居住するを禁制すべき事

応に外国百姓、京戸に奸入するを禁制すべき事

である(6)。京から外国へ、外国から京へというまったく正反対方向の通行が同時に禁止されている。これは京戸子弟や百姓に対する禁制であるが、寛平七年（八九五）一一月には「五位以上の前司」が本任国に留住したり、たやすく畿

外に出ることが禁止された[7]。そしてその約一ヵ月後には、

　応に五位以上及び孫王、輙く畿内に出るを禁止すべき事

を命じる官符が発布されたのである[8]。これは先の一一月官符と異なって、五位以上や孫王が「畿外」ではなく「畿内」に出ることを禁止している点に注目しなければならない。略した本文には、五位や孫王の部内雑居によって畿内百姓の「愁歎」が極まっている状況が指摘されている。そして、この官符には山城国内の移動と春日社・興福寺・薬師寺らの祭礼、さらには畿内にある氏神社の祭祀のために山城国以外の畿内に出ることは例外として認可すると記されていた。すなわち、五位以上の貴族や孫王は日常的には山城国以外に出ることは制限されていたのである。

　このような山城国の境を重視する動向は固関《こげん》の儀や四堺祭、大索《おおあなぐり》でも確認することができる。固関の儀とは謀叛や天皇・上皇の死去など国家大事に際し、使者を派遣して三関（鈴鹿・不破・愛発）を閉鎖し警固させることをいったが、平安時代に入るにしたがいその機能は低下し、九世紀末には山城国境の宇治・淀・山崎の役割が大きくなった。また、疫神の浸入を防ぐための四堺祭は延喜一四年（九一四）に初見するが、それが行われたのも和邇・会坂・大枝・山崎の山城国境であった。強盗などの罪人の一斉捜査を意味する大索も会坂・龍華・山崎・宇治・淀で行われた[9]。

　このように、九世紀末から一〇世紀初頭にかけて、当時の貴族政権が平安京・山城国の境を強く意識するようになったことはまちがいない。そしてその一方で、昌泰二年（八九九）には京中を対象に保籍を管理する「結保帳」の作成が命じられている[10]。五位以上の貴族・孫王の山城国外への移動を厳しく制限すると同時に京中の人民支配もまた厳格にしようというのである。平安京・山城国を直接的な権力基盤とし、それ以外の諸国支配を受領に委任するという王朝国家体制はこのようにして形成されてきたのである。

　また、平安中期の平安京と農村との交流の実態を扱った西山良平は、前の論文で一一世紀前半において貴族・官

人・住民にとって「城外」に出ることが切実な規制であったことを豊富な事例をもとに解明している。一、二例示すると次のようである。

治安二年（一〇二二）の無量寿院への御幸に際し「城外行幸儀」を用いるべし、といわれている。(11) 無量寿院＝法成寺は近衛北・京極東にあって明らかに城外であったから、「城外」行幸の儀が用いられたのである。また、長元二年（一〇二九）には、関白藤原頼通が白河に渡り四、五日住んだことに対して、右大臣藤原実資は執柄人が指したることなく「城外に経廻するは、甘んぜざる事か」と非難している、(12) というようである。

この「城外」へ赴くことが朝堂で議論になった事例を紹介しよう。長元四年（一〇三一）、左馬助橘成忠が鎮西に下向することを上達部が決定したところ、右大弁源頼経、左兵衛督藤原公成、権中納言藤原定頼の三人はそれぞれ次のような判断を下している。(13)

源　頼経……五位以上無レ故城外、公家重所二禁制一也

藤原公成……五位以上城外重有レ制

藤原定頼……五位已上城外制法不レ軽

これだけみても、五位以上の貴族が故なく城外へ出ることがいかに制限されていたか理解できよう。

もう一例、西山が紹介した具体例を示そう。長元四年、左看督長清原兼時は破獄をして逃亡した壬生頼平が伊賀国阿拝郡にいることを確認し、その追捕に向かうに際し、「城外たるに依り、庁の移文を申すの間」と検非違使庁の移文を申請している。(14) これは検非違使庁の管轄領域とも関係するが、伊賀国は「城外」だったのであり、その「城外」に追捕に行くためには検非違使庁の移文が必要であったのである。

同じく検非違使庁関係では長元八年八月二日の「看督長見不注進状」の「左」の「不参」の項に「高橋重高申レ假城

外」とあるのが注目される。[15] というのは、同じ「不参」でも「河内国追捕官人供給使」や「大和国供給催使」として派遣されている者には「城外」という記載がないからである。ここから、高橋重高は「城外」に出るためには「假」＝休暇を申請しなければならなかったことがわかる。まさに「故なく城外に出ることは重く禁制」されていたのであった。

以上、すでに明らかにされている事実の紹介に終わったが、九世紀末〜一〇世紀初頭にかけて山城国の国境が重視された段階から、一一世紀前半にいたるとそれがより強化されて、故なく「城外」＝平安京の城門の外へ出ることが禁制の対象になっていたことが理解できよう。貴族世界において「城外」に出ることが問題になる時期と前後して、王朝文学のなかに「田舎」が散見するようになることをどのように考えたらよいのであろうか。以下、本題の王朝文学にみられる「田舎」についてみてみることにしよう。

二 『伊勢物語』・『枕草子』にみる「田舎」

1 『伊勢物語』のなかの「田舎」

すでに指摘されているように、王朝文学のなかに「田舎」（ゐなか）が現れるのは一一世紀前半に成立した『伊勢物語』・『枕草子』からである。まず、最初に『伊勢物語』[16]に現れる「田舎」についてみておこう。

『伊勢物語』には「田舎」は五ヵ所ほど使用されている。そのうち二ヵ所は「田舎わたらひしける人の子ども」（二三段）、「むかし、おとこ《を》、片田舎にすみけり」（二四段）とあって、地域を特定できる内容ではない。それに対して、三三段と八七段では摂津国兎原郡芦屋が、五八段では山城国乙訓郡長岡が「田舎」と呼ばれている。

最初に芦屋について考えてみる。芦屋は前述のように、三三段と八七段の二ヵ所に記されている。八七段には「蘆屋の里にしる《（知）》よしして、いき《（行）》て住みけり」とあるように、芦屋には『伊勢物語』の主人公の男の「知るよし」＝領地があったこと、そしてそこに「いきて住みけり」とあることから、芦屋には別荘があったことが想定される。

三三段は、その芦屋にいた恋仲の女性との話である。

　むかし、お《（を）》とこ、津の国、菟原の郡に通ひける女、このたび行きては、又は来じと思へるけしきなれば、お《（を）》とこ、

　　蘆辺より満ちくる潮のいやましに君に心を思《おもひ》ます哉《かな》

　返し、

　　こもり江に思ふ心をいかでかは舟さすさほ《（を）》のさして知るべき

　ゐなか人の事にては、よしやあしや

この女性が、今度男が宮使いのために京に帰ってしまったらもう二度と戻っては来ないだろうと恨んでいる様子なので、「蘆辺に満ちてくる潮のように、あなたに対する想いはますます増してきますよ」という和歌を送ったのに対する女性の返歌について、芦屋に掛けて「田舎人の歌としては良いだろうか、悪いだろうか（あしや）」という感想を述べたものである。

芦屋に住む女性が「田舎人」と呼ばれていることはわかるが、ここから「田舎」のもつ内容を知ることはできない。ただ、平安京の本宅との関係で領地と別荘があった芦屋を「田舎」と呼んだ可能性はある。「はじめに」で紹介した、東大寺僧善久が東大寺の所領である摂津国猪名荘に下向したことを「田舎に罷り下りて」といっていたことに類似する。さらに、時代は下るが一二世紀前半の「大江仲子解文案」(17)には「京都之家地・田舎之荘園」という使用例も確認

できるから、領地や別荘などのある地域を「田舎」と呼んだ可能性は十分にある。(18)

八七段も同じような内容で、高坏に盛られて出された「海松」を覆っていた柏の葉に書かれていた和歌について、「田舎人の歌にては、あまれりや、足らずや」と感想を述べただけで、三三段で考えた以上に具体的な内容を読みとることはできない。

では、『伊勢物語』に記されたもう一つの「田舎」=長岡に関する記述をみてみよう。

むかし、(中略)おとこ《を》、長岡といふ所に家つくりてをりけり。そこの隣なりける宮ばらに、こともなき女どもの、田舎なりければ、田刈らんとて、このおとこ《を》のあるを見て、「いみじのすき物のしわざや」とて、集りて入り来ければ、このおとこ《を》、逃げて奥にかくれにければ(後略)、

と記されている(五八段)。

この記述には注目すべき点がいくつかある。まず、摂津国とは異なって、平安京にほど近い山城国乙訓郡の長岡が「田舎」と認識されていたことである。そして、長岡が「田舎」であることの用件として、「家つくりてをりけり」とあるように、先の芦屋と同じように別荘らしきものがあったこと。そして、「田舎なりければ、田刈らんとて」と記されているように、領地がありそこで農業が行われていたことである。後略した部分には「穂ひろはむ」と落ち穂拾いの話題が出てくるから、「田舎」のイメージは稲刈り・落ち穂拾いなどの農作業をともなって描写されるものであったといえよう。(19)

以上のように『伊勢物語』に記された「田舎」には、「田舎わたり」とか「片田舎」などのように京との対比のなかで使用され、地域的な特定をできない使用例もあるが、芦屋や長岡のように、領地や別荘が所在し、そこで農業経営が行われていた場所を「田舎」と呼んでいたことが確認できる。

2　『枕草子』のなかの「田舎」

『枕草子』[20]にも「田舎」は四ヵ所ほどみえる。それらを列挙してみよう。

①田舎だちたる所にすむ物どもなど（二二段）
②田舎だち（九五段）
③田舎の館などおほくして（二二三段）
④田舎びたるものなどの（二四三段）

③を除いて、「田舎だち」「田舎びたる」とあるように、「田舎」そのものを指しているというよりも、「田舎がちの」とか「田舎のような」というような、形容句的に使用されている場合が多い。これは『伊勢物語』の使用方法とはかなり違っているといえよう。『枕草子』の場合、筆者清少納言の視点は常に宮廷生活ないし京に置かれており、そこから遠い存在として「田舎」があるのであって、どこか具体的な地域が想定されているのではないのである。その意味では、『枕草子』のなかにあっては「田舎」のイメージがまだ確定していなかった、ということができよう。

ただ、そのようななかでも、清少納言の「田舎」のイメージを彷彿とさせる部分がある。

それは②九五段の描写で、次のように記されている。

かくいふ所は、明順の朝臣の家なりける。「そこもいざ見ん」といひて、車よせて下りぬ。田舎だち、ことそぎて、馬のかたかきたる障子、網代屏風、三稜草《みくり》の簾など、殊更にむかしの事を移したり。（中略）所につけては、かゝることをなん見るべきとて、稲といふ物をとり出《いで》て、わかき《（若）》下衆《げす》どもの、きたなげならぬ、そのわたり《（辺）》の家のむすめ《（娘）》などひきもて来て、五六人してこかせ《（扱）》、又見もしらぬくるべく物、二人してひかせて、歌うたわせなどするを、めづらしくて笑ふ。

これは、一条から松ヶ崎付近[21]にあった高階明順の別邸について記した文章の一部である。前半の「田舎風の簡素な造作で、馬の絵が描かれた衝立障子、網代屏風、三稜草の簾など、わざわざ昔の通りにしてある」という部分も、田舎風の別邸の調度品の内容がわかり興味深いが、注目したいのは中略の後の文章である。「所につけては、かゝることをなん見るべき」（こんな田舎では、このようなものを見るのも一興でしょう）といって、別邸の主人高階明順が清少納言たちにみせたのが稲の脱穀風景であったことである。稲を取り出し若い男女に稲扱をさせたり、みたことのない「くるべく物」（挽臼説と碾磑説があるという[22]）をひかせている様子が描写されている。

清少納言が「稲といふ物」といっているのも、当時の宮仕えの女房たちの意識を表現していておもしろいが、ここでも「田舎だち」たる所でみるべきものとして稲扱・脱穀という農作業が描かれている点は、前述の『伊勢物語』の「田舎」の描写と共通していて興味深い。さきほど『枕草子』では「田舎」は具体的な地域が想定されていない、と記したが、「田舎」は稲作を中心とした農業が行われる地域であるという認識は形成されつつあったのかもしれない。

いま、「あったのかもしれない」というような曖昧な表現をしたのは、『枕草子』には他にも賀茂神社に詣でる道すがらに田植えをみたことや（二〇九段）、八月のつごもりに太秦に参詣した折り稲刈りをみたことなどが記述されている（二一〇段）にもかかわらず、そこには「田舎」という表現はみられないからである。もちろん、辞書ではないので、すべてが厳密に関係づけられた表現になるはずがないが、ここにも、『枕草子』のなかでの「田舎」が「田舎だち」とか「田舎びたる」という形容句的に使用されていたという特徴をみることができるように思う。

3　小括

以上、『伊勢物語』と『枕草子』にみられる「田舎」について検討してきたところをまとめると、以下のようになろう

一一世紀前半にいたって、王朝貴族のなかで「田舎」が意識されはじめるようになった。しかし、そのイメージはまだ確定しておらず、『伊勢物語』のように、主に「しる《知》よしして、いき《行》て住みけり」＝領地があり別荘などがある所を指していたり、『枕草子』のように、そのような特定な地域ではなく、「田舎だち」・「田舎びたる」という表現が示すように、宮廷生活や京生活との対比のなかでそれらとは違う生活をしている人々や地域を指すことばとして用いられるなどしていた。しかし一方で、「田舎」は稲作を中心とした農業や農作業を行う場所である、という共通認識が形成されつつあったことも間違いないであろう。

そして、「田舎」の対象地としては、摂津国芦屋から京域外の一条から松ヶ崎付近まで広域に及んでいるが、第一節で紹介した「城外」との関係でいえば、平安京近郊の一条から松ヶ崎付近が「田舎だち」といわれていることは注目してよいであろう。

三　『更級日記』のなかの「田舎」

最後は『更級日記』[23]のなかの「田舎」である。ここでも「田舎」が四ヵ所現れるが、そのうち二ヵ所は京に対する「田舎」というほどの意味で、具体性を伴っていない。

その一つは「物語」の段で、作者の叔母が夫とともに任地から帰京しその屋敷を訪ねた時の記述であるが、帰京した、すなわち平安京との対比のなかで任地が「ゐ中」といわれているに過ぎない。

二つ目は「子忍びの森」の段で、作者の父が常陸国の国司（介）に任官し、任地に下る時に、娘の作者にいったことばの一部で、

あづま国、ゐなか人になりてまどはむ、いみじかるべし

（東国の田舎人になって路頭に迷うには大変なことだろう）

と、東国（この場合は常陸国）で暮らすことを「ゐなか人」といっているが、ここでの「田舎」は、京での生活に比べて東国での生活の不便さを意味しており、さきの「物語」の段と同じ使用例ということができる。

三つ目は「鏡のかげ」の段である。ここでの「田舎」は先の二例に比べてはるかに具体性を帯びている。

あづまにくだりし親、からうじてのぼりて、西山なる所におちつきたれば、そこにみな渡て見るに、いみじううれしきに（中略）東は、野のはる〴〵とあるに、ひむがしの山ぎはは、比叡の山よりして、稲荷などいふ山まであらはに見えわたり、南は、双の丘の松風、いと耳ちかう心ぼそくきこえて、内には、いたゞきのもとまで、田といふものの、引板ひき鳴らすを《（お）》など、ゐ中の心地して、いとお《（を）》かしきに（中略）しりたりし人、里とをくなりてをともせず。たよりにつけて、「なにごとかあらむ」とつたふる人におどろきて、

思《おもひ》いでて人こそとはね山里のまがきのおぎに秋風は吹く

長い引用になったが、ようやく父親が常陸国から帰ってきて、西山（今の衣笠付近）に家族みんなが移り住んだ時の情景である。

東方は野がはるかに続き、その奥の山際には比叡の山々から稲荷の山まではっきりとみえ、南には双の岡に吹く風

の音が耳元近くに心細く聞こえる。屋敷のある西山付近は、すぐ近くまで田が迫っており、「引板」＝鳴子を引き鳴らす音なども田舎の風情が感じられて興味深い、と記している。また、その後には、知り合いの人も里遠くなってしまったので音信もない。ある時、便りにつけて「いかがお過ごしですか」といってよこした人がいて、驚いて、

籬の荻に秋風だけが吹き寄せるような山里には、思い出して訪ねてくれる人もおりません（お便りありがとう）。

と和歌を認めて送った。

西山の「ゐ中の心地」がみごとに表現された描写ということができる。透きとおった空気を通してみえる東山の山々、肌に感じる双が岡の風。そして眼下に広がる黄金色に実った稲穂と鳴子の音。さらには籬の荻に吹き寄せる秋風。「田舎」の風景が目にみえるような描写である。筆者の文章力がいかんなく発揮された部分といえよう。

そのうえで、ここで確認しておきたいことは、第一に、平安京近郊の西山が「田舎」と呼ばれていることである。これは、前節の『枕草子』の分析で触れた高階明順の別邸のあった「一条から松ヶ崎」付近を「田舎」と呼んでいたことと同じである。そして第二に、その「田舎」の風景を際だたせる要素として「田といふものの、引板ひき鳴らすをとなど」という記述、すなわち農業・農作業に関する記述が組み込まれていることである。これも『伊勢物語』・『枕草子』の「田舎」と同じイメージである。

このように、『更級日記』においても、平安京近郊を「田舎」と呼んでいること、「田舎」のイメージには農業ないし農作業をともなっていることが判明する。そして、この二つの要素とも『伊勢物語』・『枕草子』で形作られた「田舎」と同じイメージであることはいうまでもないであろう。「田舎」のイメージが定着しつつあることを示している。

しかし、『伊勢物語』・『枕草子』の筆者と『更級日記』の筆者との違いも明らかである。それは先にも述べたが、「田舎」に対する描写が『更級日記』の方が詳細だし、その情景を的確に表現していることである。『枕草子』の賀茂

神社に詣でた時にみた田植え（二〇九段）や、太秦に参詣した折りにみた稲刈りの描写（二一〇段）もみごとだが、『更級日記』の描写が優れているのは田植えや稲刈りという労働の情景ではなく、まさに「ゐ中の心地」する風景を描いている点にある。私は『更級日記』のこの部分における風景描写は他の文学作品のなかでも際だっていると思う。変ないい方であるが、祭礼や花の季節などの「ハレ」の風景ではなく、ただ「ゐ中の心地」するという、ありふれた日常生活の風景と感覚を巧みに描写することに成功していると思う。このような文学的な達成をどのように評価すべきか、いま準備もないが、今後の課題として指摘しておこう。

そしてもう一点注目したいのは、筆者が返した和歌のなかで、いま住んでいる西山を「山里」と表現していることである。「田舎」と「山里」との関係については後で検討することにしたい。

四つ目の記述も当時の「田舎」が意味していた内容を知るうえで興味深い。それは「初瀬」の段に現れる。筆者が初瀬（大和国長谷寺）に詣でようと精進していたところ、その出発日がちょうど大嘗会の御禊の日に当たってしまった。大嘗会の御禊とは、新天皇（この時は後冷泉天皇）が即位した後、初めて新穀を神々に奉る一世一代の儀式＝大嘗祭に先立ち賀茂川で身を清める儀式のことである。当時は行列をともなう晴れやかな儀式になっていたため、一目みようと大勢の人々が見物に来るのが常であった。

そのような京中の誰もが注目するハレの儀式の日に初瀬詣でに行くとは「いともの狂ほし」と周囲の人たちから非難されたのだが、その非難のことばのなかに、

一代に一度の見ものにて、ゐ中《田舎》世界の人だに見る物を

という一文があった。この場合の「田舎世界」とは、その「人だに」と記されていることから判断して京周辺の人々を指していることは間違いなかろう。これだと「田舎」は単に京周辺を指すだけで、取り立てて問題にならないよう

に思うが、この段の続きには「田舎世界」を具体的に示すと考えられる文章が二ヵ所現れる。一つは、

> 夜ぶかういでしかば、たちを《お》くれたる人〳〵もまち、いとおそろしうふかき霧をもすこしはるけむとて、法性寺の大門にたちとまりたるに、田舎より物見にのぼるものども、水のながるゝやうにぞ見ゆるや。

と記されている箇所である。自宅を出た筆者たちが、遅れてしまった供を待ちつつ、深く立ちこめた霧が晴れるのを待つために、左京の東南端の九条河原にあった法性寺（藤原忠平の建立）の大門（総門）に立ち止まっていたところ、「田舎」より大嘗会の御禊を見物するために多くの人々が水が滔々と流れるように押し寄せてきた、というのである。九条河原は京都南部の淀を経由して大和方面に向かう街道の出入り口であったから、ここでいう「田舎より物見にのぼるものども」とは淀やそれより南方の地域からやってきた人々を指していることは間違いない。

実際、二つ目の記述はこの推測が正しいことを裏づけてくれる。

> その山こえはてて、贄野《にえの》の池のほとりへいきつきたるほど、日は山の端にかゝりにたり。「今は宿とれ」とて、人〳〵あかれて、宿もとむる、所はしたにて、「いとあやしげなる下衆の小家なむある」といふに、「いかゞはせむ」とて、そこにやどりぬ。「みな、人〳〵京にまかりぬ」とて、あやしのをのこふたりぞゐたる。その夜もいも寝ず。

ここには「田舎」ということばは出てこないが、「みな、人〳〵京にまかりぬ」という文章が参考になる。これまでの文脈から考えて、これは大嘗会の御禊をみに行ったことを指しているに違いないからである。すなわち、この文章が語る状況は以下のようになろう。

さらに参詣の旅が進んで「贄野の池」の辺に着いて、夕方になったので宿を求めたところ、一軒の「あやしげなる下衆の小家」に泊まることになった。その小家には賤しい下男が二人いるだけで、他の家族は皆、大嘗会の御

禊を見物するために出かけてしまった。恐ろしくて夜も眠れなかった。

「下衆の小屋」の家族も、筆者たちが法性寺の大門でみた「田舎より物見にのぼるものども」のなかにいたのかもしれない。それはともかくも、以上のような文脈からいえば、「贄野の池」（現在の京都府綴喜郡玉水町付近）[24]も「田舎」であったことになろう。綴喜郡玉水町は山城国の最南部に位置し、さらに南に進むと山城国と大和国との国境に行き着くから、京からみてこの付近までが「田舎」であった可能性は高い。この後、御禊の話はまったく出てこなくなることも、その可能性を証明していると思われる。

『伊勢物語』で記された「田舎」＝長岡とここに記された玉水とは、前者が淀川沿い、後者が木津川沿いという違いはあるが、ともに山城国国境近くに位置しており、京からの距離もほぼ同じような地域である。京からみて「田舎」に含まれる範囲はこの辺りまでだったかも知れない。

以上、長々と『更級日記』にみる「田舎」を検討してみた。それらを簡潔にまとめると、次のようになろう。

京と対比して任国や東国（常陸国）を「田舎」という場合もあったが、『更級日記』に特徴的なことは、まず第一に、京近郊の西山を「田舎」と捉えており、それも自分たちの生活空間をそう呼んでいたことである。領地とか別荘の所在地でもなく、京の生活とは遠い漠然とした地域を指すことばでもなく、たしかに京と対比される京近郊ではあったが、自分たちの生活の場所を「田舎」と認識したことの意味は大きいといわざるをえない。逆にいえば、京と対比される「田舎」が都市貴族ないし住人らの生活空間として位置づけられるようになったのである。「田舎」の生活空間への取り込みである。

第二に、自分たちの生活空間を「田舎」として認識したのと同じように、地域に住む人々の生活空間としての「田舎」を発見したことである。御禊見物に集まってくる「田舎」の人々を発見し、たまたま泊まった「下衆の小屋」がその「田舎」の人々の生活空間であったのである。私は、『更級日記』のこのような描写が「地域としての田舎」そのものを捉えていく先駆ではないかと考える。

四　『更級日記』のなかの「山里」

前節の「鏡のかげ」の段で、「田舎」としての西山に言及した時、筆者はその西山を返歌のなかで「山里」とも表現していたことを指摘したが、本節では『更級日記』のなかで「山里」がどのような地域、どのような情景として描写されているかを検討し、「田舎」との関連性について考えてみたい。

『更級日記』には先の西山の箇所を除いて「山里」は三ヵ所出てくる。その一つが「東山なる所」の段である。筆者が故あって東山に移って半年ほど暮らした時の記事であるが、ここではその東山を「山里」と詠んだ和歌が記録されている。

A　たれに見せたれにきかせむ山里のこのあかつきもお《(を)》ちかへる音も
B　ふかき夜に月見るお《(を)》りはしらねどもまづ山里ぞ思《おもひ》やらるゝ
C　思《おもひ》しる人に見せばや山里の秋の夜ふかきありあけの月

Aは家の近くの梢で鳴いたホトトギスの声、Bは自分たちのように山里で暮らしている者に対して思いを馳せてくれる人がいるかどうか、という和歌への返し、Cは秋の夜の有明の月を詠んだ和歌である。筆者にとって東山は明らかに「山里」なのであった。このことは、この段で「山里」以外にも「山路」「山寺」「奥山」「山の井」「山の端」など「山」であることが執拗に繰り返されていることによっても裏付けられる。

しかし、それは単なる「山里」ではなかった。「山里」と「山」が繰り返し用いられているのと同じように、この段では「京にかへるとて」「都にはまつらむ物」「京にもきゝたらむ人」「京にかへりいづるに」という文が繰り返え し使用されている。すなわち「山里」は「京」・「都」との対比として使用されていたのであった。彼女が東山に移り住んだ事情はわからないが、京への強い思いが東山の「山里」としての性格をいっそう濃く描写することになったのであろう。この段に限っていえば、「山里」という語が和歌のなかでしか使用されていないことも、実態的な体験としての「山里」認識でなかったことをうかがわせる。

ところで、この段には「田舎」の語は使用されていない。ただ、この段の始まりと終わりに注目すべき描写がみられる。それは、稲作に関する描写である。

段の初めの、東山に移り住んだ、という文章に続いて、

　道のほど、田の、苗代水まかせたるも、植へ《（ゑ）》たるも、なにとなくあお《（を）》み、お《（を）》かしう見えわたりたる。

と記している。そして、最後の京に戻る際には次のように記述されている。

　京にかへりいづるに、わたりし時は、水ばかり見えし田どもも、みなかりはててけり。

　　苗代の水かげ許見えし田のかりはつるまで長居しにけり

移ってきた時は、苗代に水が引かれていたり田植えをしていた時期であったが、帰る時はすでに刈り入れが終わってしまっている。なんと長居をしたことか、というのである。時間の経緯そして季節感を稲作の農作業の違いによってみごとに表現している。

と同時に、このことは、稲作の農作業が「山里」に移り住んだこと、そして「山里」を離れ京へ戻るという事実をより鮮明にするための指標として、シンボリックに利用されている、と評価すべきではないだろうか。田植えととも

に「山里」に入り、刈り取りとともに「山里」を離れる。まさに「山里」は稲作をともなう空間として、位置づけられていたのであった。その意味では「田舎」に通ずる性格をもっていたのであり、西山と東山は類似した性格をもつ地域として認識されていたということができるであろう。そういえば、西山の邸宅から澄み切った空越しにみえたのは比叡の山々を中心とする東山一帯であったことが思い起こされる。

次の「山里」は京都南部の宇治である。「子忍びの森」の段で『源氏物語』の「浮舟」を夢想する場面である。『源氏物語』に描かれた光源氏のようなお方が年に一回でもよいから通ってきていただいて、「浮舟の女君のやうに、山里にかくしすへられて、花・紅葉・月・雪をながめて」、とても心細げな様子で暮らし、すばらしいお手紙などを時々お待ちしたいものだと、ばかり思い続けていた、と書かれている。

これは、『源氏物語』のなかで、光源氏の子薫が浮舟を三条の小宅から連れだし、宇治の山里に隠し住まわせたという話を前提にしているから、ここでいわれている「山里」は宇治を指していることは間違いない。

最後は「鏡のかげ」の段で、親族の女性が尼になって京都北方の修学院に入ったというので、冬頃その尼に贈った和歌に、

涙さへふりはへつゝぞ思やる嵐ふくらむ冬の山里

と「山里」が詠み込まれている。「涙を流し続けながら、嵐が吹きすさんでいることでしょうあなたの住む冬の山里の暮らしをお察ししております」という意味であろうから、ここの「山里」は修学院付近のことであろう。

以上、『更級日記』に現れる「山里」を概観したが、筆者が「山里」として描いているのは東山・宇治・修学院、それに邸宅を構えた西山であった。まさに平安京の近郊である。そして、このように列べてみると、偶然なのかもしれないが、東—東山、西—西山、南—宇治、北—修学院、と明らかに東西南北に配置されていることがわかる。もし

これが意図的な配置だとすれば、みごとなフィクション性と評価すべきであろう。

そして、宇治・修学院では明確に記されていないが、東山の箇所でやや詳しく検討したように、この「山里」は京・都を意識して、やや強くいえば京・都に対比される概念として使われていたといえよう。それは、『更級日記』では「山里」が和歌のなかにしか出てこないことによって裏付けられる。東山の段で出てきた三ヵ所はすべて和歌のなかであったし、修学院もそして西山もそうであった。宇治だけは地の文であるが、これも宇治の実態を示すために用いられているのではなく、『源氏物語』のなかの話として使用されているに過ぎない。

このように理解することが可能であれば、少なくとも『更級日記』において「山里」は、その実態を前提にしながらも、京・都と対比されるようなかなり概念的、観念的なことばとして使用されていたと理解することができるのではないだろうか。

これ以上は、飛躍があることを承知のうえで述べれば、西山の段で「田舎」を「山里」と読み替えていたこと、東山では「田舎」は用いられていないが、その始まりと終わりに「田舎」の描写に必ずといってよいほどともなう稲作の農作業が描写されていたことなどを考え合わせるならば、筆者の表現上では「田舎」と「山里」は表裏の関係にあったということができるのではないだろうか。実態を表す「田舎」とそれを和歌などで表現する際の「山里」という関係である。やや思いこみの強い分析になってしまったので、「山里」の分析はここまでとしよう。

五　参詣の場所と「田舎」・「山里」

最後に、「田舎」に関連する場所として、『更級日記』に出てくる参詣・参籠の場所について検討しておこう。すで

表『更級日記』にみえる参詣・参籠の場所

場所	出典箇所
太秦	「物語」・「子忍びの森」・「修行者めきたれど」
東山	「東山なるところ」
清水	「鏡のかげ」・「宮仕え」（夢）
稲荷	「夫の死」
初瀬	「鏡のかげ」（母―僧に鏡を託す）・「初瀬」・「修行者めきたれど」・「夫の死」
修学院	「鏡のかげ」（親族の人）
石山	「春秋のさだめ」・「修行者めきたれど」
鞍馬	「修行者めきたれど」

出典箇所の段名は西下経一校注『更級日記』（岩波文庫、岩波書店、一九三〇年）に拠る。

に指摘されているように、筆者とその母は何かにつけたびたび参詣・参籠を繰り返している。その場所を整理すると表のようになる。

一見して、これらの場所が前節で検討した「山里」の対象地と相当重なっていることは明らかである。東山・宇治・修学院・西山が「山里」と表現されていたから、筆者の邸宅があった西山を除くと、東山・修学院は同地域であるし、宇治も同様な地域と考えることができる。そして、これら三地域の共通点が平安京の近郊であるとするならば、太秦も清水も稲荷もそのなかに含めることができよう。そして、これら東山・宇治・修学院・西山・太秦・清水・稲荷の地域は、筆者の認識では「田舎」であり「山里」とも呼ばれる地域であったといえよう。すなわち、「田舎」「山里」と「参詣の場」の一部は空間的には平安京近郊という同一地域に属していたのである。

ところが、先の表からも明らかなように参詣の場所にはこれらに含まれない場所があった。それが初瀬・石山・鞍馬である。これらの共通点としては、上記の平安京近郊よりもう一回り遠方の、山城国境ないしそれを越えた地域であるという点である。いい換えるならば「田舎」「山里」より遠い地域である。

このように理解できるとするならば、『更級日記』の参詣地は「田舎」「山里」と重複する地域とそれを越えたさらに遠方の地域とに大きく二区分することができる。

この二つの参詣地域の性格を考えるうえで興味深い一文が『更級日記』のなかにある。それは筆者の母に関する記述で、次のように記されている（「鏡のかげ」の段）。

母、いみじかりし古代の人にて、「初瀬には、あなおそろし。奈良坂にて人にとられなば、いかゞせむ。石山、関山こ《（越）》えていとおそろし。鞍馬は、さる山、ゐ《（率）》ていでむ、いとおそろしや。親のぼりて、ともかくも」（中略）わづかに清水にゐ《（率）》てこ《（籠）》もりたり。

現代語になおすと、

母はたいそう昔気質の人で、「初瀬に詣でるなんてああ恐ろしい。奈良坂で人に捕らえられでもしたらどうしよう。石山寺へは関山を越えて行かなければならないのだから大変恐ろしい。鞍馬山はあのように険しい山だから、あなたを連れていくなどとても恐ろしい。父親が上京でもしたら、考えられないことでもないわ」（中略）それでもわずかに清水寺に連れて行って参籠した。

となろう。

母を「古代の人」と呼んでいることも興味深いが、その古めかしいことの内容として参詣の場所が問題となっていることがもっと興味深い。

初瀬に参るには奈良坂で拐かしに合う危険性があるし、石山に参るには関山を越えなければならない、鞍馬山は険しすぎるなどと、いろいろな理由を付けて、初瀬・石山・鞍馬への参詣は「あなおそろし」いので行かない、というのである。すなわち、「古代の人」である母の参詣の対象は平安京近郊（先の分類に拠れば「田舎」「山里」と重複する地域）に限られており、平安京近郊を越えて参詣するなどもっての外だと考えていたのだ。それは、先の引用の最後にあるように、初瀬・石山・鞍馬への参詣は「あなおそろし」といった後、筆者を連れて清水に参籠していることに明瞭に示されている。

それに対して筆者は、大嘗会の御禊の日であるにもかかわらず初瀬詣に出かけ、帰路の途中では、母が「人にとられなば、いかがせむ」と恐ろしがった奈良坂で、それも「盗人の家」に一泊しているほどである。初瀬に鏡を奉納する時、僧侶にその代参を頼んだ母の感覚とはまったく違う（「鏡のかげ」の段）。さらに筆者は初瀬に二度、石山にも二度、鞍馬には一度参籠している。筆者の参詣場所に対する認識や行動様式が母のそれをはるかに超えていることは明らかであろう。

先に、『更級日記』では「田舎」と「山里」と平安京近郊の参詣場所とが重複していることを指摘したが、違ったいい方をすれば、隠遁する「山里」と参詣する場所とに重なるように生活空間としての「田舎」が存在する段階が筆者たちの時代であったというべきなのかもしれない。母の時代においては「山里」であり参詣する場所であったところに、娘の時代にはすでに「田舎」＝平安貴族の居住空間が広がりつつあったのである。平安京の都市的空間の拡大である。そうすると筆者の時代には参詣のための新たな場所が必要になってきた。それが初瀬・石山・鞍馬という地域ではなかったろうか。

筆者の上記のような参詣地域に対する認識の要因を、「あづま路の道のはてよりも、猶奥つ方（上総国）」から長旅をして平安京に出てきたという経験や、彼女の信仰心の強さからも説明することができるかもしれないが、私は、母の時代と筆者の時代における平安京の都市としての成熟度とそれにともなう都市生活の変化があるのではないかと思う。

同じような違いは「宮仕え」の段でも確認できる。それはある人が筆者の宮仕えを勧めてくれたときの親の反応を「古代の親」と表現していることである。宮仕えの勧めに対して「古代の親」は、宮仕へ人はいとうき事也、と思て、すぐさするをと、宮仕えは辛い（面倒な）仕事だ、といってそのままさせなかったが、それに対して、宮仕えを勧める人が

今の世の人は、さのみこそはいでたて。さてもをのづからよきためしもあり。さても心見よ。（今の人たちはあのように皆出仕するものです。そうすれば自然に幸運に巡り会う機会もあるものです。試されてはどうですか）。

といってくれたので、しぶしぶながら親が出仕を認めてくれた、というのである。ここにも宮仕えを躊躇する「古代の親」とチャンスを求めて宮仕えする「今の世の人」とがみごとに対比されているといえよう。このように、「宮仕え」という一面をとってみても「古代の親」と筆者の「時代」は考え方が違うのである。

たった親子一代の差でそのようなことがいえるか、という反論が飛んできそうであるが、筆者がわざわざ母を「古代の人」、親を「古代の親」と呼び、前述のように参詣場所においても宮仕えの捉え方においてもその違いを明確に述べているのである。それは、母の時代と私の時代は違う、ということをおのずと物語っていると考えることができるのではないだろうか。

話を「田舎」に戻すと、先に『更級日記』では「田舎」と「山里」と平安京近郊の参詣場所とが重複していることを指摘したが、違ったいい方をすれば、隠遁する「山里」と参詣する場所とに重なるように生活空間としての「田舎」が存在する段階が筆者たちの時代であったというべきなのかもしれない。母の時代においては「山里」であり参詣する場所であったところに、筆者（娘）の時代にはすでに「田舎」＝平安京貴族の生活空間が広がりつつあったのである。平安京の都市空間の拡大である。そうすると、筆者の時代には参詣のための新たな場所が必要になってきた。それが初瀬・石山・鞍馬という地域ではなかったろうか。

おわりに

以上、『伊勢物語』・『枕草子』・『更級日記』を素材に、王朝文学に現れる「田舎」について分析を試みた。そして、その特徴を鮮明にするために、参詣場所との比較検討も行った。作品も限定されており、かつ「田舎」の使用例もそれほど多くないので、本章の分析がどれほど一般性を持ちうるのか心許ない点もあるが、以下のような諸点を指摘したつもりである。

第一に、「田舎」は、『伊勢物語』では所領や別荘のある地域を指す場合が多かったが、『更級日記』では生活空間としての「田舎」を表現する用例が確認できるようになったこと。

第二は、第一と密接に関連するが、『伊勢物語』では摂津国芦屋付近まで「田舎」と表現していたが、『更級日記』になると、綴喜郡玉水のような山城国境を指す場合もあるものの、平安京近郊の地域を指す用例が多くなったこと。

第三に、西山など生活空間としての「田舎」の用例が確認できるようになったとはいえ、一方では、稲作を中心とする農作業の風景を随伴することが多いことである。「田舎」＝農村としてのイメージも定着しつつあったということができよう。

第四に、『更級日記』に記された「山里」は平安京近郊を指す概念として使用されており、各々の実態をふまえつつも、京・都と対比される概念的・観念的なことばとして使用されていた。

第五に、参詣場所については、「田舎」「山里」と重複する平安京近郊の場合とそれを越えたより遠方の場所とに二分することが可能であり、このような二つの参詣場所が現れるようになったのは、平安京の都市的な成熟によって、平安京近郊の参詣場所が生活空間としての「田舎」と重複するようになってしまい、それを越えたより遠方に参詣場所が求められるようになったからではないか、と考えてみた。

以上のような、貴族の生活空間の平安京近郊への拡大は、当然のことながら貴族層の平安京近郊への通行を増大させた。庶民はいざ知らず、貴族層の平安京を越えた生活空間の拡大と通行の広がりは権力の集中という側面からみるならば好ましいことではない。したがって、そのような動向に規制を加え、平安京の都市王権の権力基盤としての性格をより明確にするために採られた措置が、西山が明らかにした「城外」という規制ではなかっただろうか。

最後はまったくの推測になってしまったが、「田舎」という語句の用例を手掛かりに、一一世紀前半の平安京の性格について検討してみた。「田舎」が単なる「地方の農村」という意味ではなく、平安京の変容・成熟と密接に関係して成立してきたことを理解していただければ、小論の目的はほぼ達成できたといえよう。

注

(1) 服藤早苗編『歴史から読む『更級日記』』として、東京堂出版から刊行予定であったが、諸般の理由から刊行に至らなかった。

(2) 初出一九七六年。『中世都市京都の研究』(校倉書房、一九九六年)所収。論文執筆に当たり、黒田の依頼を受けて『平安遺文』などを検索するお手伝いをしたことも、本章執筆の動機になっている。

(3) 天喜三年一〇月一六日東大寺僧善久解(『平安遺文』七三四号)。

(4) 初出二〇〇四年。本書序章。

(5) 初出二〇〇二年。『都市平安京』(京都大学学術出版会、二〇〇四年)所収。

(6) 『類聚三代格』禁制事。

(7) 寛平七年一一月七日太政官符「応禁断五位以上前司留住本任国幷輙出畿外事」(『類聚三代格』禁制事)。

(8) 寛平七年一二月三日太政官符(『類聚三代格』禁制事)。

(9) 仁藤智子『平安初期の王権と官僚制』(吉川弘文館、二〇〇〇年)。

(10)　昌泰二年六月四日太政官符「応令依結保帳督察奸猾事」(『類聚三代格』禁制事)。
(11)　『小右記』逸文、治安二年七月一〇日条。
(12)　『同右』逸文、長元二年八月二二・二三日条。
(13)　『左経記』長元四年三月二八日条。
(14)　長元四年六月□□日左看督長清原兼時解(『平安遺文』五二〇号)。
(15)　長元八年八月二日看督長見不注進状(『同右』五三三号)。
(16)　『竹取物語　伊勢物語』(「新日本古典文学大系」一七、岩波書店、一九九七年)に拠っている。
(17)　大治五年月日大江仲子解文案(『平安遺文』二一七七号)。
(18)　時代はさかのぼるが、元慶七年九月一五日河内国観心寺縁起資財帳(『平安遺文』一七四号)にも「田舎荘」とみえる。
(19)　『伊勢物語』第八四段には、この長岡には業平の母親(伊都内親王)が住んでいたことが記されている。なお、『古今和歌集』(「新日本古典文学大系」五、岩波書店、一九八九年)巻一七、雑歌上の九〇〇・九〇一の和歌も参照。
(20)　「新日本古典文学大系」二五(岩波書店、一九九一年)に拠っている。
(21)　注(20)「新日本古典文学大系」の脚注による。
(22)　注(20)「新日本古典文学大系」の脚注による。
(23)　『土佐日記　蜻蛉日記　紫式部日記　更級日記』(「新日本古典文学大系」二四、岩波書店、一九八九年)に拠っている。ただし、段の名称は西下経一校注『更級日記』(岩波文庫、岩波書店、一九三〇年)のものを便宜的に用いる。
(24)　注(23)「岩波文庫」本の脚注による。

第五章 『大鏡』の時代認識

――「ただ近きほど」を手掛かりに――

はじめに

歴史学と文学の交流が進んでいる。いま流の言葉でいえば両分野の「越境」が進んでいるとでもいうべきか。実際、二〇〇七年夏には『文学』が「特集＝歴史の語り方―平家物語―」を組み、川合康・阿部泰郎・兵藤裕己の対談と歴史学者・日本古典文学者の論考一四本を掲載しているし(1)、歴史学者と古典文学者の共同による研究書の発刊も続いている(2)。また、両分野の共同だけでなく、歴史学の立場から文学に「越境」する研究も現れている。その代表的な仕事として、黒田日出男『歴史としての御伽草子』(3)と保立道久『物語の中世』(4)をあげることができよう。

このような「越境」が盛んになるにしたがい、お互いに成果を利用しあう段階を超えて、それぞれの学問の独自性を認めつつも互いに共有できる方法論の構築が要請されてきているように思う。しかし、いうほど簡単ではない。

黒田はその「序」で、『御伽草子』を「史料」として分析・読解することの重要性を繰り返し主張するとともに、「撮み食い的（部分的）な」読解や「手前勝手（一方的）」な作品利用の危険性を喚起している。また保立も、歴史学の学問的な役割が「史料」の解析を通じて過去の社会や文化の実態にせまることにあることを確認し、神話・説話・民話なども歴史学の「史料」として分析されなければならないことを指摘している。さらに、扶桑社版『新しい歴史教科書』の美術史関係の口絵・挿画を検討した千野香織は、「日本美術史」という学問が学問研究の政治性に無自覚であり続けてきたことを反省したうえで、「視覚的表象についても史料批判は必要である」と力説している。(5)

これらの発言はさまざまな分野の学問の「越境」が広がれば広がるほど、対象とする「史料」に関する高度な「史料批判」の方法の構築が求められていることを示している。

近年、歴史＝物語論が盛んだが、そこでは歴史と物語とに共通する「叙述」の物語性に関する発言は多いものの、その叙述に至る方法論＝史料論・史料批判の方法の違いについてはまったく言及されることがない。歴史＝物語論を克服するためにも、歴史史料はもちろんのこと、文学史料や絵画資料までをも対象に組み込んだ新しい史料論・史料批判の方法が研ぎ澄まされなければならない。

幸い私たちは、歴史学と古典文学との交流という点では、石母田正らの成果を財産としてもっている。(6)これらの成果に学びつつ、古典文学者との共同の作業を地道に積み重ねていくことが重要であろう。

さて、本章は上記の課題にせまる何らかの糸口をみつけるための基礎作業である。『大鏡』に関する古典文学者の成果は並大抵の数ではない。すべてを習得したわけではないが、それらに学びつつ『大鏡』の時代認識の特徴とその意味についてささやかな考察を行ってみたい。

ところで、本論に入る前に『大鏡』に関して二つの点を確認しておこう。まず、成立の時期を「万寿二年」（一〇二五）ではなく院政期に採っていること。したがって、「万寿二年」というのは『大鏡』筆者の仮託であって、『大鏡』の成立は院政期史のなかで解かれなければならない。第二に、構成については、「日本古典文学全集」『大鏡』(7)にもとづき、「序」「天皇紀（天皇一四代）」、「列伝（藤原氏・摂関二〇人）」、「藤原氏物語（鎌足以下一三代）」、「雑々物語」の五部に区分して理解している。また、本文の引用と現代語訳も全集本を利用した。了解をお願いしたい。

一　「こちよりての事」と「ただ近きほど」と

『大鏡』の前提には『栄花物語』[8]（以下『栄花』と略記する）があり、その影響を受けていることは改めていうまでもない。その影響の一つと考えられ、かつ両物語の時代認識の違いを示していると思われるのが、物語の始期に関する表現である。『栄花』ではその冒頭に、

世始りて後、この国のみかど六十余代にならせ給にけれど、この次第書きつくすべきにあらず。こちよりての事をぞ記すべき。

と明記されていて、筆者は「こちよりての事」すなわち「こちらに近い時代の事」から叙述すると宣言し、それを宇多天皇から説き起こしたのであった。

それに対して『大鏡』は序の最後の方にいたって、

神武天皇をはじめたてまつりて、次々の帝の御次第を覚えまうすべきなり。しかりといへども、それはいと聞き耳遠ければ、ただ近きほどより申さむと思ふに侍り。

と記して、「ただ近きほど」から始めると宣言しているのである。それ以前の時代を叙述しない理由を『栄花』では「書きつくすべきにあらず」といい、『大鏡』は「いと聞き耳遠ければ」といっていることから考えても、この「ただ近きほど」という文言が『栄花』の「こちよりての事」を意識して書かれた文言であることは間違いないであろう。しかし、『大鏡』は宇多天皇ではなくその四代前の文徳天皇から筆を起こしたのであった。

『栄花』が宇多から始め、『大鏡』が文徳から始めたという時代認識の差は、『栄花』にあっては「六国史」の最後

の『日本三代実録』（「光孝天皇紀」まで）を受け継ごうという意思の表れであり、『大鏡』にあっては、藤原道長の栄華を鮮明にするために摂関政治の開始期から叙述しようという意志の表れであると説明されている。

　このような説明に異論を挟むつもりはないが、ここで私が注目したいのは、上記のような違いはあれ、二つの歴史物語が同じように「自分たちにとって近い時代」を基準に叙述を開始していることの意味である。ここには明らかに両筆者の時代認識が表現されている。『大鏡』については後に詳述するとして、『栄花』について少々考えてみよう。『栄花』に「六国史」の後を引き継ごうとする意志があることは間違いないが、問題はその「六国史」の後をなぜ「こち」と認識したかである。『栄花』をそのことについて何も語らないが、同じような時代認識を取っているものとして、時代はまったく異なるが、北畠親房の『神皇正統記』(9)をあげることができる。親房は次のようにいう。

　光孝ヨリ上ツカタハ一向上古也。ヨロズノ例《ためし》ヲ勘《かんがうる》モ仁和ヨリ下ツカタヲゾ申メル。（中略）上ハ光孝ノ御子孫、天照太神ノ正統トサダマリ、下ハ昭宣公ノ子孫、天児屋ノ命ノ嫡流トナリ給ヘリ。

親房は宇多の前代光孝天皇以前を「一向上古」であると切り捨てる。その理由は、中世（南北朝期）まで続く朝廷の「例」は光孝天皇の治世「仁和」以後にできあがったものがほとんどであり、かつ王統が定まりかつ天皇を補弼する摂政・関白の家が定まったのが、光孝と「昭宣公」＝藤原基経の時からだというのである。

南北朝期における親房のこのような認識を、はるか三〇〇年以上も前の『栄花』と同等に議論することに無理があることは承知しているが、ただ『栄花』が摂関政治の全盛期である道長の栄華を描くところに目的があったとするならば、摂関政治の枠組みが成立した宇多天皇の時代以後を「こち」と認識する可能性は十分に存在すると考える。時期の設定は異なるが、『大鏡』が「近きほど」と認識したのも摂関政治の端緒が基準であった。『栄花』にあっても、六国史の時代は「上古」であったのかもしれない。

二　時間意識と「血」の系譜と

『大鏡』が「近代」と認識し、「天皇紀」の叙述を始めたのは文徳天皇からであったが、『大鏡』の叙述の始期はもう一つ存在した。それは藤原氏代々の歴史を書いた「列伝」の部分である。『大鏡』は「列伝」を藤原冬嗣から始めるにあたって、その理由を次のように記している（「後一条院」）。

流れを汲みて、源を尋ねてこそは、よく侍るべきを、大織冠よりはじめたてまつりて申すべけれど、それはあまりあがりて、（中略）されば、帝王の御ことも、文徳の御時より申して侍れば、その帝の御祖父の、（中略）その冬嗣のおとどより申しはべらむ。

これも「天皇紀」の叙述の開始と同じ論法である。藤原氏の歴史の源を尋ねれば大織冠＝藤原鎌足から始めなければならないが、それは「あまりあがり」すぎるので、「天皇紀」を文徳から始めたのに倣って文徳の祖父冬嗣から叙述しようというのである。(10)

このようにいわれると「天皇紀」と「列伝」の始まりに整合性があるように思われがちだが、実はこれには筆者の大きな意図が隠されていた。前述のように、『大鏡』の筆者は文徳から始める意図を「近きほど」という「時間」を基準に置いていた。しかし、冬嗣はその「時間」の基準に合わないのである。なぜなら、文徳の誕生は天長四年（八二七）で死亡は天安二年（八五八）であったのに対して、冬嗣は宝亀六年（七七五）の誕生、天長三年（八二六）の死亡であった。すなわち、文徳が誕生したとき冬嗣はすでに死亡していたのである。まして、文徳が即位したのは嘉祥三年（八五〇年）であるから、それは冬嗣の死から四半世紀も後の出来事であった。

「天皇紀」の時代認識にもとづくならば、承和の変（承和九年〈八四二〉）によって文徳を皇位につけ、自らは太政大臣まで登った良房から始めてもよいはずである。しかしそうはせず、わざわざ良房の父冬嗣までさかのぼって叙述している。その意図は何だろうか。

それは「その帝の御祖父」という基準を採用したためであったと考えられる。冬嗣の列伝には、

田邑（文徳）の御祖父におはします。かるが故に、嘉祥三年庚午七月十七日、贈太政大臣になりたまへり。

と記されていたし、「天皇紀」の「文徳天皇」の項にも「御母、太皇太后宮藤原順子と申しき。その后、左大臣贈正一位太政大臣冬嗣のおとどの御女なり」と記されていた。すなわち、「列伝」の基準は、前述のように「帝王の御ことも、文徳の御時より申して侍れば」と書いて、さも「天皇紀」と同様に「近きほど」という時間を基準に書きはじめたかのように記されてはいるが、実はそうではなくて、「帝の御祖父」という関係の成立が優先されていたのであった。「天皇紀」と「列伝」をつなぐのは女性である、と評価される所以であろう。(11)

このように、『大鏡』は「近きほど」という時間を基準に叙述を開始しながらも、実はその基準は副次的で、外祖父という天皇家との血のつながりの成立こそが第一の基準であった、と評価できる。「列伝」を冬嗣から始めたのは、彼が文徳の「御祖父」であったからであった。したがって、『大鏡』は「列伝」を冬嗣の記述から始める理由を「天皇紀」の始まりが文徳天皇であったことに求めているが、それは逆で、「列伝」を冬嗣から始めるためには「天皇紀」を文徳から始めなければならなかったと考えるべきであろう。

以上のように、『大鏡』には「近きほど」という時間を基準に時代を捉えようとする意識と、「御祖父」関係という血の系譜を基準に時代を捉えようとする意識が混在していた。そして、「天皇紀」と「列伝」の書き出しを検討する限りでは、時間よりは血の系譜の意識の方が勝っていると考えざるをえない。にもかかわらず、『大鏡』が「天皇紀」

を始めるに当たって「近きほど」という時代認識を採用したのは、前述のように、『栄花』の「こちよりての事」という書き出しを意識したためではないかと推測する。

このような系譜を基準にした時代認識の強さは、さらに『大鏡』のなかに異なった時代認識を持ち込むことになった。それは「藤原氏物語」に明瞭に現れている。

『大鏡』は「列伝」の「道長上」において、「東三条院の愛情と道長の幸運」を書いた後、

さるべくあるやうあることを、皆世はかかるなむめりとぞ人々思し召すとて、有様を少しまた申すべきなり。

と話題を転換する。すなわち、「道長の栄華だけを見ていると、すべて世の中のことはこんなものであろうと思ってしまうので、昔の有様を少々お話ししましょう」と述べて、「藤原氏物語」に入っていく。

まず、その最初は藤原氏の始祖鎌足・不比等らの話である。ここでは、鎌足から始まって、不比等・房前・真楯・内麿・冬嗣・長良・基経・忠平・師輔・兼家・道長・頼通まで、太政大臣になった人物を中心とした北家一三代の系譜が語られる。そして、「藤原氏の氏神の由来」、「氏寺多武峯・山階寺の由来」が語られた後、「同じことのやうなれども、またつづきを申すべきなり」と断ったうえで、「后の宮の御父・帝の御祖父となりたまへるたぐひ」の系譜が、これも鎌足から不比等・冬嗣・良房・長良・総継・高藤・基経・師輔・伊尹・兼家・道長まで語られる。これこそこの部分が「藤原氏物語」と称される所以である。

しかし、ここの叙述には「大織冠よりはじめたてまつりて申すべけれど、それはあまりあがりて（中略）、その冬嗣のおとどより申しはべらむ」という「列伝」の基準に対する意識はまったくない。「冬嗣以前は採らない」と自ら宣言したことを堂々と無視して叙述しているのである。ここにも、『大鏡』の基準が藤原北家の栄華と天皇家と北家との血の系譜を語ることにあったことが如実に示されている。

三　長良流評価の意味

いま、『大鏡』の時代認識には「近きほどより」という時間を基準にしたものと、北家と天皇家との系譜を基準にしたものの二つが相剋しており、どちらかというと後者の方の認識の方が勝っていたのではないかと書いたが、実は『大鏡』はさらに別の時代認識をもっていた。それは、藤原氏の「列伝」の前半の部分によく表れている。

「列伝」は、冬嗣・良房・良相・長良・基経・時平と続くが、すでに指摘されているように、物語の内容が充実してくるのは基経・時平以降である。この点にも『大鏡』筆者の時代認識が現れているが、ここで注目したいのは、良相・長良の位置である。とくに良相は前述の北家一三代にも「帝の御祖父」一二人にも含まれていないし、『大鏡』のなかでも冬嗣の「列伝」で彼の子であること、長良の「列伝」で彼と同母であると記されている以外は、この「列伝」にしか登場しない。では良相が「列伝」に採用された理由はなんであろうか。

良相の「列伝」には、まず冬嗣の五男であること、母は良房と同じで、大臣を一一年間勤め、贈正一位で「西三条の大臣」と呼ばれたことが記される。これは他の「列伝」と特別変わりがない。次に浄蔵を「御祈」の師とし千手陀羅尼に優れていたという特徴が記されているが、これが「列伝」に入れられた理由とは考えられない。そしてその後に、

この大臣の御女子の御ことよく知らず。一人ぞ、水尾の御時の女御。男子は、大納言常行卿と聞えし。御子二人おはせしも、五位にて典薬助・主殿頭などいひて、いとあさくてやみたまひにき。かくばかり末栄えたまひける中納言殿を、やへやへの御弟にて、越えたてまつりたまひける御あやまちにや、とこそおぼえはべれ。

という文章が続いて「列伝」は終わっている。この前半は、「この大臣の姫君についてはよく知らない。ただ、そのうちの一人が清和天皇の女御で多美子という。息子は大納言常行卿がおり、常行の子供は二人いたがともに五位までしか登れず、典薬助・主殿頭などに就いた程度で、きわめて低い官位のままで終わられた」という意味になろう。「御女子の御事よく知らず」「いと浅くてやみたまひにき」と、良相にとって名誉でもない内容が「列伝」に明記されているのも変だが、このような内容から良相を「列伝」に入れた理由を強いて探すとすると、娘多美子が清和天皇の女御になったことしかない。しかし、娘を天皇の女御に入れた程度の経歴ならば他にも相当数存在するから、これも根拠としては弱いといわざるをえない。とするとなにか。

少々うがった見方だが、私は『大鏡』が良相を「列伝」に入れたのは、さきの文章の後半に要因があるのではないかと思う。そこには「良相の子孫が繁栄しなかった理由は、のちにあれほどまでに栄えた長兄の中納言長良殿を、ずっと末の弟（五男）であるにもかかわらず追い越してしまった過ちによるのではないかと思うのです」と記されていた。

この内容を記するためにわざわざ良相を「列伝」に入れたとするのは突飛な考えだと思われるに違いないが、実はこの文章には前提があった。それは良相の前に記されている良房の「列伝」の最後の文章である。

かくいみじき幸ひ人の、子のおはしまさぬこそ口惜しけれ。御兄の長良の中納言、ことのほかに越えられたまひけむ折、いかばかり辛う思され、また世の人もことのほかに申しけめども、その御末こそ、今に栄えおはしますめれ。ゆく末は、ことのほかにまさりたまひけるものを。

良房の「列伝」は、一方で「この殿ぞ、藤氏のはじめて太政大臣・摂政したまふ。めでたき御有様なり」と良房を賞賛しつつも、末尾には上記の引用のように、このようにすばらしく幸運な人なのに男子が産まれなかったのは非常に残念なことだった。御兄の長良中納言(冬嗣の長男)は弟良房公に格段に官位を越されてしまったが、その時長良公はどれほど辛い思いをされたでしょう。また、世の人もたいそう気の毒だと噂をしたようだが、その長良公の子孫が今栄えておられるのです。後々になって、意外なことに、長良公が良房公にお勝ちになられたということですね。

と記していた。良房に男子が誕生しなかったのも、長男の長良を追い越して官職をほしいままにしたためだといわんばかりである。良相の「列伝」と同様の内容であることは間違いない。長良の評価に関わる文言が、長良の「列伝」ならまだしも、弟で長良を追い越した良房・良相の両方の「列伝」に記されているのも妙である。とりわけ良房の「列伝」では、長良自身の「辛い思い」だけでなく、「世の人」の噂まで持ち出して長良に同情してみせるとともに、その「辛い思い」や無念さとは裏腹に、現在はその長良流が全盛を極めていることを強調しているのである。

冬嗣の二男良房も、五男良相もその子孫が繁栄しなかったのは、長男長良を追い越して高位高官に登ったのが原因であるというのが『大鏡』の評価である。『大鏡』の筆者には長良流を高く評価したいという強い思いがあったと感じざるをえない。そして、このように長良の不運を繰り返すことによって、良房の出世に対する疑義をも提起しているとも読みとれる。冬嗣・良房と摂関家全盛の基盤を作った二人を高く評価しながらも、長良・基経と継承される長良流の系譜こそ北家・摂関家の本流であるという認識が『大鏡』の筆者にはあったのである。

この二人の「列伝」と対比して、次に記された長良の「列伝」は簡潔である。父母の名前、公卿としての在位年数、贈左大臣正一位、贈太政大臣、「枇杷の大臣」と称されたことが淡々と記された後、「この殿の御男子六人おはせし。その中に基経のおとどすぐれたまへり」とあるだけである。これも『大鏡』の作者のみごとな演出というべきであろう。良房・良相の「列伝」では長良の不運・不幸とその子孫の隆盛を書き並べながら、本人の「列伝」ではなにも書かない。そのことによって長良の人柄を際だたせることに成功しているといえる。そして、「その中に基経のおとどすぐれたまへり」という文章で「列伝」が終わった途端、基経の「列伝」が「この大臣は、長良の中納言の三郎におはす」と始まる。長良流こそ北家の嫡流であるという筆者の主張がこれらの「列伝」のなかには色濃く反映していると考えざるをえない。

良相・長良の「列伝」の簡潔さに比べて、基経の「列伝」はさまざまな挿話が組み込まれ複雑な内容になっていくが、これまでの時代認識という視点から評価するならば、光孝天皇の即位事情を光孝と基経との人間関係から説明した後、次のように評価している点に注目すべきであろう。

帝の御末もはるかにつたはり、大臣の末もともにつたはりつつ後見まうしたまふ。

万寿二年を基準に、光孝・基経の関係こそが今の天皇家と摂関家との関係が成立した最初であり、その関係は以後今に至るまで継続している、と評価されている。

天皇家と北家との血の系譜が重視されているが、前節で検討した冬嗣を基点としたものとは違う。単なる天皇家と北家との血の系譜の存在ではなく、天皇家では仁明―光孝朝の成立、北家では長良―基経流の成立という、天皇家と北家両者における直系の成立が高く評価されているのである。(12)『大鏡』が長良を高く評価する要因はここにあった。

ところで、光孝・基経の関係を基準とする時代認識は別にも存在した。すでに紹介したように、北畠親房の『神皇正統記』の時代認識がそうであった。親房の評価は「王統が定まりかつ天皇を補弼する摂政・関白の家が定まったのは光孝と基経の代からである」というものであったが、これは『大鏡』の「基経列伝」の評価とまったく同じである。

一節で、『栄花』が「こちよりての事」として宇多天皇から叙述を始めている時代認識と『神皇正統記』の時代認識との間に関連があるのではないかと指摘したが、『大鏡』もまた同様の時代認識をもっていたのである。繰り返しになるが、『大鏡』の筆者は、摂関家全盛の基盤を作った人物として冬嗣そして良房を高く評価しながらも、長良流こそ北家・摂関家の本流であり、王統が定まりかつ天皇を補弼する摂政・関白の家が定まったのも光孝と基経の代からであるという時代認識を強くもっていたのである。「光孝ヨリ上ツカタハ一向上古也」といい切ったのは親房であるが、光孝・基経の代に時代の画期を見出そうという意識はすでに院政期に成立していたといえよう。

四 「雑々物語」の時代認識

最後に、「藤原氏物語」に続く「雑々物語」の時代認識について簡単に検討しておこう。この部分は「天皇紀」・「列伝」で触れられなかった「和歌技芸に関する風流譚、神事仏事に関する信仰譚等」の話を集めたものである。(13)「全集」『大鏡』の整理に従えば二四個の話が記されているが、最後の仁明天皇に関する「朝覲行幸に鳳輦を階下に寄せる由来」を除くと、すべてが光孝天皇以後の物語である（表参照）。そして、その「朝覲行幸」の話も、講師が登壇しいよいよ雲林院の菩提講が開始されようとするとき、語り手の世継や繁樹の姿がみえなくなってしまった、という話の後に所収されており、物語の順序としては整合性がない。

このように、「雑々物語」が光孝以後の物語ばかりを採用していることは、前節で問題にした光孝・基経の代を基準とした列伝の時代認識と共通しているといえる。

しかし、「雑々物語」がこのような内容になったのには理由があった。それは『大鏡』の筆者が「雑々物語」を始めるにあたって、語り手の一人若侍に「さても、ものの覚えはじめは何事ぞ。それこそ、まづ聞かまほしけれ。語られよ」といわせていることである。

表　「雑々物語」の物語と関連天皇

光孝天皇即位の光景と賀茂臨時祭の始	光孝・宇多
八幡臨時祭　宇多・醍醐天皇の人間味	宇多・醍醐・朱雀
大井河の行幸	宇多・醍醐
朱雀天皇譲位の事情	朱雀
村上天皇の寛容	村上
鶯宿梅	村上
承香殿の女御　斎宮の女御	村上
繁樹の妻・世継の妻・良岑衆樹ら	
兵衛の内侍の親　実頼ら先帝を偲ぶ	村上・冷泉
一条雅信・六条重信	村上
円融院、石清水臨時祭を御覧	花山・円融院
故女院詮子の四十の賀(長保三年)	一条
太皇太后彰子の大原野行啓の華やかさ(寛弘三年)	一条
怪異、後の障りなし—大極殿・春日社前	一条
世継、自分の話を自慢し、侍の才学ほめる	
世継、自分の話の真実なるを誓う	醍醐
繁樹の長寿と高麗の相人の言	宇多
宇多法皇と遊女白女との出会い	醍醐
延喜の帝、貫之・躬恒の歌を召す	円融
円融院の子の日の御遊と曾祢好忠	三条
三条院の大嘗会の御禊	後一条
一品の宮の御裳着と女房の我執(治安三年)	後一条
講師登壇、世継等の姿見失う(万寿二年)	
朝覲行幸に鳳輦を階下に寄せる由来	仁明

周知のように、『大鏡』の中心的な語り手である大宅世継は万寿二年（一〇二五）に一九〇歳（流布本では一五〇歳）、夏山繁樹は一八〇歳（同じく一四〇歳）と設定されているから、彼らが「ものの覚えはじめ」るのは九世紀の末のことである[14]。したがって、彼らが「ものの覚えはじめ」た内容は光孝以後の出来事でなければならないのである。このように、「雑々物語」の話題が光孝以後になっているのは世継・繁樹の年齢設定に要因があった。

しかし、彼らをそのよう人物として設定したのも『大鏡』筆者の意図であった。もし、文徳時代の話題を収録するつもりであれば、彼らの年齢を二五年ほど、さらに冬嗣の代の話題であれば五、六〇年ほどさかのぼらせればよかったのである。しかし、そのような設定にはしなかった。『大鏡』の筆者が「ただ近きほど」として文徳天皇より「天皇紀」を開始し、「それはあまりあがりて」として冬嗣から「列伝」を叙述しはじめたことはたびたび述べてきたが、このように考えてくると、筆者が具体的に「ただ近きほど」と認識していたのはやはり光孝・基経の代からではなかったと思えてくる。

以上、「雑々物語」に収録された物語が光孝天皇以後のものがほとんどであること、そしてそれは三節で検討した光孝・基経の関係を時代認識の一つの基準とする『大鏡』筆者の意識の反映だと考えられること、さらにそれは筆者の「ただ近きほど」という時代認識の具体的な内容を示しているのではないか、などについて指摘した。

まとめにかえて

『大鏡』のなかにある時代認識を「ただ近きほど」という筆者の捉え方を手掛かりに検討してみた。その結果、『大鏡』のなかにはいくつもの錯綜する時代認識があることがわかった。摂関政治の始まりとしての文徳天皇を基準とするもの、その文徳の外祖父としての冬嗣を基準とするもの、それをさらに発展させて「帝の御祖父」としての鎌足を基準とするもの、本章で検討できなかったが村上天皇の代を基準とするもの(15)、などである。

しかし、これらの基準にもかかわらず、私は『大鏡』のなかにある時代認識として光孝・基経の関係を基準とするものを重視したいと思う。

繰り返しになるが、『大鏡』の筆者が、摂関政治の基盤を作った冬嗣・良房・基経と続く摂関家の系譜を高く評価しながらも、一方では、長良・基経・忠平と続く長良流こそ摂関家の嫡流であると評価していた。摂関家の「家」としての系譜と「血」の系譜との問題とでもいい換えられよう。もちろん両者を対立するものとしてだけ捉える必要もないが、少なくとも『大鏡』の筆者が良房・良相と長良・基経との間に大きな「断絶」を見出そうとしていたことは間違いない。「列伝」の長良流に対する高い評価がこれを裏付けてくれる。また「天皇紀」においても、文徳から始めつつもやはり光孝朝の成立を高く評価せざるをえなかった。そして前述のように、この時代認識は『栄花』にも、時代は下るが『神皇正統記』にも通底する基準であった。

問題は、『大鏡』の筆者のこのような認識を私たちが摂関政治論・王朝国家論など中世成立史研究のなかでいかに生かすことができるか、ということであろう。

少なくとも『大鏡』筆者の時代認識は、『大鏡』の天皇紀や藤原氏列伝の記述を素直に信じ、冬嗣・良房・基経・時平・忠平と摂関政治が一連のものとして展開したとする理解とは相容れない。したがって、当然のことながら「前期摂関政治」「後期摂関政治」などという便宜的な区分とも整合しないことも明白であろう。

もちろん、『大鏡』だけが当該期の史料ではないから、『大鏡』の分析だけを根拠に、上記のような「断定」をすることは差し控えなければならないが、これまでとは異なった時代認識が明らかになった以上、その時代認識をも含み込んだ、新しい摂関政治論や王朝国家成立論が構築されなければならないであろう。(16)

第二は、上記のような時代認識を中核にもった『大鏡』が院政期に執筆された意図である。これについて詳述する能力を持ち合わせていないが、摂関権力が院権力によって凌駕されようとしている時期に、摂関家の「列伝」を中心にしながらも天皇家と摂関家との血の系譜を確認し、かつ各所で「王威のかしこさ」をも指摘していることから考えて、(17)基経の列伝にあった「帝の御末もはるかにつたはり、大臣の末もともにつたはりつつ後見まうしたまふ」という政治体制の原則を、道長の栄華の道筋を叙述することによって、再確認しようとする意図があったのではないだろうか。

叙述されている歴史的事実の評価は別として、院政期の藤原氏にとって、『大鏡』は政治権力の面において摂関家が院権力との補完的地位を確保するための「神話」=「物語」としての役割を担ったのではないだろうか。

推測の連続になってしまい、かつ既往の研究成果を正確に摂取していない危険性を感じつつ筆を擱く。

注

（1）第三巻第四号（二〇〇二年七月）。
（2）「叢書・文化学の越境」（全五巻、森話社）、「院政期文化論集」（全五巻、森話社）、二〇〇一年〜二〇〇五年など。
（3）ぺりかん社、一九九六年。
（4）東京大学出版会、一九九八年。
（5）「視覚的に歴史の隠蔽をはかる」（『歴史教科書大論争』別冊歴史読本、新人物往来社、二〇〇一年）。
（6）「『宇津保物語』についての覚書」、『平家物語』など、『石母田正著作集』第一一巻（岩波書店、一九九〇年）所収の諸論文。
（7）小学館、一九七四年。
（8）「日本古典文学大系」七五・七六、岩波書店、一九六四年。
（9）『神皇正統記　増鏡』「光孝天皇」（「日本古典文学大系」八七、岩波書店、一九六五年）。
（10）『大鏡』には、冬嗣が氏寺の興福寺に南円堂を建て丈六の不空羂索観音の力によって、再び北家の繁栄が続くようになった、という冬嗣に関する別の評価があるが（『藤原氏物語』）、ここではその指摘にとどめる。
（11）『大鏡・増鏡』（「鑑賞日本古典文学」第一四巻、角川書店、一九七六年）の「総説」（山岸徳平・鈴木一雄執筆）参照。
（12）光孝朝成立の歴史的意義については、木村茂光「光孝朝の成立と承和の変」（初出一九九九年。本書第Ⅰ部第一章）参照。
（13）『大鏡』（「日本古典文学大系」二一、岩波書店、一九六〇年）の「解説」。
（14）大宅世継が九歳の時の話として元慶八年（八八四）の「初午」が話題になっているので、世継の年齢は流布本の一五〇歳がふさわしいという。
（15）注（7）『大鏡』「雑々物語」のなかの「兵衛の内侍の親　実頼ら先帝を偲ぶ」の項に、村上天皇までと冷泉天皇以後の治世の比較が語られている。
（16）木村注（12）「光孝朝の成立と承和の変」はこのような問題意識を前提に執筆したものである。
（17）注（10）参照。

第Ⅱ部　王朝時代の政治と社会

第一章　光孝朝の成立と承和の変

はじめに

近年、中世王権の成立過程という視点から、光孝天皇の即位とその子宇多天皇の即位と政治に関して高い評価が与えられている。これらの研究の前提を作ったのは、和田英松の古典的な研究を再評価・再検討しながら、古代政治史のなかにおける天皇制の論理を詳細に究明した河内祥輔の『古代政治史における天皇制の論理』である。(1)(2)河内の提起を受けて、伊藤喜良が『中世王権の成立』を発表し、(3)保立道久が『平安王朝』を刊行するなど、(4)一躍、当該期の王権の性格をめぐる議論が活発になった。論点の詳細は該当個所で整理するが、光孝天皇の即位に関する三者の評価は若干の違いはあるものの、その子宇多天皇の即位によって、天皇権力の集中が実現し、中世王権の基礎が作られたという点ではほぼ共通の認識となっていると評価できる。

このような評価の背景には、古瀬奈津子の昇殿制や儀式に関する研究、(5)玉井力の蔵人所に関する研究、(6)さらに目崎徳衛の貴族政治と文化に関する一連の研究など(7)があることは周知のことであるが、保立が「王を主語として」平安時代の政治史を描くと述べていることが象徴的なように、近年の研究はそれらの研究を超えて、「王権」そのものを分析対象として政治史を論じようとしている点に大きな特徴がある。私も拙著で(8)当該期の政治史の分析を少々試みたことがあるが、それはあくまで見通しのレベルを超えるものではなかったので、本章では上記三氏の著書に学びながら、改めて光孝朝成立の政治史的な意味について考えてみることにしたい。なお、和田・河内・伊藤・保立の見解は、以下断らない限り上記の文献からの引用なので、とくに注を付していないことをお断りしておきたい。

本章で扱う論点は、以下の諸点である。第一は、光孝天皇の即位事情の再検討である。この点については、後述のように説の一致をみていない。そこで、文徳王統の皇位継承の可能性を含めて再検討することにしたい。第二は、光孝朝の政治理念についてである。この問題に関しては、これまでの研究ではほとんど触れられておらず、目崎の研究が唯一であるといってよいであろう[(9)]。本章では、光孝の政治、とくに儀式の復活と整備のあり方に着目して、彼の政治が目指していた課題を明確にすることを試みたい。そして、そのことをも通じて、光孝即位の事情とその政治史的意義についても考えてみることにしたい。

これらの検討を通じて、光孝・宇多・醍醐と連続する王統の成立の歴史的意義について、何らかの見通しを立てることができれば幸いである。

一　光孝天皇即位の政治史的意義

1　文徳王統否定の要因

元慶八年（八八四）二月、一七歳の陽成天皇に代わって五五歳の光孝が即位することになった直接的要因は、和田によって指摘され、河内によって確定されたように、それが故意であったか否かは別として、陽成自身の宮中におけ

図1　王統関係系図

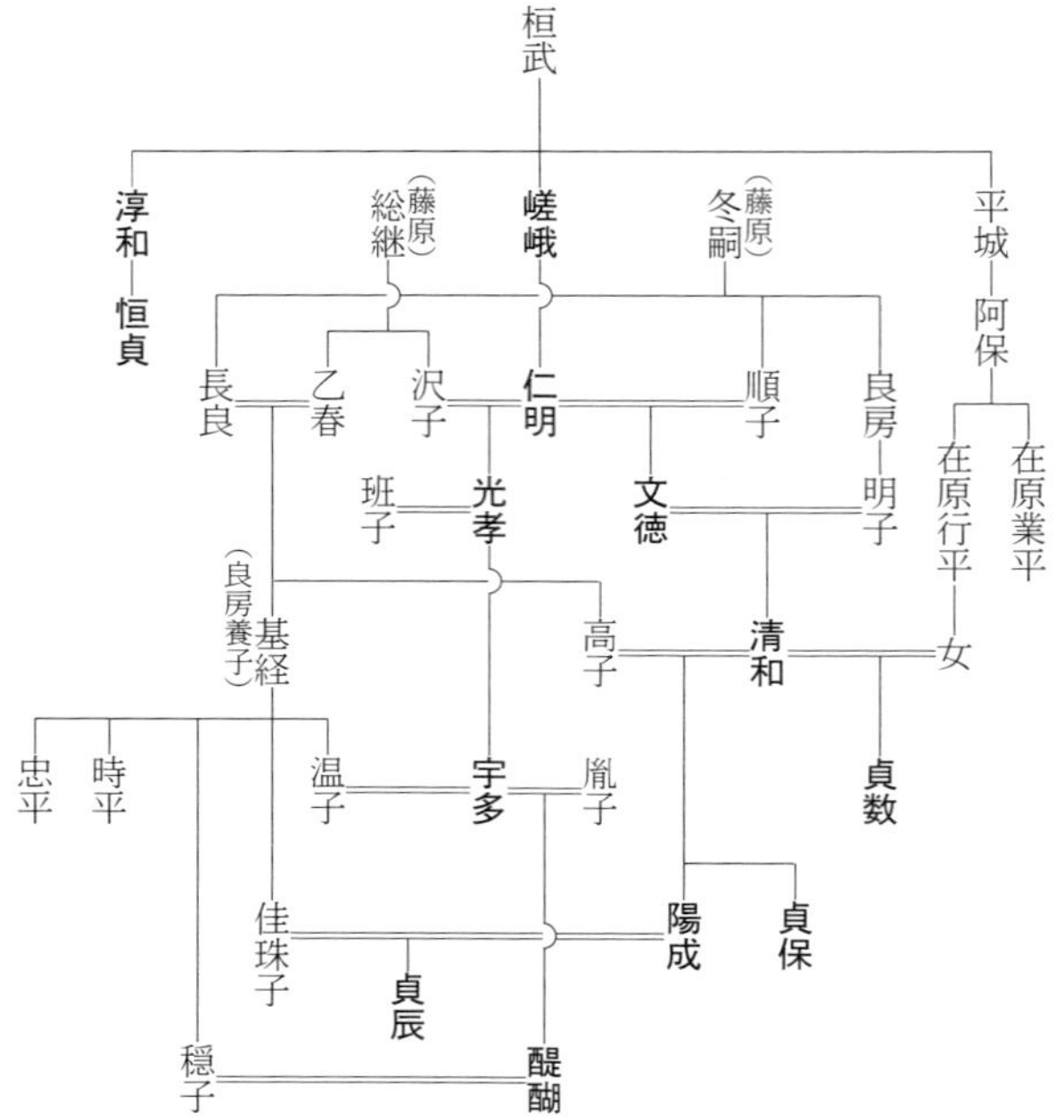

る殺人事件[10]が契機であったことは共通認識となっている。問題は、その陽成に代わって、陽成の祖父文徳の弟にあたり、ほとんど皇位継承の資格がないと思われた光孝が即位することになったのはなぜか、という点である。(図1参照のこと)

この疑問を解くために諸氏が検討している問題は次の三点に整理できよう。

第一は、陽成が退位したとしても、その弟に貞保、子に貞辰という皇位継承候補者がいたにもかかわらず、彼らの名がまったくあがらなかったのはなぜか。第二は、光孝に直接白羽の矢が立ったわけではなく、淳和天皇の皇子恒貞親王が第一の候補になったのはなぜか。第三は、恒貞が辞退した後、光孝に皇位継承権が回ってきた事情は何か。そして、即位後、光孝が自分の男子全員を臣籍に下している理由は何か、である。

当然のことながら、これらの四点は密接に関連しているが、第一の選択肢と第二・第三の選択肢とではまったく王統の行方は変わってしまう。第一の選択肢が選ばれれば、基本的に文徳・清和・陽成の王統が連続することになるし、逆に第二・第三が選ばれれば、文徳の王統は否定されてしまうからである。歴史的には後者の道が選ばれたのだが、第一の道の可能性がなかったわけではない。まず、第一の選択肢が選ばれなかった理由を検討してみることにしよう。

和田は、第一の道が選ばれなかった要因として、その真の理由は不明だがいずれも幼少の故ではなかったかとされている。ちなみに、陽成退位時、貞保は一一歳、貞辰は八歳であった。それに対して河内は、幼少原因説を批判し、「彼らは誰も、後継者としての合意を獲得するに至らなかった」ためであるとする。しかし、その理由については「不明である」とし、「彼らに何らかの難点があったのかもしれないし、陽成の意志に関係することかもしれない」と確定をさけている。伊藤は、第二・第三の論点からこの間の後継者選びが「無資格者ほど有利」であったという結論を導き出しているため、この点について積極的な説明をしていない。一方、保立は次のように説明している。貞保は藤原基経（良房の兄長良の子）の妹高子と清和の間に生まれた子であるにもかかわらず、彼が候補にあがらなかったのは、陽成退位の理由の一つに在原業平などとの間に浮き名が絶えない高子を王権中枢から排除することにあったから当然である。貞辰は基経の娘佳珠子と陽成との間に生まれた子だが、佳珠子の母は基経が良房の養子になる前に結婚していたため、身分が低かった可能性が高いので、貞辰が候補に登ることはなかったのであろう、と。

河内の説は自ら認めているように根拠が薄いから、現在、有効なのは和田と保立の説となろう。とくに、保立の説は和田説に比べると積極的であるが、貞保の理由は理解できるとしても、貞辰の理由はあまり説得的ではない。

私は、諸氏の評価の大きな欠陥は、清和に多数の皇子が存在したにもかかわらず、基経の存在に引っ張られたためであろうか、基経と関係する貞保・貞辰両親王しか検討していない点にあると思う。実は、有力な候補者がもう一人いた。それは貞数親王である。貞数は、清和と中納言在原行平の娘との間に生まれた子で、陽成退位時一〇歳であった。(11) 貞保・貞辰とほぼ同年齢であるし、行平は阿保親王と桓武天皇皇女伊都（登）内親王との間に生まれたといわれているから、(12) 血統としては申し分ない。そして、貞数の地位を明瞭に示しているのが、元慶六年（八八二）三月二七日に清涼殿で行われた皇太后高子の四〇歳の賀に関する記事である。その時の情景を『三代実録』は次のように記録している。

天皇於二清涼殿一、設二秘宴一、慶二賀皇太后卌之算一也、皇太后去年春秋満レ卌、天下遏密、不レ申二歓譙一、故延而行レ之、命二内蔵寮一、弁二設衣被酒食一、凡其献物供具不レ可二算数一、親王公卿皆悉侍レ宴、雅楽寮陳二鼓鐘一、童子十八人逓出舞二殿前一、先レ宴廿許日、択下取五位以上有二容皃一者上、於二左兵衛府一習レ舞也、貞数親王舞二陵王一、上下観者感而垂レ涙、舞畢、外祖父参議従三位行治部卿在原朝臣行平候二舞台下一、抱二持親王一、歓躍而出、親王于レ時年八歳、太上天皇第八之子也、日暮酒酣、勅喚二親王一、公卿昇殿、絲竹合奏、楽飲極レ歓、竟レ酒之後、賜禄有レ差、

長い引用になったが、高子四〇歳の賀＝「秘宴」の様子が彷彿とする記事である。「秘宴」の内容がこのように詳細に記されているのも異様だが、なかでも注目されるのが、貞数親王に対する扱いと、それを歓喜する「外祖父」在原行平の様子である。この記事によれば、八歳の貞数が「陵王」を上手に舞ったため、みていた公卿たちが皆感涙にむせび、同席していた外祖父行平は舞台の下で親王を抱きかかえ「歓躍して出ていった」というのである。「外祖父」という言葉も気になるが(13)、それだけでなく行平の様子をこのように詳細に記しているのも尋常ではない。さらに、夜になって、八歳の貞数が天皇の命令で殿上に呼ばれ、公卿も参加して酒宴が始まった。この夜の宴の主役が皇太后高子ではなく、貞数であったことは間違いあるまい。外祖父行平が「歓躍」するのも無理からぬものがある(14)。

周知のように、行平の弟は在原業平であり、業平が高子と密接な関係にあったことは有名であるし、それだけでなく、行平は清和太政天皇の有力な側近でもあった。目崎がすでに指摘しているように(15)、入道した清和は元慶三年（八七九）一〇月大和巡拝に出かけるが、その時、護衛のために随行することになっていた参議源能有と六衛府官人らを返納し、参議藤原山蔭と同在原行平だけを従わせている(16)。山蔭が「太政天皇宮別当」であったことは明らかであるか

あろう。

ら、[17]「行平も同じく院別当か、少なくとも山蔭よりも先輩の上皇側近者であった」という目崎の推定はほぼ正しいで

このような地位にある行平の娘と清和との間に生まれたのが貞数であった[18]。そして、上記のように、貞数は清和の妻高子にも陽成にも覚えがよかったのであるから、もし、陽成の治世がこのまま続き、貞保・貞辰・貞数らが元服した時、三人のなかで立太子の可能性が一番高かったのは貞数であったと評価することができよう[19]。

基経が、陽成の皇太子として自分と血縁関係のある貞保・貞辰を推挙することができなかった理由はこの辺にあると考えられる。すなわち、貞保・貞辰の立太子の可能性は客観的には存在したが、現実の政治世界のなかでは、彼らのどちらかを推すと、逆に基経とは血縁関係がない貞数が浮上してくる、という厳然たる状況があった。貞数の存在という前では、貞保・貞辰のラインは消さざるをえなかったのである。したがって、殺人という突然の事件によって陽成が退位に追い込まれても、陽成がおりその母高子が健在な政治状況のなかでは、貞数を差し置いて貞保・貞辰を皇位継承者として押し上げることはできなかったと考えられる。

以上のように、第一の選択肢は可能性としては存在したが、現実の政治のなかでは実現性のない道であったということができよう[20]。

2　光孝天皇即位の政治史的背景

さて、次は第二・第三の選択肢についてである。第一の選択肢がとれなくなった段階で、なぜ淳和天皇の皇子恒貞親王に白羽の矢が立ったのであろうか。ここには二つの疑問がある。その第一は、陽成・清和・文徳、さらに仁明・嵯峨をも越えて淳和の皇子が選ばれたのか、という点であり、もう一つは、諸氏も注目しているように、恒貞は承和

の変によって廃太子となっており、かつすでに出家していたにもかかわらず、なぜそのような彼にまず白羽の矢が立ったか、である。陽成の宮中の殺人も異常であるが、廃太子になり出家した者に即位要請をすることもまた異常であるといわざるをえないであろう。この異常さに恒貞をまず選んだ意図が隠されているように思う。

さて、恒貞が選ばれた理由についての諸氏の見解をみておこう。和田は直系が幼少であったため、「近代に近き皇胤よりも、古き御代に近き皇胤より選ぶべき事としたのではあるまいか」といい、河内は「一代限りの天皇を選ぶ」目的のために「皇位継承権に最も劣るが故に擁立された」と評価する。さらに伊藤は、「このときの天皇選定は、資格のないものほど有利であった」とし、それは「嵯峨系統の天皇が即位していくことを阻止」するためであり、「まったく新しい皇統（王統）をつくろうとした」ためである、と説明している。また保立は、清和・陽成の王統にもっとも遠いことを重視しつつも、「承和の変の因縁を身に負っている恒貞が擁立された」ことから、「陽成の突然の退位という状況のなかで、廟議のなかに王統を九世紀前半にまでさかのぼって見直そうという歴史意識が生まれたこと」を高く評価する。

私は、伊藤と保立の見解がこの問題を解く重要なヒントを提供してくれていると思う。前述の第一の疑問で指摘したように、系図でみる限り、恒貞への即位要請は明らかに嵯峨の王統に代わって淳和の王統を復活させようとするものであった。しかしそれが、伊藤のいうように、「新しい皇統（王統）」を作り出そうとしたためであった、と断定するのには疑問がある。

周知のように、文徳―清和―陽成と続く王統は、藤原良房の陰謀による承和の変（承和九年〈八四二〉）を契機に成立した王統であった。そして、この事件がなければ仁明の皇太子になっていた恒貞が当然次の皇位に就くはずであった。平安時代前期の政治過程は、平城太上天皇の変（薬子の変）による動揺はあったものの、それ以後は嵯峨から弟の淳和へ、そして嵯峨の子仁明へと、安定した様相を示していた。保立が「兄弟王朝の『平和』」と評価したような政治状況が作り出されていたのである。そのなかで嵯峨によって、天皇家における親権の強化が進められていたことはすでに明らかにされている通りである[21]。そして皇位は仁明から淳和の子恒貞へと継承され、迭立の原則に則った皇位継承が進行するはずであった。

しかし、そうはならなかった。良房の陰謀によって恒貞が廃太子され、良房の妹順子の子道康が立太子し、文徳として即位したのである。それはそれまでの迭立の原則に反するものであった。迭立の原則に反して成立した王統が、代々内裏に居住せず、儀式も滞りがちであったという「異常」な王統であったことは次節で検討するが[22]、その「異常」性が極端な形で現出したのが三代目陽成の宮中殺人という事件であった。天皇としては犯してはならない事態を招いてしまったのである。

この時、多くの貴族が、陽成に代わる天皇として再び文徳の王統を用いることはできない、という観念をもったことは十分考えられよう。しかし、このような観念をもったということは、文徳の王統を用いないということに止まらない。当然のごとく、文徳が即位し「異常」な王統を創り出した承和の変をも相対化しようという考え方も生み出したに相違ない。すなわち承和の変以前に戻るという考え方である。その意味で、保立が「廟議のなかに、王統を九世紀前半にまでさかのぼって見直そうという歴史意識が生まれた」と評価したことは首肯しうる。

しかし、いかに承和の変が負の遺産であったとしても、歴史的事実は抹消できないが故に、その具体的な方策として採られたのが、再び承和の変以前の皇位継承の原則、嵯峨系と淳和系の迭立に戻るということであったのではないだろうか。廃太子でかつ出家していたにもかかわらず、まず淳和の皇子で仁明の皇太子であった恒貞親王に皇位継承の白羽の矢が立ったのはそのためであった。恒貞が固辞することは当然予想されていたが、それでもなお、まず恒貞に皇位継承権を回して、承和の変以前の継承原則を確認することが重要であったと思うのである。廃太子で出家の身であった恒貞への異常な即位要請劇はこのようにして行われた。

以上のように理解することができるならば、『大鏡』が伝える源融の「ちかき皇胤をたづねば、融らもはべるは」という発言も違った理解が可能になろう。(23) この発言は、『大鏡』は光孝天皇の即位前のこととしているから、恒貞の辞退後の時期として理解してよいであろう。とすると、融の発言は、迭立の原則にもとづくならば、淳和系の恒貞が辞退した以上、次は嵯峨系に戻るべきであって、そうすると、いかに臣籍に下っていようとも、「嵯峨の皇子である自分（源融）にも皇位を継承する権利がある」という意味であったのである。単に、光孝との対比で皇位継承権を主張しているのではなく、今回の皇位継承が迭立の原則にもとづいたものである、という前提に立っての発言であったのだ。

この時期、迭立の原則に戻ろうとしていたことに関しては、もう一つ根拠がある。それは、論述が前後するが、光孝が即位した後、間もなく光孝が自分の子どもたちを臣籍に下したという事実である。(24) これを、光孝の基経に対する気兼ねや、基経の圧力などのせいにする論者もいるが、承和の変以前の体制、すなわち迭立の原則に戻るという条件のもとで、光孝の即位が可能になったという事情を考えるならば、これは、光孝が自分の子には皇位を譲らない、必ず他系にまわすという意志表示、ないしそうするという貴族間の妥協の産物であったと考えた方が理解しやすいように思う。しかし、実際は光孝の子定省（宇多天皇）に皇位は譲られた。これは光孝の即位の論理と別に考察しなければならない課題であるので、ここではこれ以上触れない。

話が先に進みすぎたのでもとへ戻すと、諸氏の指摘するように、恒貞は当然辞退した。そこで光孝の番になるのだが、光孝の即位は恒貞の辞退を前提にしていたことはいうまでもない。源融の発言を紹介した時に触れたが、嵯峨・

淳和両朝の迭立へ戻すという原則にもとづくならば、淳和系の恒貞が辞退し、その系の皇位継承者がいないとなると、嵯峨の王統に戻すのが原則である。しかし、承和の変以前に戻るというもう一つの原則を遵守するならば、文徳の王統は選択できないから（前述のように貞数の存在を考慮すれば、この選択は現実的には成立し得なかった）、文徳の異母弟である光孝に皇位継承権が回ってきたと評価することができよう。

もちろん、保立が指摘しているように、光孝、さらに宇多の即位には、光孝の母沢子と基経の母乙春が姉妹であったこと、基経の実妹淑子と光孝の妻班子が親しく、両者は鹿ヶ谷に隣接して山荘をもっていた、という女性同士の関係も作用したと考えられる。しかし、私は、陽成の殺人という突発事故に始まった皇位の交代劇は、「中継ぎ」的要素や「緊急避難」的要素を含みながらも、文徳王統の異常性と貞数という皇位継承者の存在もふまえて、承和の変以前の皇位継承の原則に戻るという合意のもとに進められたと考える。それが恒貞への即位要請であり、そのラインが消えたからこそ、光孝の即位が可能になったのであった。

二　儀式の復活と「承和の旧風」

1　文徳王統の異常性

天皇御㆓紫宸殿㆒視㆑事、承和以往、皇帝毎日御㆓紫宸殿㆒視㆓政事㆒、仁寿以降絶無㆓此儀㆒、是日、帝初聴㆑政、当時慶㆑之、

これは、清和が即位してから一四年目にあたる貞観一三年（八七一）の記事である。(25) これによると、「天皇」＝清和

はすでに貞観六年に元服していたにもかかわらず、これまで紫宸殿で政務をみることがなかっただけではなく、このような異常な事態は「仁寿」、すなわち文徳天皇までさかのぼることができ、それ以後続いてきたというのである。このような事態が生じたのは、承和の変によって恒貞親王を廃太子に追い込み、妹順子の腹の道康（文徳）を立太子させ、皇位につけた藤原良房の存在に起因することは目崎の指摘する通りであるが[26]、約二〇年にもわたって政務をみてこなかったことも異常であるし、それをまた正史が記述していることも異常である。ここに文徳王統の異常性が如実に示されているといってよいであろう。

さらに、目崎は、この王統の特殊性として、天皇が内裏に常住することが少なかったことを指摘している。とくに文徳・清和は極端で、文徳は在位八年半の間一度も内裏に常住することがなく、東宮・梨下院・冷然院などを居所としていたし、清和も即位後七年余りも内裏に入らず東宮で生活しており、元服後二年を経過してようやく貞観七年一一月四日に仁寿殿に移った、という具合である。これは「実に祖父仁明天皇崩御以来二代一五年ぶりに」天皇が「内裏に入った」ことになるのである[27]。

その後の陽成は清和の後半期を受け継いで仁寿殿を常の在所としたようだが、この王統にはこれ以外にも異常な事態が存在した。それは皇太子の不在である。平安時代前期における「東宮」の性格とその所在地について詳細な検討を行った山下克明の研究[28]によれば、陽成は貞観一八年（八七六）に即位するが、宮中の殺人事件によって退位するまで七年間皇太子を一度も置かなかった。それが皇位継承をめぐって大きな混乱を引き起こしたことは前述の通りである。しかし、皇太子不在は陽成だけではない。実は清和の前半期も皇太子は置かれなかった。それは、天安二年（八五八）の即位後貞観一一年（八六九）に貞明親王（陽成）を立太子するまで一二年間も続いた。もちろん、清和は八歳という幼齢で即位したのだから、その時に直ちに皇太子を置くのは不自然ではあるとしても、元服（貞観六年）以後も皇太子を置かなかったことは注目してよい。清和・陽成の治世二六年間で、皇太子がいたのはわずか八年間であった。

そして、このような状況は、光孝・宇多の王統でも続いた。光孝は治世四年間すべて、宇多は寛平五年（八九三）に子の敦仁（醍醐）を立太子させるまで、即位後七年間皇太子を置かなかった。もちろん前述のように、光孝・宇多の王統は、文徳の王統の否定の上に成立した王統であるから、ひとまとめにして考えることはできないが、皇太子を置かないという点では共通している。ちなみに、承和の変後、すなわち文徳の即位から醍醐の即位まで四八年間で、皇太子が置かれたのは半分以下の二〇年ほどに過ぎない。九世紀後半は皇太子不設置の時代といえるかもしれない。これが、当該期における王統の不安定性を示していることは明白であろう。

以上のような状態であるから、当然、宮中の政治・儀式にも混乱が生じた。先の山下の指摘によれば、文徳・清和両天皇が内裏を在所としなかった嘉祥三年（八五〇）から貞観七年（八六五）までの一五年間で、毎年六月と一一月に天皇が御して行われるはずの神今食祭を、天皇自ら親祭したのは貞観六年一二月の一例のみであり、他は親王・公卿あるいは神祇官をして行わせていたというし、同じく一一月の中卯の日に、天皇が御して行うはずの新嘗祭においても、天皇が親祭したのは仁寿二年（八五二）のそれが唯一の例であるという[29]。宮中の神事における天皇親祭の地位の低下は明瞭であろう。このような事態が、王権の権威に動揺を与えたであろうことはいうまでもない。

2　儀式の復活・整備と「承和の旧風」

以上のような状況のなかで文徳の王統に代わって即位した光孝天皇は、受禅した翌日東宮に入り、さらに即位後の二月二八日、天皇の常の御殿である仁寿殿に移った。そして、文徳王統の代に衰退しつつあった儀式の復興に精力的に取り組んだ。それは、即位後東宮から内裏仁寿殿に移る際から始まっていた。『三代実録』元慶八年（八八四）二月二八日条には次のように記されている。

天皇遷レ自二東宮一御二内裏仁寿殿一、（中略）帝未二遷御一之前、遣下二右大弁橘朝臣広相、諸陵助正六位上林朝臣忠範一率二所司一行二掃除之事一、栽レ樹種レ竹布レ沙控レ水、效中承和天子之旧風上、忠範有二風流一、故使レ之矣、

仁寿殿に移る際に、右大弁橘広相らに命じて庭に竹木を植え砂を敷き水を引かせたのであるが、それは「承和天子の旧風」に倣って行われたというのである。ここに、光孝即位の政治史的な意図が読み取れる。目崎は、光孝は「父仁明天皇の承和の盛時を回顧し、その旧儀を復興することに意を用い」たと評価しているが、[30]私の前述の論旨からいえば、「承和の盛時を回顧」するためだけではなく、承和の変以前の王統の儀式に戻る、いや復活させる意図があったと思う。そしてさらにいうならば、自分が承和の王統を継ぐ天皇であることを天下に知らしめる意図があったのではないかと考える。

それは、光孝即位後一〇年余り後に、菅原道真が「春、惜二桜花一、応レ製一首」という漢詩の序で次のように書いていることによって裏付けられる。[31]

承和之代、清涼殿東二三歩、有二一桜樹一、樹老代亦変、代変樹遂枯、先皇馭暦之初、事皆法二則承和一、特詔二知レ種レ樹者一、移二山木一、備二庭実一、

前述の元慶八年の光孝即位の際の故事を詠んだものであるが、それとの関連で

先皇（光孝）、馭暦（治世）の初め、事皆な承和に法則せり。

と記されている点が注目される。この詩文は寛平七年（八九五）の作と推定されているから、宇多天皇の治世になって八年も経っても（光孝の死後八年でもあるが）、貴族社会のなかではこのように記憶されていたのである。これは、

光孝の「承和の旧風へ戻る」「承和の旧風を模範とする」という政治姿勢が相当強固なものであったことを示しており、それだけに文人貴族菅原道真の記憶に鮮明と残ることになったのであろう。ここに、前節で検討した光孝の即位事情の本質がみごとに表現されているように思う。

たった一例ではないかといわれそうであるが、実は光孝が「承和の旧風」を復活しようとしたのはこれだけではない。

光孝は元慶八年六月一〇日に紫宸殿において、神祇官らに「御体御卜」を読奏させているが、それは「承和以後、是儀停絶、是日尋二旧式一行レ之」と記されているように(32)、これも承和期の「旧式」にもとづいた儀式の復活であった。

さらに同年四月には、元慶三年（八七九）以来停廃されていた梅宮祭を復活している。その日の記事には

是日、始祭二梅宮神一、是橘氏神也、頃年之間、停二春秋祀一、今有レ勅、更始而祭、

とあるだけで(33)、「承和の旧風」との関係はわからないが、元慶三年の秋祭の停止に関しては、

停二梅宮祭一、梅宮祠者、仁明天皇母、文徳天皇祖母、太后橘氏之神也、歴二承和・仁寿二代一、以為二官祠一、今永停廃焉、

と記されていた(34)。この記事から明白なように、梅宮祭とは、仁明の母でありしたがって光孝の祖母である橘嘉智子の霊を祀った祭であった。承和・仁寿と続いていた梅宮祭を元慶三年の段階で停廃した理由は不明であるが、陽成と基経は仁明—橘氏の系譜を弱めようとしたのではないかとも考えられる。それを光孝は即位後一月余で復活したのであった。

この祭が「橘氏神」を祀る祭であることを十分意識して、それも「勅」によって復活したと記されている点に光孝の強い意志を読みとることができるように思う。やはりこれも、祖母嘉智子を祀る梅宮祠の祭を復活することによっ

て、父仁明の位置を明確にするとともに、文徳―陽成の王統を否定して「承和の旧風」に立ち戻り、自分の即位が仁明王統の継承であることを明確にしようとした現れであると評価することができよう。また、仁和二年（八八六）一二月一四日、天皇は京都郊外の芹川野に行幸し、鷹狩りを行っているが、これも「桓武天皇以来さかんに行われた旧儀が、仁明朝を最後に廃れていたのを復興」したものであるという[35]。

このように、光孝朝の儀式の復活と整備は本格的なものであり、その基準が「承和の旧風」にあったことは間違いないであろう。実はこの姿勢は宇多天皇にも受け継がれている。宇多は前著でも指摘したように、多くの儀式を復活させているが、そのなかでも著名なのが踏歌と相撲の復活である。

踏歌の復活を記す「年中行事抄」[36]によれば次のように記されている。

広相卿伝云、仁和五年、蒙レ勅造二撰踏歌記一巻一、件記仁寿以後四代、中絶不レ行、今年尋二承和旧風一、始行レ之、（中略）仁和五年正月十四日踏歌記云、議者多称、踏歌者新年之祝詞、累代之遺美也、宜下依二承和故実一、以レ作毎歳長規上、

これから明らかなように、仁和五年（寛平元〈八八九〉）、宇多は橘広相に命じて「踏歌記」一巻を造撰させたことが知れるが、それは、「仁寿以後四代」＝文徳・清和・陽成・光孝の四代にわたって「中絶」していたものを、「承和の旧風」「承和の故実」を尋ねて復興したものであった。

一方相撲の節会は、『扶桑略記』によれば、「貞観以後」行われていなかったものを寛平元年に復活したものであると記されているが[37]、実はこれも承和期の例に戻って復活された可能性が高い。相撲の節会の変遷を研究した大日方克己によれば、寛平元年以前で相撲節の整備にとって重要な位置を占めるのは元慶八年（八八四）八月五日の太政官符であるという[38]。この官符は相撲の節日と相撲人の入京の期日との改定を命じたもので、それによると節日は七月二五

日に定め、入京の期日を五月下旬から六月二五日に改めているのだが[39]、実は、この改定の根拠は、同官符に、

一如㆓天長八年七月廿七日格㆒、立為㆓恒例㆒、

とあるように、天長八年（八三一）の官符であった。それを基準とし以後「恒例」とせよ、と命じているのである。ところで、繰り返すまでもないが、元慶八年とは光孝が即位した年であり、天長八年とは承和元年の三年前のことである。とすると、元慶八年の相撲節の改定は、光孝が承和年間以前の状態に相撲の節会を戻そうとしたと理解することができよう。大日方が、この官符をもって「光孝朝になると（中略）仁明朝ころのあり方に復したと考えられる」と評されたことは正しいであろう[40]。そして、宇多の相撲節の復活とは、この父光孝の復活を受け継いだものであったのである。

宇多朝の儀式の復活にまで踏み込んでしまったが、光孝朝の儀式の復活・整備はこれだけではない。よく知られているところでは、元慶四年以降史料的に確認できない「諸国銓擬郡司擬文」の復活があるし[41]、釈奠や山陵祭祀の改変・整備も実施されている。

山陵祭祀の改変の意味については次章で考えるとして、釈奠の場合を若干紹介しておこう。近年、弥永貞三の詳細な研究[42]を継承しながら、釈奠の際に捧げられる「三牲」について研究した戸川点の成果によれば[43]、光孝即位二年目の仁和元年（八八五）に行われた「三牲」に関する規定の整備は、

①礼法にかなうよう三牲は新鮮なものを送るべきこと、

②諸祭の前や当日にあたるときの代替は鮒鯉の鮮潔なものに限定すること、

③醢用の兎は六衛府が輪転して三ケ月前に送り、礼法にかなう形で醢にすること、

という内容であったが[44]、この「仁和元年の改定は弘仁以後現れた三牲を忌避する穢意識に対応しながらも、礼法を重

視し、釈奠を礼意を損なわず執行することを目指したもので、『延喜式』の三牲に関する規定の法的淵源ともなる重要なものである」という。九世紀前半から強くなりはじめた日本における穢意識を認識しながらも、中国の「礼」意識を尊重した儀式の整備を実現しようとしたものであったということができよう。これも、やや読み込みすぎるかもしれないが、嵯峨・淳和朝期に隆盛を極めた唐風文化への回帰という意識の反映であったかもしれない。

以上、儀式の改変・整備が明確な事例を紹介してきたが、これ以外にも、光孝朝に儀式の整備が行われた兆候を見出すことができる。それは、儀式が行われた時によく使用される「平野祭如レ常」とか「賜二文武官成選位記一、策命如レ常」などという「如レ常」という語句に加えて、「如二旧儀一」という表現がみられることである。例えば、四月の賀茂祭にあたっては「諸衛警固如二旧儀一、明日賀茂祭也」[45]と記されているし、一一月の大嘗祭の終了後行われた豊楽殿での宴会で「入レ夜、宮人五節舞並如二旧儀一」と記されているのである[46]。このような記載は、三月三日の「御斎焼燈」、四月八日の「灌仏」、さらには一二月二八日の「諸山陵墓」へ「荷前幣」を献上する荷前儀式や、同三〇日夜の追儺にもみられる。また、さきに指摘した「諸国銓擬郡司擬文」の復活も「旧儀」にもとづいて行われたのであった。この「旧儀」がなにを指しているのか確認はできないし、『三代実録』[47]の筆者の表現の幅によるものである可能性もあるが、光孝即位二年目以後にはまったく使用されていないから、「如レ常」とは異なった根拠にもとづく儀式の整備が行われたと推定することは可能であろう。

上記のように、光孝天皇の即位を契機にさまざまな形で儀式の復活と整備が積極的に進められたことは明白である。それは、文徳以後とくに清和・陽成朝に混乱した政務と儀式の復活と整備を目指したものであり、それによって王権の回復と確立とを意図したものであったことも間違いない。そして、その復活・整備の根幹の思想が、前述の菅原道真の「事皆な承和に法則せり」という言葉に象徴的に表現されているように、「承和の旧風」の復活にあったことは明確である。文徳王統を否定し、承和の変以前の原則に戻って王統を再生することを理念として成立したのが光孝の即位であったとした前節の結論は、彼が即位後次々と遂行した儀式の復活・整備の理念からも裏づけられたということができよう。

では、光孝がこのような政治を遂行できた基盤はどこにあったのであろうか。根底的には、陽成の宮中殺人によって一気に高まった朝廷内部の危機感がそれを支えていたことは間違いないと考えるが、具体的な側面では橘広相の登用があったと考えられる。

先に、光孝の即位に際し、庭の「栽レ樹種レ竹布レ沙控レ水」することを担当した一人が「右大弁橘朝臣広相」であったことは述べたし、橘氏の祖先神を祀る「梅宮祭」が光孝の命によって復活されたことも指摘した。また、広相の娘義子が光孝の子定省（宇多天皇）の妻になっており、子も生まれていたことは周知の事実である。このような、光孝と橘氏との関係の深さについてはすでに弥永貞三が詳細に究明しているとおりである(48)。ただ、ここで指摘しておきたいことは、元慶八年に入ってからの広相の急激な昇進と活躍についてである。

『公卿補任』元慶八年の広相の尻付によれば、元慶八年以前は、元慶四年二月に「兼勘解由長官（大輔如レ元）」、同五年二月に「右大弁（長官如レ元）」などとしかみえないが、元慶八年に入ると、二月二三日の除目で従四位下から従四位上に昇進し、二月二八日には先述のように光孝即位に際し庭の整備を担当したし、四月四日には光孝が『文選』を読む際の侍読の役を果たしている。そして五月二六日には文章博士に任命され、さらに、一二月五日には参議に昇進するという勢いである(49)。

この背景には、前述のとおり、梅宮祭の復活に代表されるような、橘氏と光孝との密接な関係の存在があったことは明らかであるが、光孝の「承和の旧風」に倣った儀式の復活と整備のためには、広相という文人貴族の存在を欠かすことができなかったこともいうまでもないであろう。

このように、光孝朝の政治の中心的な課題に儀式の復活と整備があり、その実現のためにはブレーンとしての文人貴族橘広相の活躍があったと考えることができるならば、やはり問題にしなければならないのは、仁和元年（八八五）に藤原基経によって献上され、殿上に立てられたという「年中行事障子」との関係であろう。周知のように、この「年中行事障子」がこの年に基経によって献上され立てられたという事実は『三代実録』では確認できず、唯一『帝王編年記』(50)によって知ることができるだけであるが、記載されている行事の内容などから、「仁和年間か寛平初年ころに基本形が成立し、その後一世紀余りを経た長和年間か寛仁初年ころ若干の行事が付け加えられたものとみて大過ないであろう」と評価されている。(51)前著では、「藤原基経が、この時『年中行事障子』を献上した意図は図りかねる」としたが、上記のような光孝朝における積極的な儀式の復活と整備そして文人貴族橘広相の存在を考えるならば、このような政治動向をふまえて、基経が自らの主導によってそれらを整理し体系化しようとしたと考えることもできるように思う。戸川は、前述の釈奠の三牲の改定にあたっては、藤氏献策の始めといわれ、当時大学頭であった藤原佐世の働きが大きかったことを想定されているが、基経の「年中行事障子」の作成においても、光孝—広相というラインに対抗して、同じく文人貴族である佐世の活躍が大きかったことは十分考えられよう。

結びにかえて——山陵祭祀改定の意味——

第一節において光孝天皇即位の政治史的意味を検討し、それが、承和の変を契機に成立した文徳王統を否定して、承和の変以前の皇位継承の原則に戻って王統を確立しようとしたものであったことを指摘した。そして第二節では、光孝朝の政治、とくに儀式の復活・整備に着目し、文徳王統とくに清和・陽成期に混乱を極めた儀式の復活と整備を積極的に実行したこと、そしてその理念が「承和の旧風」の復活にあったことなどを指摘した。

総じて、光孝の即位と政治の両方が、良房の陰謀によって起こった「承和の変」以前に戻ることを原則・理念にしていたことを明らかにしたつもりである。そしてそれこそが、陽成の宮中殺人という天皇制において起こってはならなかった悪夢を払拭し、「神聖」なる王統の復活を実現するためにとらなければならなかった方策であったといえよう。

このような光孝朝の原則・理念は、元慶八年（八八四）に行われた山陵祭祀の改変・整備の中にみごとに凝縮されている。まず、「家の成立」という観点から山陵祭祀を詳細に検討した服藤早苗の研究[52]によれば、陽成の即位時にはみられなかった直系家筋のほぼ全祖先山陵への「即位告文」の派遣が恒例化するのは光孝即位からであるという。『三代実録』よると、光孝の即位告文の派遣先は「山階山陵」＝天智、「柏原山陵」＝桓武、「嵯峨山陵」、「深草山陵」＝仁明の四陵であった[53]。服藤のいうように、「自己にとっては傍系親となった前代の文徳・清和を除外し、直系家筋ライン上の祖先のみに限定」したのである。

さらに興味深いのは、同年一二月二〇日に行われた「十陵五墓」制の改定である。陵墓制は何度かの変遷を繰り返すが、その基本ができたのが清和天皇の天安二年（八五八）で、この時「十陵四墓」制が制定された[54]（以下、後掲「十陵八墓制の成立と変遷」表を参照のこと）。しかし、この「十陵四墓」制は貞観一四年（八七二）に改変が加えられ「十陵五墓」制となる[55]。改変の内容は、桓武の母高野新笠の墓に替えて、藤原良房の娘で文徳の女御、清和の母である明子の墓が加えられた。そして、四墓に加えて良房の墓が加えられて「五墓」となったのである。清和天皇らしい対応といえよう。

図2　十陵八墓制の成立と変遷

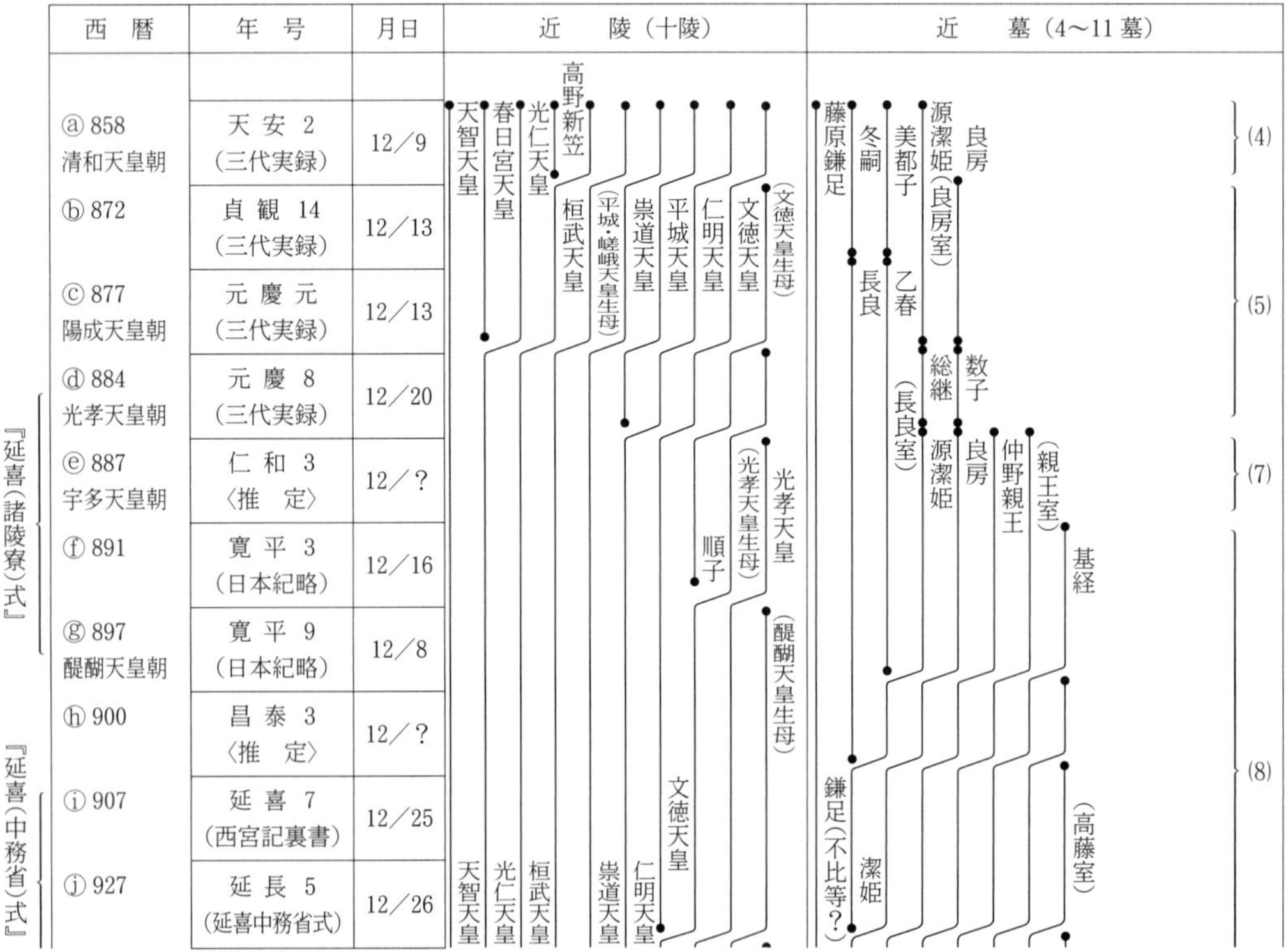

	ⓚ 930 朱雀天皇朝	延長 8（政事要略）	12／9
	ⓛ 943 村上天皇朝	天暦 3（九 暦）	12／23
逸文『西宮記』	ⓜ 954	天暦 8（西宮記裏書）	12／16
逸文『西宮記』	ⓝ 964	康保 元（日本紀略）	12／22
	ⓞ 970 円融天皇朝	天禄 元（政事要略）	
現在文『西宮記』	ⓟ 985 花山天皇朝	寛和 元〈推 定〉	12／？
現在文『西宮記』	ⓠ 1011 三条天皇朝	寛弘 8（小右記・権記）	12／27
現在文『西宮記』	ⓡ 1054 後朱雀天皇朝	寛徳 2（中右記）	12／13
？	ⓢ 1075 白河天皇朝	承保 2（百錬抄）	5／24

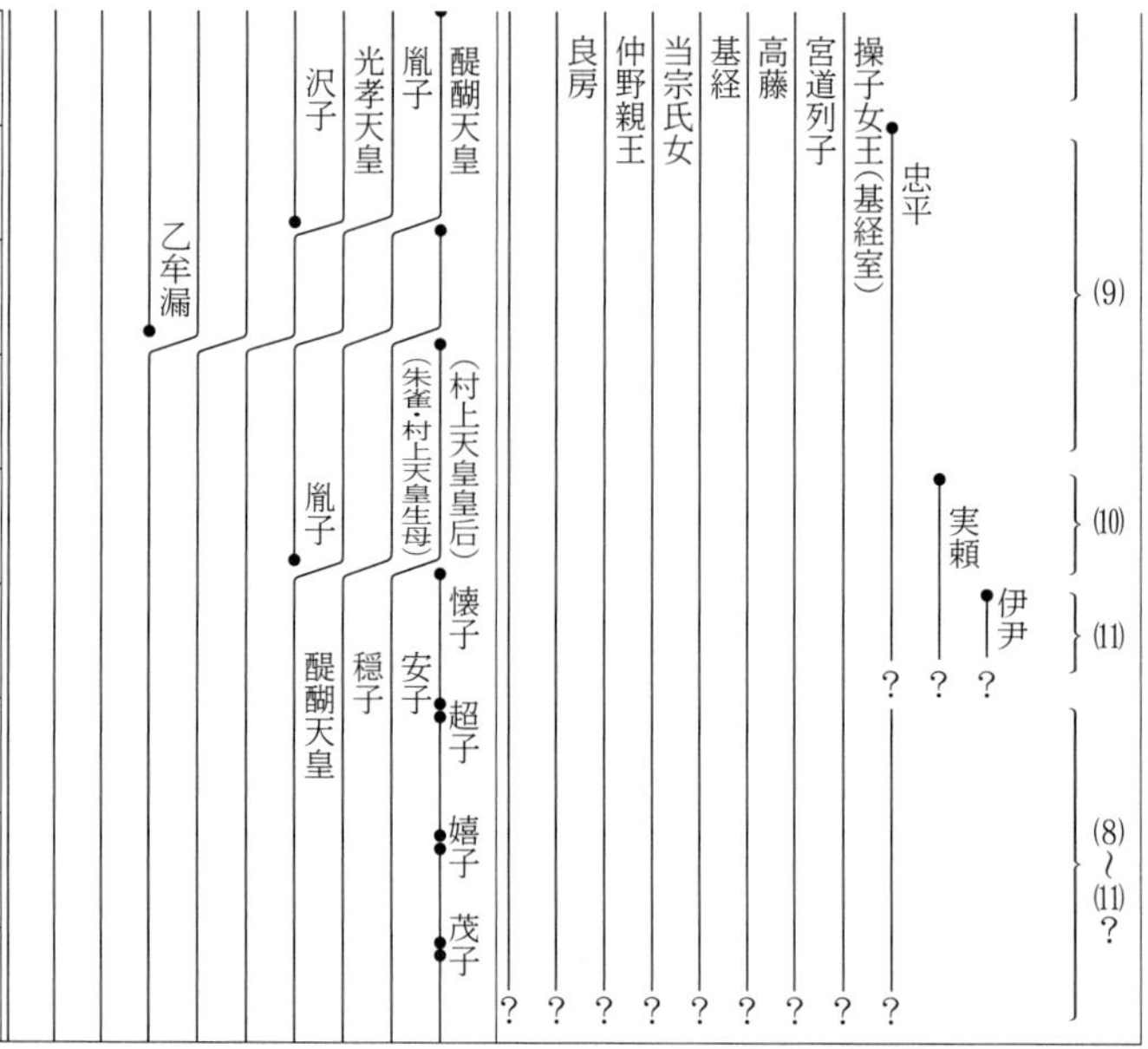

出典　所功「『西宮記』の成立」（『平安儀式書成立史の研究』）

そしてさらに、元慶元年（八七七）に若干の改変が加えられ、[56]光孝の即位年である元慶八年一二月二〇日にさらに改変が加えられたのである。そこには「定二毎年献荷前幣十陵五墓一」とあって、「十陵」として、

天智・光仁・桓武・藤原乙牟漏・崇道（早良親王）・平城・仁明・文徳・明子・沢子（光孝母）

の陵が、「五墓」として、

藤原鎌足・長良・乙春（長良妻・基経母）・総継（沢子・乙春父、光孝・基経外祖父）・数子（総継妻）

の墓が指定された。

今回の改変で注目しなければならないのは、良房と源潔姫（良房妻）が排除されて、それに代わって藤原総継と妻数子が加えられたことであろう。総継と数子は光孝の外祖父母であるから採用されるのは当然としても、基経の養父母であり、前の摂政である良房と妻源潔姫がはずされたことは、これまで述べてきた「承和の変以前に戻る」という光孝即位の政治理念を考えると非常に興味深い。次の宇多天皇の時の改変（仁和三年〈八八七〉頃、「十陵七墓」制）では、総継と数子がはずされ、良房と源潔姫二人とも復活しているから、元慶八年の改変が一時的なものであったことは明らかであるが、仁和三年の改変で「十陵五墓」から「十陵七墓」へと二墓増加させていることを考えるならば、元慶八年段階でもそれが可能であったことになる。しかしそれをせずに、良房・源潔姫という当該期の政界において最大の人物である二人を除外したところに、光孝即位に至るこの時期の朝堂の政治的雰囲気を読みとることができるように思う。光孝朝の政治はここにおいても「承和の旧風に戻る」という原則が貫かれていたということができるのではないだろうか。

上記のような考え方が可能であるとするならば、陽成の宮中殺人によってその異常性を露呈した文徳王統とその王統を生み出した承和の変は、当時の貴族層にとって否定されるべきものとして記憶されたことになろう。その記憶の

後世における現れが、

光孝ヨリ上ツカタハ一向上古也。

という、北畠親房が『神皇正統記』に記した有名な一文だったのではないだろうか。(57) 親房はこれに続いて、「上ハ光孝ノ御子孫天照太神ノ正統トサダマリ、下ハ昭宣公（基経）ノ子孫天児屋命ノ嫡流トナリ給ヘリ」と、王統と摂関家との血統とが安定したのが光孝の代であることを記してはいるが、逆にこの一文によって、それ以前の文徳王統を否定するとともに、良房の政治も否定することになってしまったのである。ちなみに、『神皇正統記』には応天門の変に関する記述はあっても、承和の変に関する記述はない。陽成の殺人事件として異常性を露呈した文徳王統とそれを生み出した承和の変は、消去されるべき王統の記憶であったのである。

注

（1）「藤原基経の廃立」（『中央史壇』二―五、一九二二年）、「藤原基経の阿衡に就いて」（『中央史壇』一二―四、一九二六年）。
（2）吉川弘文館、一九八六年。
（3）青木書店、一九九五年。
（4）岩波新書、岩波書店、一九九六年。
（5）「平安時代の『儀式』と天皇」（『歴史学研究』五六〇号、一九八六年）、「昇殿制の成立」（『日本古代の政治と文化』吉川弘文館、一九八七年）など。
（6）「成立期蔵人所の性格について」（初出一九七三年）、「九・十世紀の蔵人所に関する一考察」（初出一九七五年、ともに『平安時代の貴族と天皇』岩波書店、二〇〇〇年）など。
（7）『平安文化史論』（桜楓社、一九六八年）、『貴族社会と古典文化』（吉川弘文館、一九九五年）。
（8）『国風文化』の時代』（初版一九九七年、吉川弘文館、二〇二四年）。
（9）「光孝天皇の御事蹟について」（注（7）『貴族社会と古典文化』）。

(10)『日本三代実録』元慶七年一一月一〇日条には、

散位従五位下源朝臣蔭之男益侍二殿上一、猝然被二格殺一、禁省事秘、外人無レ知焉、益、帝乳母従五位下紀朝臣全子所レ生也、

と記されている（以下『三代実録』と略記する）。

(11) 次に引用する『三代実録』元慶六年三月二七日条によれば、皇太后高子の四〇歳の賀に出席した時の貞数の年齢は八歳であった。

(12)『尊卑分脈』在原行平の項。しかし、それを疑問視する説もある（『国史大辞典』「在原行平」の項、目崎徳衛執筆）。

(13)「外祖父」という用語は、『三代実録』には七例ほどみえる。その内訳は、清和の外祖父長良と陽成の外祖父良房が一例ずつ、光孝の外祖父総継が四例、そして貞数の外祖父行平が一例である。行平以外はすべて天皇の「外祖父」であるから、この時、行平が「外祖父」と記されたことは異例ということができよう。ここから貞数親王の皇位継承における地位を想定することもできるが、詳しくは後考をまちたい。

(14) この記事では行平は「参議」とあるが、この年の一月一〇日に行平は中納言に昇進しているから（『三代実録』元慶六年正月一〇日条、『公卿補任』元慶六年）、この官職には誤記があると思われるが、その意図するところは不明である。

(15)「在原業平の歌人的形成」（注(7)『平安文化史論』）。

(16)『三代実録』元慶三年一〇月二三・二四日条。

(17)『同右』元慶元年閏二月一五日条。

(18) 貞数には、彼が業平の子であるという物語もある（『伊勢物語』七九段、「新日本古典文学大系」一七、『竹取物語　伊勢物語』岩波書店、一九九七年）。

(19) 前注の『伊勢物語』七九段によれば、貞数の誕生に際して、在原業平が次のような和歌を詠んだという。

わが門に千尋ある影をうへ《（ゑ）》つれば夏冬たれか隠れざるべき

これは「親王の誕生のお陰をこうむって一門が栄え、誰しもその恩恵をこうむるであろう、という慶祝の歌である」と評されているから（同上脚注）、在原氏がいかに貞数に一門の隆盛を賭けていたかは明白であろう。なお、「童舞の童」としての貞数については服藤早苗「舞う童たちの登場」（同編『王朝の権力と表象』森話社、一九九八年）参照。

(20) 基経と貞数との関係を示す記事として、仁和二年一月二〇日に行われた基経の子時平の元服と拝爵を祝う宴の記事がある（『三代実録』同日条）。そこでは四位以上の貴族の子どもと一緒に貞数も祝いの舞を舞っている。いくら関白基経の子であったとして

も、臣下の子の元服に親王が舞を舞うというのは異常としかいいようがない。これは、貞数も皇位にはつけず、まったく王統の違う光孝が即位してしまった、という政治状況の変化がもたらした現象ということができよう。

(21) 目崎「政治史上の嵯峨上皇」(注(7)『貴族社会と古典文化』)。
(22) 山下克明「平安時代初期における『東宮』とその所在地について」(『古代文化』三三—一二、一九八一年)。
(23) 『大鏡』第二巻、「太政大臣基経」の項(『日本古典文学大系』二一、岩波書店、一九六〇年)。
(24) 『三代実録』元慶八年四月一三日条。
(25) 『同右』貞観一三年二月一四日条。
(26) 「文徳・清和両天皇の御在所をめぐって」(注(7)『貴族社会と古典文化』)
(27) 目崎前注論文
(28) 注(22)論文
(29) 注(22)論文
(30) 注(9)論文
(31) 『菅家文草 菅家後集』巻第五、三八四(『日本古典文学大系』七二、岩波書店、一九六六年)。弥永貞三「菅原道真の前半生」(『日本人物史大系』第一巻、朝倉書店、一九六一年)。
(32) 『三代実録』元慶八年六月一〇日条
(33) 『同右』元慶八年四月七日条
(34) 『同右』元慶三年一一月六日条
(35) 目崎注(9)論文。
(36) 『続群書類従』一〇輯上、公事部
(37) 同年八月一〇日条(『三代御記逸文集成』「宇多天皇日記」)には、

又相撲事、従二柏原(桓武)天皇御代一至レ今代々天皇、皆盡好レ之、貞観以後、寂然無レ音、今聖主不レ捨レ之、亦不レ楽乎、

と記されている。
(38) 「三 相撲節」(『古代国家と年中行事』吉川弘文館、一九九三年)。

(39)『類聚三代格』巻一八、相撲事。
(40) このような経過を勘案するならば、相撲節の復活は『扶桑略記』が記す「寛平元年」とするよりは、「元慶八年」に光孝天皇によって整備されたと考えた方が辻褄があうように思うが、その当否については後考を待ちたい。
(41)『三代実録』元慶八年四月二三日条。
(42)「古代の釈奠について」(『古代の政治と史料』高科書店、一九八八年)。
(43)「釈奠における三牲」(初出一九九五年、『平安時代の政治秩序』同成社、二〇一九年)。
(44)『三代実録』仁和元年一一月一〇日条。
(45)『同右』元慶八年四月一八日条。
(46)『同右』元慶八年一一月二五日条。
(47) 仁和元年正月の紫宸殿における宴には「如二旧儀一」という記載があるが(『三代実録』同日条)、それ以外には確認することができない。
(48)「仁和二年の内宴」(『日本古代の政治と史料』高科書店、一九八八年)。この論文は、光孝朝期の官人の人事異動を丁寧に復元しながら、光孝朝の政治動向の分析を行っている好論であるが、本章にはその成果を十分に組み込むことができなかった。別の機会に果たせるようにしたいと思う。
(49)『三代実録』元慶八年当該日条。
(50)『帝王編年記』仁和元年五月二五日条。
(51) 所功「『年中行事』の成立」(『平安朝儀式書成立史の研究』国書刊行会、一九八五年)。
(52)「山陵祭祀より見た家の成立過程」『家成立史の研究―祖先祭祀・女・子ども―』校倉書房、一九九一年)。
(53) 元慶八年二月二一日条。
(54)『三代実録』同年一二月九日条。所功「『西宮記』の成立」(注(51)『平安朝儀式書成立史の研究』)。
(55)『同右』貞観一四年一二月一三日条。
(56)『同右』元慶元年一二月一三日条。
(57)『神皇正統記』「光孝天皇」の項(『神皇正統記・増鏡』「日本古典文学大系」八七、岩波書店、一九六五年)。

第二章　王朝期文人貴族の対外認識

――三善清行の場合――

はじめに

承和の遣唐使の廃止の後、日本と新羅との国交関係が急速に悪化していくことはすでに多くの論者によって指摘されている(1)。とくに、新羅における王権の混乱に乗じた張宝皐の台頭と反乱は、日本の国政にも大きな影響を与え、新羅に対する排外意識を大きく醸成させることになった。

そして、そのような意識は、貞観一一年（八六九）に起きた新羅海賊船の博多湾における年貢船襲撃事件によっていっそう増大した。襲われた年貢船は豊後国のものだけに過ぎなかったにもかかわらず、日本政府の対応は大げさで、伊勢神宮・石清水八幡宮に奉幣し「告文」を捧げて、その鎮護を祈願しているが、そこには次のような文章が記されていた(2)。

しかれば我が日本朝は所謂神明の国なり。神明の助け護り賜はば、いずれの兵寇か近来すべき。

ここにあるのは日本＝「神明の国」といういわゆる神国意識の発現である。

さらに、このような排外意識は増長される。翌一二年二月、政府はこの事件を鎮めるために香椎廟と楯列山陵へも奉幣し、「新羅寇賊を禦すべき状」の告文を捧げたのである(3)。香椎廟は「三韓征伐」の神話で有名な神功皇后を祀る廟であるし、楯列山陵もまた神功皇后を葬ったという山陵であった。改めていうまでもなく、神功皇后の「三韓征伐」の神話を復活・利用して新羅海賊船事件に対処するとともに、新羅に対する排外意識を強調しようとしたのである。

このように、九世紀前半の承和年間（八三四〜八四七）を境に顕在化した新羅に対する差別意識、排外意識は、貞観年間の新羅海賊船事件やその後の寛平期（八八九〜八九七）の新羅との関係悪化を通じて醸成され、以後の日本の対外認識の基調となった。

本章では、九世紀における上記のような日本の対外認識の変化を前提に、延喜一四年（九一四）に提出された三善清行の「意見封事十二箇条」(4)（以下、「意見十二箇条」と略記する）の一箇条を検討することを通じて、一〇世紀初頭の貴族、文人貴族の対外認識の特徴を明らかにすることを目的としたい。

まず、具体的な分析に入る前に、いくつかの基礎的な事実を確認しておこう。

第一は「意見封事」についてである。「意見封事」とは、文章経国思想にもとづいて、天皇の詔に応じて諸臣が密封した政治上の意見書を天皇に提出することで、日本においては『律令』公式令陳意見条に規定されている。その初見は天平宝字三年（七五九）の淳仁天皇の時であるが、一〇世紀後半以降は文章経国思想の衰退などもあって形骸化していく。しかし、この三善清行の「意見十二箇条」は、延喜元年（九〇一）の「意見封事徴進」に続き、この年に調進が命じられた時のもので、その全文が判明することもあって、意見封事の代表的な存在として注目されている。(5)

第二は三善清行と「意見十二箇条」についてである。清行は九世紀後半から一〇世紀初期にかけて活躍した文人貴族で、文章博士・大学頭などを歴任し、『延喜格式』の編纂などにも参画した。しかし朝堂における昇進は遅く、死亡する一年前の延喜一七年（九一七）七二歳の時にようやく参議になった。この「意見十二箇条」は、彼が備中守であった時の経験をもとに提出されたものであって、一〇世紀初頭の朝廷が抱えていた政治的課題とその解決策を具体的に指摘している点に特徴がある。

第三は「意見十二箇条」が提出された当時の政治情勢についてである。詳細は次章「藤原忠平政権の成立過程」(6)を参照していただくとして、その要点を指摘すると次のようである。

昌泰二年(八九九)左大臣に昇進した関白藤原基経の子時平は、宇多上皇の支持を背景に同時に右大臣に昇進した菅原道真を延喜元年(九〇一)大宰権帥に左遷し、藤原北家は再び政界の権力を掌握することに成功した。そして、翌延喜二年にはいわゆる「延喜荘園整理令」と呼ばれる一連の官符を発布して、新しい政治の開始を宣言した。(7)しかし、新政府が開始されてから七年後の延喜九年に時平が病に倒れ、三九歳の若さで死亡してしまった。

時平の後を受け継いだのは弟の忠平であったが、この時はまだ従三位権中納言に過ぎず、彼の上位には右大臣源光、中納言源湛、同平惟範、同源昇がいたから、このままでは藤原北家による権力の掌握は中断される危険性が大きかった。その危険性を払拭するかのように、醍醐天皇の支持を背景に忠平の昇進計画が遂行された。

まず、翌延喜一〇年に権大納言、さらに翌一一年には大納言に昇進した。そして、延喜一三年三月の右大臣源光の怪死(8)による欠員を補うこともあって一四年に忠平は右大臣に昇進し、朝堂の最高位を占めることになったのである(以上『公卿補任』各年条)。ここに藤原北家による権力掌握は一応の達成が実現したのである。「意見十二箇条」が提出された延喜一四年とはこのような時期であった。

延喜一四年の出来事を年表風に整理すると次のようである。

二月一五日……公卿に「意見封事」を奏上させる。

四月二八日……三善清行「意見封事十二箇条」を奏上。

八月八・一五日……太政官厨家の財源に関する二通の官符が発布され、合計一〇箇条の改善が指示される。
八月二五日……除目で忠平が右大臣に昇進する。

文章経国思想にもとづく「意見封事」の徴進、そして太政官費用に関わる多様な内容を含んだ官符の発布、そして、それらを前提にするかのような忠平の右大臣昇進、という経過をみる限り、これらの政策が一連のものであり、それは忠平政権の成立を明示するものであったと評価することができる。延喜元年以来一四年ぶりの三善清行の「意見十二箇条」の奏上は、上記のような政治的な位置づけができるのである。

基礎的な事実の確認がやや長くなってしまったが、その清行の「意見十二箇条」に表現された対外認識について検討を加えることにしたい。

一　史料の紹介と特徴

本章で分析の対象にしようとするのは「意見十二箇条」の第一〇条目で、

贖労の人をもて諸国の検非違使及び弩の師に補任することを停めむと請ふこと。

を求めたものである。「贖労の人」とは、勤務年数を継続するために「贖労銭」を納入して地方官衙などの役職を得た下級官人のことで、実用的な職能を有していなかった。だから、彼らを諸国の検非違使（警察機構）や「弩の師」（弩＝大弓の専門家）に任命することを停止して、明法学生に試験を受けさせて検非違使に任用したり、六衛府などの軍事専門家に技術を習得させて弩師に任命せよ、と求めた内容である。

問題の清行の対外認識は、その文章のなかでも後半の「弩」に関する部分に現れている。関連する部分（『　』で示した）とその訓読を示すと以下のようである。

〔本文〕

一、請停以贖労人補任諸国検非違使及弩師事

右諸国検非違使、掌糺境内之奸濫、禁民間之凶邪、然則国宰之爪牙、兆庶之銜策也、（中略）『又縁辺諸国、各置弩師者、為防寇賊之来犯也、臣伏見本朝戎器、強弩為神、其為用也、短於遂撃、長於守禦、古語相伝云、此器神功皇后奇巧妙思、別所製作也、故大唐雖有弩名、曽不如此器之勁利也、臣伏見陸奥・出羽両国、動有蝦夷之乱、大宰管内九国、常（有）新羅之警、自余北陸・山陰・南海三道浜海之国、亦皆可備隣寇者也』、（後略）

〔訓読〕

一、贖労の人をもて諸国の検非違使及び弩の師に補任することを停めむと請ふこと。

右、諸国の検非違使、境の内の奸濫を糺し、民間の凶邪を禁ずることを掌る。然らば国宰の爪牙、兆庶の銜策なり、（中略）『また縁辺の諸国に、各弩の師を置くことは、寇賊の来り犯すを防がむがためなり。臣伏して本朝の戎器を見るに、強弩を神なりと為す。その用たること、遂ひ撃つに短にして、守り禦くに長ぜり。古語に伝へて云はく、この器は神功皇后の奇巧妙思ありて、別に製作したまへるところなりといへり。故に大唐に弩の名ありといへども、曽てこの器の勁利なるにはしかず。臣伏して陸奥・出羽の両国を見るに、動もすれば蝦夷の乱あり。大宰管内の九国に、常に新羅の警あり。自余の北陸・山陰・南海の三道の海に浜へる国、また皆隣寇に備ふべき者なり』。（後略）

ここに記されている内容をまとめると次のような五点になろう。

①辺境の諸国に「弩の師」を設置しているのは「寇賊」を防ぐためである。

②清行が考えるには、日本の武（兵）器のなかで一番優れているのは強弩であり、それは攻撃用には適していないが、防禦用には適している。
③古くからの伝承によれば、この武器は神功皇后が思いついて特別に製作したものであり、唐にも弩という名の武器があるようだが、日本の弩より強く役に立つものはない。
④清行が考えるに、陸奥・出羽両国では蝦夷の反乱が起きる危険性があるし、大宰府管内の九州では新羅の侵攻という脅威があり警戒が必要とされている。
⑤だから、北陸・山陰・南海の海に面している国々においても隣国からの侵攻に備えるべきである。

以上のまとめから、三善清行の対外認識の特徴は、まず第一に、弩を設置する要件としてあげられている「寇賊」として指摘されているのが「蝦夷の反乱」と「新羅の侵攻」の両者であったこと、そして第二に、その弩という武器の製作をめぐる伝説に神功皇后が持ち出されてきていることであろう。すなわち、詳しくは後述するが、三善清行の対外認識においては、弩の作成者＝神功皇后という伝説を媒介として蝦夷問題と新羅問題が巧妙に結びつけられており、その両者が日本を脅威に陥れる「寇賊」として理解されている点にこそ大きな特徴があるのである。もちろん、神功皇后の伝説を持ち出す背景に、いわゆる「三韓征伐」という神話があることはいうまでもない。

このような清行の対外認識の問題点をより具体的にするために、彼が問題として取り上げた蝦夷＝エミシ問題、新羅問題、そして弩と神功皇后神話について節を改めて検討を加えてみることにしたい。

二　エミシ・新羅問題と「意見十二箇条」

1　エミシ問題

日本の古代国家は、その当初からエミシ問題を重要課題の一つとして位置づけ、さまざまな政策を遂行した。その特徴は[9]、華夷思想の影響のもと、エミシの居住空間を「辺要」「縁辺」などと「辺」＝国家の支配領域の周縁地域であると位置づけ、かつ彼らの独自な生活や文化も、和人のそれとは異なった野蛮で異俗の文化であると強調することによって、彼らを道徳をわきまえない文化の遅れた民であると一方的に位置づけて、律令国家による征服・同化政策を正当化しようとするものであった。

古代国家のエミシ支配は、初期は集団ごとの服属・朝貢によって拡大・維持されたが、いわゆる大化改新以後は境界領域に城柵の設置と柵戸の移入による支配領域の拡大が組織的に行われた。そして神亀元年（七二四）には多賀城が建造され、同時に鎮守府も併置されて、エミシ支配の拠点が確立した。

このような支配の拡大に対して、当然エミシ側も抵抗を繰り返した。なかでも大規模で、かつ長期間にわたったのが「東北三八年戦争」と称されている反乱である。それは、宝亀五年（七七四）の陸奥国桃生城の襲撃に始まり、弘仁二年（八一一）の文屋綿麻呂の征討まで続いた。なかでも、桓武天皇の時代、征夷大将軍として派遣された坂上田村麻呂の軍事的な征圧は激しく、大勢はこの時にほぼ決したといわれる。

坂上田村麻呂のエミシ征圧は、延暦一〇年（七九一）の第二次征討で征夷副使になったことに始まるが、第三次では征夷大将軍として四万人の軍隊を率いてエミシを征圧した。その結果、岩手県北上川中流域まで支配領域が拡大され、支配の拠点として延暦二一年に胆沢城（岩手県奥州市）、同二二年に志波城（同盛岡市）が造営され、鎮守府も多賀城から胆沢城へ移された。そして、延暦二三年（八〇四）には第四次征夷計画が計画され、再び田村麻呂が征夷大将軍に任命されたが、翌二四年には病床の桓武天皇の前で行われた公卿会議(10)（「徳政論争」という）で、「軍事と造作」が天下の人民の辛苦の原因であるという論調が勝利し、「造作」＝平安京造営事業とともに「軍事」＝エミシ征討も中断されることになった。

桓武天皇が実施した二大事業を前述のように「軍事と造作」と呼んでいる。「造作」＝平安京造営は、それまでの天武王統の都であった平城京に代わって、桓武が天智王統にふさわしい新都を造営しようとした政策として理解できるとしても、「軍事」＝エミシ征圧を即位以後四度にもわたって大規模に実施しようとしたのはなぜであろうか（第一次征夷は桓武即位後七年目の七八八年のことである）。単なる領土の拡大による王権の威信の強化という側面からだけでは理解できない。

現在、それは次のように理解されている。すなわち、桓武天皇は母が渡来系氏族の出身の高野新笠で、かつ政変により四〇歳半ばで急遽即位することになったため、権力基盤がきわめて弱かったので、天皇の政治的地位を強化する必要があった。そこで桓武が採用した政策の一つが、自らを中国の皇帝になぞらえ、日本的な中華思想を発現することであった。天皇の支配領域を中華とし、その周囲に蛮国（北狄、東夷、南蛮、西戎）を配置して、それらを服従させることによって、天皇を、中華を体現する地位に置こうとしたのである。しかし、残念ながら日本は島国であり、かつ南の隼人はすでに服属していたから、中華を証明する蛮国は「東夷」に当たるエミシしか存在しなかったのである。桓武が、厖大な軍事力を用いて数次に渡って強力にエミシ征討を実行しなければならなかったのは、そのためであった。

坂上田村麻呂の征夷と文屋綿麻呂の遠征によって、「東北三八年戦争」と称されるエミシと朝廷との合戦も一応の終息を迎えた。それに代わって九世紀後半より頻発するようになるのが俘囚の反乱である。俘囚とは、律令国家に服属したエミシの総称であるが、彼らは、彼らの勢力を分割・支配することと、一方で彼らの軍事力をそれなりに活用するという二重の狙いから、各地に分散・配置された。なかでも関東の地は、エミシ征討の前線基地でもあったから、各国に俘囚が配置されたのである。

関東における俘囚の反乱は九世紀中頃より起こりはじめるが、それが活発化するのは貞観年間に入ってからである。例えば、貞観一二年（八七〇）には上総国の俘囚が反乱。貞観一七年（八七五）には上総国と上野国の俘囚が反乱。元慶七年（八八三）には上総国市原郡の俘囚が反乱、というようである。このような俘囚の反乱の最大規模の反乱が元慶の乱である。

元慶二年（八七八）三月、出羽国北部の俘囚が秋田城司の暴政に反発して反乱を起こし、出羽国軍を倒し秋田城下を制圧するとともに、雄物川以北の独立を要求した。陸奥から派遣された援軍も撃破して政府軍を窮地に陥れたが、新たに派遣された藤原保則・小野春風らの策謀と説得や内部分裂などもあって、八月末俘囚側が保則に降伏を請い、妥協が成立して一〇月には沈静化した。この反乱は秋田城下の一二村の俘囚のほか津軽俘囚も荷担するという大規模な反乱であった。

この後、群盗や党などの小規模な蜂起や反乱はあるが、この元慶の乱の終焉をもって、エミシ問題とそれから派生した俘囚の反乱もほぼ沈静化することとなった。

以上が九世紀末までのエミシ問題の概略である。

2　新羅問題

さて、一方の「新羅」問題であるが、新羅と日本の両国の間に急激な変化が生じるのは承和三年（八三六）に派遣計画があった承和の遣唐使に関する事件からである。日本政府は同年一月に遣唐使を任命し、七月には出発させる予定でいた。そして、航海中の安全を確保するために、閏五月紀三津を新羅に派遣し漂着した時などの保護を求めたのである。ところが、三津がその派遣の意図を間違えて通告したために、偽使と間違えられただけではなく、返答の「新羅執事省牒」には次のような文面が添えられていたのである。(11)

小人（紀三津）の荒迫の罪を恕し、大国（新羅）の寛弘の理を申す、

訳すと『大国』である新羅は、『小人』である日本の使者紀三津、（さらには「小国」日本）の罪を広い心をもって許しましょう」ということになろう。

これは、自らを「東夷の小帝国」と位置づけ、唐国＝「隣国」、朝鮮諸国＝「諸蛮」の朝貢国、隼人・エミシ＝「夷狄」という認識を伝統的な対外認識としてきた日本にとっては、(12)それがどれほど観念的で実体のない認識であったとしても、どうしても認めることができない内容であった。この「省牒」の内容が当時の貴族層にとっていかに衝撃的であったかは、『続日本後紀』に「省牒」の全文を引用したうえで、「他の条文のように、その大要だけを記して、全体を明らかにしておかなければ、後世の人が真理を理解することができなくなる」と、その理由をわざわざ記していることによく現れている。

さらに新羅の脅威を実感することになったのが、承和七年（八四〇）から同九年にかけて起きた張宝皐に関する一連の事件である。張宝皐は新羅の軍人であったが、王位の混乱に乗じて権力を掌握すると、日本に方物を献上して交

易を求めてきた。政府は「人臣に境外の交わりなし」という立場からこれを受け付けなかった。ことがこれで済めばよかったのだが、その方物の取り戻しにやってきた使者が新羅への帰途の途中、張宝皐が内乱で破れて死亡したため、再び日本に逃亡してきてしまったのである。それを知った勝者の閻丈は新羅の政情の変化を知らせるとともに、使者の逮捕と方物の返却を要求してきたのである。一方、これらの過程で、前筑前国守文室宮田麻呂が張宝皐と唐国の貨物をめぐって売買契約をしていたことも発覚した。(13)

筑前国守が直接新羅の勢力と貿易関係を結んでいたことも興味深いが、これらの事件を通じて日本政府が認識したのは、政治的な紛争という条件だけでなく、貿易関係を通じても新羅の政治的混乱が日本国内に持ち込まれる危険性が存在するという現実であった。

政府は、基本的には「貿易は確保しつつも他国に介入の口実を与えない」という姿勢を貫いたが、(14)この事件を契機に、新羅＝諸蕃＝朝貢国という認識から、新羅は「奸心を懐き」「国の消息を窺う」国であるというような差別的・排外的な認識を醸成するようになったのである。(15)

それが現実的な事件として現れたのが、「はじめに」で書いた新羅海賊船襲撃事件である。貞観一一年（八六九）五月、突然二艘の新羅船が博多湾を襲い、豊後国の年貢を略奪したのである。海賊船はわずか二艘に過ぎなかったにもかかわらず、日本政府の対応は大げさで、

ただ官物を亡失するに非ず。兼ねてまた国威を損辱すること、これを往古に求むるにいまだ前聞あらず。後来に貽すにまさに面目なかるべし。

と反応したのである。(16)そして伊勢神宮・石清水八幡宮に奉幣し「告文」を捧げたこと、そしてそこには「我が日本朝は所謂神明の国なり」などという、神国意識が表明されていたこと、さらに翌一二年には、政府は「三韓征伐」の神

話で有名な神功皇后に関係の深い香椎廟と楯列山陵へも奉幣し、「新羅寇賊を禦すべき状」の告文を捧げたことなどは、「はじめに」で述べた通りである。

承和の「新羅執事省牒」事件、張宝皐関連事件と緊張が高まってきた日本の新羅観が、この年貢船襲撃事件で極限に達し、ついに神国思想や「三韓征伐」神話まで持ち出さざるをえなくなったのである。これによって、新羅に対する敵視と排外的意識とがいっそう強化されたことはいうまでもない。

その後、事態の大きな変化はなかったが、海賊船事件から二四年後の寛平五年（八九三）になって、新羅の「賊」が肥前国を急襲する事件が起きた。新羅船の侵攻は同年五月の肥前・肥後両国から始まり長門・対馬などへ拡大したが、対馬守文室善友らの活躍で翌年一〇月には終息した。[17]そして、翌寛平七年に新羅船が壱岐国に来襲したという記事を最後に対新羅に関する記述はほとんどみられなくなる。[18]

3　小括

以上、エミシ問題と新羅問題の経緯を概観した。すでに周知の事実を紹介したに過ぎないが、三善清行の「意見十二箇条」の一条にその両者の問題が取り上げられていることの意味を考えるためには必要な作業であったと考える。

この紹介からも明らかなように、両問題は九世紀の日本政府が直面していた大問題であり、両者とも日本の境界・国域に関連して生じた重要な問題であった。しかし、史料の残存性を考慮しなければならないとしても、両問題は八八〇年代後半～八九〇年代前半を最後にそれ以後は史料には現れてこない。大きな刻印を残しながらも、両問題とも九世紀末には基本的には沈静化していたのである。それは、寛仁三年（一〇一九）に起こった「刀伊」[19]＝女真族の入寇に際して、その防御政策の先例として引用されたのが、前述した寛平年間の新羅船来襲に対する官符であったことがその事情をよく物語っている。

これらの経過からわかるように、清行が「意見十二箇条」において、

臣伏して陸奥・出羽の両国を見るに、動もすれば蝦夷の乱あり。大宰管内の九国に、常に新羅の警あり。

と指摘したエミシ・新羅両問題は、延喜一四年段階の現在的な事実認識によるものではなく、二〇年も前の事件・経験にもとづいた認識であったのである。そして、概観したように、とくに新羅に対する認識は、当時においてすら現実性をともなわない観念的な認識に立脚したものであり、差別的・排外的な意識にもとづくものであった。このように考えると、「意見十二箇条」に表された清行の認識がいかに観念的なものであり、かつ伝統的なエミシ観、新羅観にもとづくものであったかは明らかである。

「意見十二箇条」を提出したとき清行は六九歳であったから、両問題は彼が四〇歳代までに経験した事件であった。青年から壮年にかけて経験した事件であっただけに印象が強く、かつ文人貴族としてそれなりに関心を持っていたであろうことは推測できるが、それにしてもやはり二〇年以上も前の出来事であった。そして、この「意見十二箇条」を受理した醍醐天皇にあっては寛平六年（八九四）当時わずか一〇歳であり、当然即位以前であったし、朝堂最高位にいた藤原忠平も当時は一五歳に過ぎず、まだ叙位されてもいなかった。[20]

したがって、「意見十二箇条」に表された清行の両問題に関する認識は、当時の貴族層一般が現実的に獲得していた認識とはいえず、承和年間から貞観・寛平年間の諸事件のなかで形成された観念的な認識にもとづいて、それを少なからず経験したこともある老文人貴族が提出した認識に過ぎなかったということができよう。しかし、現実性のない観念的な認識であるからといって、それが無価値であるというつもりはない。観念的であるが故に当時の貴族社会に与えた影響も見逃すことができない。それについては第四節で触れる。

三　弩と神功皇后神話

1　弩とエミシ問題

さて、本節では、「意見十二箇条」で弩が神功皇后の発明であるといわれていることについて考えてみることにしたい。

弩は「おおゆみ」と読み、機械仕掛けの大弓であったと考えられるが、その具体的な形態は不明である。『律令』軍防令によれば、軍団一隊（五〇人）ごとに強壮の者二人を選び弩手に充てることになっているし（第一〇条）、衛士の任務にも「弩を発つ」が入っているから（第一一条）、軍団・衛士に弩が配置されていたことがわかる。そして、弩は「凡そ器杖の威、弩をもって本となす。防衛の要、斯に由らざるはなし」といわれたり[21]、「夫れ兵器の要、弩に先んずるはなし」といわれているように[22]、律令軍団の中心的な兵器であった。

このように律令軍団にとって重要な兵器であったため、改良も加えられた。承和二年（八三五）九月、「大臣以下執政」が朱雀門において諸衛府を集めて「新弩」の試射を行っているが、それは「四面可レ射、廻転易レ発」という新しい性能をもっていた[23]。戸田芳實は、この記事から以前の弩と新弩の違いを、「従来の弩は台に固定され発射方向に台を向ける必要があったのに対して、新弩は台をすえたまま容易に発射方向を変えることができるように改良されたもののようである」と解釈している[24]。

弩が実際に使用された様子を示す史料はあまり多くはないが、承和四年（八三七）、陸奥国は鎮守府に準じて弩師を設置することを要請した時、その理由を次のように述べているのが興味深い。[25]

弓馬戦闘、夷狄の長ずるところ、平民数十もその一に敵わなず。但し、弩戦に至りては万々の獷賊あると雖も、一箭の機発に当たらず。

また、『続日本後紀』同日条では同様の記事に加えて、弩師を補任するのは庫中の弩機を修復・整備し、「生徒」=弩手を訓練するためであるとも記している。すなわち、エミシとの「弓馬の戦闘」=騎兵戦においてはまったく歯が立たない状況なので、弩師を置いて弩戦体制を整えたいというのである。誇張があるとしても、引用の後半部分は弩の威力を十分に物語っている。

さらに、この史料で注目しなければならないのは、「鎮守府に准じて」とあるように、エミシ経営の中核である鎮守府にはすでに弩師が設置されていたことである。実際、鎮守府には宝亀年間(七七〇~七八〇)以来弩師が補任されており、それは初め式部の官人であったことがわかる。そして、大同年間から式部・兵部の二省が交互に任命されるようになり、天長五年(八二八)の官符では「文武の職、執掌各異なる」という理由から、「鎮守の官、すべからく兵部を補すべし」と命じられている。[26] 鎮守府における弩師の設置が宝亀年間であったというのは注目に値する。なぜなら前述のように、「東北三八年戦争」と称せられるエミシとの戦争が本格化したのは宝亀五年の桃生城襲撃からであったからである。[27] 鎮守府に弩師が置かれたのはまさにその時であったのであり、エミシとの戦争のためであった。

これらのことから考えると、この節の最初に指摘したように、弩は一般的には律令軍団の中心的な兵器であったが、それは主にエミシの騎兵軍との合戦に威力を発揮した兵器であり、その戦闘を有利に導くために弩師が設置されたと評価することが可能であろう。

したがって、清行が「意見十二箇条」で

この器は神功皇后の奇巧妙思ありて、別に製作したまへるところなりといへり。

と述べていることはまったく根拠のないものであった。神功皇后自身が神話上の存在なのだから当然ではあるが、弩は本来的には新羅問題とは直接関連なかったのであり、どちらかというと、エミシとの戦争のなかでエミシの騎兵に対抗するため活用されてきたのであり、改良されてきたのである。

2　弩と新羅問題・神功皇后伝説

しかし、当時を代表する文人貴族であった三善清行が、わざわざ「意見封事」のなかで弩と神功皇后とを結びつけて防備体制の強化を進言したのはどうしてであろうか。

エミシとの合戦での威力が認知されたためであろうが、実は貞観年間（八五九〜八七六）以降、弩師の西国への配置が急増するのである（表参照）。そして、それが貞観一一年からであることは、同年に起きた新羅海賊船襲撃事件がその契機となっていたことを示している。それは貞観一二・一三年に設置された諸国の事例を検討すれば明瞭に裏づけられる。

一二年の因幡国[28]と出雲国[29]、そして一三年の伯耆国[30]に弩師の設置を認めた官符には、共通して「去（去年）二月十二日」の太政官符が引用されていた。因幡・伯耆両国の場合は、簡単に「弩師に堪える者あらば、択び定めて言上せよ」とあるだけだが、出雲国の場合は官符の全文が引用されていた。

それは、「新羅商船時々到着し、仮令事を商賈に託し、来りて侵暴をなす」ことに対処するため、「縁海の国」に防御の強化を命じたものであった[31]。その内容は、

勤めて武衛を脩め、たびたび巡察を加え、斥候を慎ましむべし。又、弩を作り調習して以て機急に備え、兼ねて

（弩）師として堪える者あらば点定して言上せよ。

とあるように、弩を中心とした戦闘体制を取らせることに目的があったのである。因幡・伯耆両国の場合は官符の一番最後だけが引用されていたのである。

さらに重要なのは、『日本三代実録』貞観十二年二月十二日条の前半には、新羅が「対馬嶋」を「伐り取る」計画をしているという密告に関する記事が載せられていることである。

「是より先」のこととして、大宰府が対馬島下県郡卜部乙屎麻呂の次のような話を上申してきた。それによると、乙屎麻呂が新羅境まで猟に出かけたところ捕まり、新羅に連れて行かれた。そしてそこでみたものは「材木を挽き運び、大船を搆作し、鼓を撃ち角を吹き、士を簡び兵を習す」という光景であった。乙屎麻呂が密かに聞いたところ、それは「対馬嶋を伐り取るため也」といったという。彼が獄を脱出してようやく逃げ帰って報告した話である、というのである。

この話の真偽は確かではないが、弩師を設置し弩戦の体制を整備して、新羅の侵攻に備えよ、という官符の前の記事としてはあまりにもタイミングがよすぎるように思う。

ともかく以上の検討から、単に新羅海賊船襲撃事件の直後であるという時間的な条件だけではなく、その官符の内容や密告記事が明瞭に示すように、これら西国諸国への弩師の補任は新羅対策の一環であったことは間違いない。

そして、寛平六年（八九四）の新羅船対馬侵攻事件においては、実際に弩が使用され、その有用性が十分発揮されたのであった。寛平六年九月、対馬島司

表　九世紀後半における弩師の補任

貞観一一（八六九）	隠岐・長門
一二（八七〇）	出雲・因幡・対馬
一三（八七一）	伯耆
一四（八七二）	石見
元慶　三（八七九）	肥前
四（八八〇）	佐渡・越後
寛平　六（八九四）	能登・大宰府（増置）
七（八九五）	越前・伊予・越中

より新羅船四五艘が到着した旨の連絡があった。そして一七日の「日記」によれば、対馬守文室善友らの活躍で三〇二人の新羅人を射殺し、追い返すことに成功したが、その時に善友らの戦いぶりは、「善友、楯を立て弩を調へしむ。(中略)即ち射戦す。その箭雨のごとし。賊等射られ幷びに逃帰せらる」と記されている。[32] 善友らの戦法が弩戦を中心としたものであったことは明らかである。

以上、貞観一二年の新羅海賊船襲撃事件以降、新羅との緊張関係が高まるなか、九世紀前期をもって一応の終息を迎えていたエミシとの戦争でその有効性を発揮した弩（承和四年に改良された新弩であろう）が西国にも配置され、新羅との合戦にも使用されるようになったことを概観した。

3　弩と「三韓征伐」神話

この節の前半でも確認したように、弩は本来的にはエミシとの戦争でその有効性を発揮したのであって、弩が新羅との合戦に利用されたのは神功皇后の伝説とはまったく関係がない。しかし、清行は明らかに弩が神功皇后の「奇巧妙思」によって「別に製作」したものであると記していた。ここに、清行の対外認識のポイントがある。

そこで、改めて事実を整理してみると、実は新羅船侵攻事件における弩の使用と神功皇后神話との接点はあったのである。それは、前述のように、因幡・対馬・伯耆諸国に弩師が設置される契機になった官符の日付は貞観一二年二月一二日であったが、新羅海賊船襲撃事件に対処するため、神功皇后と縁の深い香椎廟と楯列山陵へ奉幣し、「新羅寇賊を禦すべき状」の告文を捧げたのがそれより三日後の貞観一二年二月一五日であったのである。「はじめに」では、神功皇后との関係で何ら説明のないまま「三韓征伐」の神話を持ち出したが、実際香椎廟への告文のなかには次のような文章が挿入されていた。[33]

況やまた彼の新羅人の相敵ひ来れりける事は、掛けまくも畏き御廟の威徳に依て、降伏し賜て、若干の代時を歴来たり。しかして今此の如に狎侮の気色を露出する事は、最も是御廟の聞き驚き怒恚り賜べき物なり。

新羅人は以前に「御廟（神功皇后）の威徳に依って降伏」させられたにもかかわらず、「今」再びこのような事件を起こすということは、「御廟の聞き驚き怒恚り賜」うところである、というのであるから、これは明らかに神功皇后の「三韓征伐」神話である。実際に「三韓征伐」神話を復活・利用して新羅海賊船襲撃事件に対処しようとしていたのである。

この「三韓征伐」神話を含んだ「告文」が提出される三日前に、西国への弩と弩師の設置が命令されていたのであるから、これらは一連の政策と評価することができよう。そのうえ、寛平六年の新羅船侵攻事件において実際に弩を用いた合戦が行われ、その有効性が発揮されたことは前述した通りである。

このような経験を通じて、三善清行のなかでは弩と神功皇后伝説とが一体とのものとして理解されることになったと考えられる。そして、弩を媒介にしてエミシ問題と神功皇后伝説もまた一体のものとして理解されることになったのである。ここに清行のエミシ・新羅問題に対する認識の本質がある。エミシ・新羅問題をおしなべて神功皇后伝説と関連させて説明することによって、日本における二つの「寇賊」を防御する、すなわちエミシ・新羅という「隣寇」から日本を護るシンボルとして神功皇后伝説（実態は「三韓征伐」神話）が位置づけられることになったのである。この点にこそ、清行の「意見十二箇条」の政治的・イデオロギー的意味があるといわなければならない。

四　背景と意義

以上の分析によって、「意見十二箇条」に現れた三善清行の対外認識の特徴を明らかにすることができたと考える。これによって本章の目的はほぼ達成されたのであるが、最後に、清行が以上のような認識を獲得した背景と、清行の「意見十二箇条」の対外認識のもつ意義について、簡単に触れておこう。

まず、彼の対外認識の背景を考えるうえで参考になるのが、同じ「意見十二箇条」の前文に現れた東アジアの国際認識である。少々長くなるが引用すると次のようである。

臣伏して旧記を案ずるに、我が朝家、神明統を伝へ、天険彊を開き、土壌膏腴にして、人民庶富めり。故に東のかた粛慎を平げ、北のかた高麗を降し、西のかた新羅を虜にし、南のかた呉会を臣とす。三韓入朝し、百済内属す。大唐の使訳、ここに賝を納れ、天竺の沙門、これがために化に帰せり。それ爾る所以は何とならば、国の俗敦厖にして、民の風忠厚なり。賦税の科を軽くし、徴発の役を疎にす。上仁を垂れて下を牧ひ、下誠を尽くしもて上を戴く、一国の政は猶し一身の治のごとし。故に范史にはこれを君子の国と謂ひ、唐帝その倭皇の尊を推せり。

日本を「神明統を伝え」る国＝神国と位置づけ、それが故に、東は粛慎を、北は高麗を、西は新羅を、南は「呉会」＝呉国を征服・従属させた。そして、三韓は朝貢し、百済は属国になった。また大唐の使者と通訳は財貨を納め、天竺＝インドの僧尼は帰化することになった、というのである。天平八年（七三六）にインドの菩提僊那が来朝したという過去の事実もあるが(34)、総じて空想的・観念的な東アジア認識であることは明らかである。これが、新羅との国交も中断し、遣唐使も中止して、アジア諸国との公的な外交関係を断って孤立した一〇世紀初頭の文人貴族の認識であった。

もちろん、「意見封事」という政治的な文書のなかの文章なので、これをそのまま清行の国際認識であったということはできないかもしれないが、しかし、「意見封事」を行う時、このように述べなければならない、と認識していたことは間違いない。このような誇大妄想的、観念的な国際認識に立脚したうえで、さらにそれを「隣寇」問題として具体的に展開したのが、前節までで検討を加えたエミシ・新羅を中心とした対外認識であった。その認識が排外的・観念的であったのは、上記の第一条にみるような国際認識を前提としていたと考えるならば、当然の結果であるということができよう。

次に、上記のような清行の観念的な国際認識・対外認識の意義について記しておこう。それは、この「意見十二箇条」が『本朝文粋』に収録されたことに関係している。注(4)にも記したように、清行の「意見封事十二箇条」は、一一世紀中頃、当時を代表する文人貴族藤原明衡によって編纂された詩文集である『本朝文粋』に収録されていた。この詩文集は、書名を唐の『唐文粋』に、構成を『文選』にならい、九世紀初頭から一一世紀初頭まで約二〇〇年間の名詩文約四〇〇余編を集大成したもので、「後人の文章作成の典範になり、あるいは多くの文学作品に影響を与えた」と評価されている。(35)

すなわち、一〇世紀以降、積極的な外交関係を作り上げようとしなかった日本においては、新しい国際・東アジア情勢が公的にもたらされないという状況のもとで、清行の上記のような誇大妄想的・観念的なそして排外的な対外認識・東アジア認識が、「文章作成の典範」として貴族社会のなかで享受されていった可能性が高いということである。いまそれを確認する余裕はないが、『本朝文粋』の一編として収録され、現在においても「意見封事」の代表的な事例として伝来してきていることがそれを示しているように思う。

以上、三善清行の「意見十二箇条」の、それもたった一条の記述に着目して、一〇世紀前半、王朝国家成立期の文人貴族の対外認識の特徴を検討してきた。それは予想に反せず、観念的・排外的な認識であったが、これまでの検討を通じて、少なくとも次の三点に注目しなければならない。

第一は、その排外的な対外認識のなかに、新羅とならんでエミシが同レベルで位置づけられていたことであり、その両者を排除する要因として、弩および弩戦を媒介にして神功皇后伝説＝三韓征伐神話が利用されていたことであろう。そしてそれが、「神国日本」という神話を随伴するものであったことはいうまでもない。

第二は、その認識が、一〇世紀前半の現実的な経験にもとづいて作られたものではなく、九世紀後半期の経験にもとづいたものであったことである。「はじめに」でも、承和期から貞観・寛平期を通じた経験が重要な意味をもつことは指摘したが、清行の対外・国際認識はまさにその過去の経験を前提にして形成されたものであった。

そして第三に、第二で指摘した過去の経験をもとに形成された観念的な認識が、公的な外交関係の断絶によって新たな情報が持ち込まれないという閉塞的な状況のなかで、王朝期の貴族層に受容されていった可能性が高いということである。そしてそれは、『本朝文粋』に収録されることによって、いっそう貴族層の意識として定着することになったと考えられる。貴族層のなかに観念的・排外的な新たな「神話」が形成されたのである。

注

（1）石上英一「古代国家と対外関係」（『講座日本歴史』第二巻、東京大学出版会、一九八四年）など。
（2）『日本三代実録』貞観一一年一二月一四・二九日条。
（3）『同右』貞観一二年二月一五日条。

（4）三善清行の「意見十二箇条」は、『本朝文粋』（『新日本古典文学大系』二七、岩波書店、一九九二年）に収録されており、その注解としては柿村重松『本朝文粋註釈』（全二巻、内外出版、一九二二年）が名高いが、本章では『古代政治社会思想』（『日本思想大系』八、一九七九年、岩波書店）所収の竹内理三校注「意見十二箇条（三善清行）」と、阿部猛「三善清行『意見十二条』試注」（『帝京史学』一三号、一九九八年）を参考にした。とくに後者には大きく依拠していることを注記しておきたい。

（5）「意見封事」については、所功「律令時代における意見封進制度の実態」（古代学協会編『延喜天暦時代の研究』吉川弘文館、一九六九年）を参照されたい。

（6）初出一九九三年。本書第Ⅱ部第三章。

（7）延喜二年三月一二・一三日の両日、税制や土地の占取禁止などに関する九通の官符が発せられた。このような国家政策に関する複数の官符が発布されることを「新制」といい、新しい政策、ないし体制の開始を宣言するものとして評価されている。

（8）角田文衞「右大臣源光の怪死」（『角田文衞著作集』第五巻、法蔵館、一九八四年）参照。

（9）以下、エミシ問題に関しては、関口明『蝦夷と古代国家』（吉川弘文館、一九九二年）に依拠している。

（10）『日本後紀』延暦二四年一二月七日条。

（11）『続日本後紀』承和三年一二月三日条。

（12）石母田正『日本の古代国家　第一部』（岩波書店、一九七三年）。

（13）戸田芳實「領主的土地所有の先駆形態」（『日本領主制成立史の研究』岩波書店、一九六七年）

（14）石上注（1）「古代国家と対外関係」。

（15）『続日本後紀』承和九年八月一五日条。

（16）『日本三代実録』貞観一一年七月二日条。

（17）『扶桑略記』寛平六年九月五日条など。

（18）『日本紀略』寛平七年九月二七日条。

（19）『小右記』寛仁三年五月三日条。そこには寛平五年閏五月一六日太政官符「新羅海賊を追討する事」（『類聚三代格』）が引用されている。

（20）醍醐天皇の即位は寛平九年（八九七）七月であり、忠平が初めて叙位されて参議に昇ったのは寛平七年のことである（『公卿補任』昌泰三年条)。

(21) 元慶三年二月五日太政官符(『類聚三代格』巻五、加減諸国官員幷廃置事)。

(22) 寛平七年一一月二日太政官符(『同右』同右)。

(23) 『続日本後紀』承和二年九月一三日条。

(24) 「国衙軍制の形成過程」(初出一九七〇年、『初期中世社会史の研究』東京大学出版会、一九九一年)。「弩」に関する記述は本論文に依拠している部分が多い。

(25) 承和四年二月八日太政官符(『類聚三代格』巻五、加減諸国官員幷廃置事)。

(26) 天長五年正月二三日太政官符(『同右』同右)。

(27) 『続日本紀』宝亀五年七月二五日条。

(28) 貞観一二年七月一九日太政官符(『類聚三代格』巻五、加減諸国官員幷廃置事)。

(29) 貞観一二年五月一九日太政官符(『同右』同右)。

(30) 貞観一三年八月一六日太政官符(『同右』同右)。

(31) 『日本三代実録』貞観一二年二月一二日条に引用されている「勅」には「新羅凶賊」とも記されている。

(32) 『扶桑略記』寛平六年九月五日条。

(33) 『日本三代実録』貞観一二年二月一五日条。

(34) 「南天竺波羅門僧正碑幷序」(『群書類従』伝部)

(35) 『岩波日本史辞典』「本朝文粋」の項。

(補注) 本稿は韓国ソウル市立大学国史学科『典農史論』第五輯「李存熙先生退官記念論集」(一九九九年)に発表した後、『史海』五〇号(東京学芸大学史学会、二〇〇三年)に転載された。韓国向けの原稿であることを考慮して、基礎的な事実の紹介が多くなっていることを了解されたい。

第三章　藤原忠平政権の成立過程

はじめに

本章の課題は、『貞信公記』の筆者藤原忠平の政権獲得の過程を再検討することと、それを通じて忠平政権の前半期（延喜年間の後半期）の性格を明らかにすることにある。そしてそのことによって、いわゆる延喜の国政改革を中心とした国政の転換の評価のための見通しを立てたいと思う。

近年、忠平政権に対する評価が高まりつつあるが、以前は、「忠平の評判がよいことをもって、ただちに忠平の治績の評価におきかえすることはできないと思われる。（中略）歴史的な評価においては、時平に比して忠平はまことに低いのである」と評されるほどであった。[1]醍醐天皇のもと、宇多院と結んだ菅原道真を強引に左遷したり、いわゆる延喜荘園整理令を遂行したりして、政治手腕の高かった兄時平に対して、[2]忠平は人のよいのが取柄といわれたほどであった。

しかし、近年、忠平政権期は摂関体制の成立期として、また少々視点は異なるが、王朝国家体制の成立期として高い評価が与えられてきている。例えば、平安時代の貴族政治史研究の第一人者である橋本義彦は、忠平の時代を「摂関体制の成立期とみなすことができる」とし、その理由として、摂政・関白の制度的定着、貴族政治に重要な意味をもつ儀式・故実の成立、摂関政治を支える貴族連合体制の成立、の三点を指摘している。(3) また、橋本の成果や、当該期の政治史分析の基礎を作った上横手雅敬の研究を受け継いだ佐藤宗諄は寛平期から延喜期にいたる政策の転換を検討し、(4) 当該期の国政の画期を延喜一四年の諸官符の発布に求めている。(5) この年こそ忠平が右大臣に就任した年であった。

一方、王朝国家体制論の観点からは、時期は微妙に分かれるものの、坂本賞三や森田悌らが王朝国家の始期として忠平政権期を高く評価している。例えば、坂本は免除領田制の成立に焦点をあてる立場から延喜八年頃にその画期を求め、その展開を忠平政権期においているし、(6) 森田は、調庸の地税化を重視する立場から延長年間（九二三〜九三一）に画期があるとする。(7)

以上のように、評価は高くなっているとはいえ、論者の立場や問題意識などによって、忠平政権の確立時期やその評価もまだ定まっていないのが現状といえよう。このような違いを生みだしている要因としては、各時期の政策の評価の違いという側面だけではなく、当該期の朝廷内部の権力構造に対する評価の違いによるところも大きいように思われる。例えば森田は、忠平政権の評価の基礎を作った黒板伸夫や所功の研究成果を受け継ぎ、(8) 公卿の構成と変化に焦点をあてながら、そのなかで政策の変化を追及しているのに対して、佐藤は、上横手の立場を堅持しつつ、権力全体の矛盾の質とそれに対する政策の特色という観点から、分析を試みているというふうである。

基本的には上横手・佐藤の分析方法に依拠すべきであると考えるが、忠平政権の成立過程に焦点をあてた時は、やはり権力内部の矛盾についてもある程度触れておかなければなるまい。なぜなら、森田が忠平政権の確立を延長以後に置く理由は、調庸の体制的な地税化が延長初年頃から認められることだけでなく、公卿の構成などからみた忠平の権力の確立も摂政就任（延長八年）以後であるという評価があるからである。さらに、政権の確立をいつに置くかという問題は別としても、参議に復してから大納言に昇るまで二年、右大臣になるのに三年半余、そしてさらに左大臣に就任するまでに約一〇年も費しているのは、醍醐天皇の意思があったか否かは後に検討するとしても、藤原氏長者としてはあまり順調な出世とは考えられず、そこに何らかの特殊な政治的事情があったと考えざるをえないからである。

以上のような問題関心から、まず忠平政権の成立過程を忠平の昇進の過程や公卿の構成などに焦点をあてて考えてみることにしたい。そして、忠平政権の確立時期を確定したうえで、延喜一四年に起きた政治史的に重要と思われる二つの事柄、意見封事の徴進と合計一〇条にもおよぶ二つの官符の発布と忠平政権確立との関係について考えてみたいと思う。

一　大納言就任前後の政治的地位

周知のように忠平は昌泰三年（九〇〇）正月二八日に二一歳で参議に任じられるが、一月も経たない二月二〇日にそれを辞し叔父清経に譲っている。(9) 忠平の子実頼の『貞信公記抄』の私注によれば、「私記、（中略）二月停レ任、是依二法皇命一譲二清経朝臣一云々」とあって、(10) それは法皇＝宇多院の指示によるものであったことがわかる。この辺の事情については不明としかいいようがないが、先学も指摘しているように、同じく院の腹心であった菅原道真の左遷が翌年の正月二五日に起こっていることと関係することは間違いあるまい。

この後忠平は前参議として八年間を送るが、延喜八年（九〇八）正月に還任し、二月には春宮大夫を兼ね、八月には左兵衛督、そして九月には検非違使別当と矢継ぎ早に重職に任じられている。この理由も不明であるが、とくに検非違使別当への就任は異常で、同年三月五日に平惟範が任ぜられたばかりであった。もちろん惟範は八月二六日には民部卿を兼ねたため左兵衛督を辞している（この後の督が忠平）から当然だとも考えられるが、森田も着目しているように、この後忠平は本官が右近衛大将になっても、さらに大納言に昇進してもやめておらず、「極めて異例」なのである。忠平が検非違使別当に執着していたと推測されるのは、彼の次の別当に源当時が任命されていることによって知れる。(11) 源当時の妹昭子は忠平の室で師輔の母であった。(12) このように忠平と関係の深い当時が忠平の後一〇年間ほど検非違使別当を勤めているのである。忠平が検非違使別当という職に異常なほど執着していたことは明らかであろう。この意味は後から考えることにしたい。

忠平が華々しく再出発した翌年四月四日、兄で時の第一の実力者時平が死亡する。すると五日後の除目で忠平は従三位権中納言に任ぜられ、同日氏長者となった。しかし、この時忠平の上位には右大臣源光・中納言源湛・同平惟範・同源昇がいたから、藤原北家氏長者とはいえ朝堂のなかでの十分な地位を得たわけではない。しかし、この時の忠平の獲得した職務は彼の地位としては異例なものが多かった。

第一は、同日で「大夫督等如レ元」と『公卿補任』に記されているように、従三位権中納言という地位にありながら、従四位下相当官の春宮大夫だけでなく従五位上相当官である左兵衛督もやめていないことである。さらに第二には、九月に右近衛大将を兼ねたにもかかわらず春宮大夫をやめず、さらに一〇月には検非違使別当も再任されているのである。この事態は『公卿補任』に「近衛大将検非違使別当兼帯例」とわざわざ注記されるほど異例のことであった。前述したように検非違使を中心とした警察権力に対する忠平の執着がよく表現されているといえよう。

しかしこれだけではなかった。五月には蔵人所別当にも就任しているのである。蔵人所別当は藤原時平が寛平九年（八九七）に補任されたのを初見とするが、北畠親房の『職原抄』下（蔵人所）に

以㆓公卿第一人㆒為㆓別当㆒、左大臣為㆓別当㆒、是流例也、

と記され、吉村茂樹も平安時代の事例から、左右大臣をもってこれに補し終身これをかねるの原則である、(13)と指摘しているように、公卿第一人＝一上が就任するのが通例であった。(14)実際別当に補任された時時平は大納言であったが、直前に右大臣の源能有が死んでおり、実質的には「公卿第一人」であったのである。

また、渡辺直彦が整理した「蔵人所別当補任要覧」をみると、渡辺のいうように、厳密な意味で『職原抄』の規定が守られているわけではないが、(15)しかし大部分は、摂関家に関係あるか否かは別として、一上が補任されている。

しかし、忠平はどうであろうか。前述のように彼が蔵人所別当に補任された五月段階では、右大臣に源光、上位の中納言に源湛・平惟範・源昇がいたのである。彼らを差しおいて、それも権中納言になったばかりの忠平が任ぜられているのである。まだ二代目で「例」が確定していないということを勘案しても異例としかいいようがないであろう。これが第三である。

このように延喜九年の忠平権中納言就任は、時平の死の直後という政治的緊張のなかで行われた人事とはいえ異例ずくめであったことは、彼のこの時期の政治的位置を知るうえで重要である。

その意味を考える前にさらに指摘しておきたいことは、その異例がこの時点で終わったわけではないことである。忠平は翌一〇年権大納言に昇進し翌一一年には大納言に就任するが、このとき上席の中納言源湛と同昇を追抜いている。そして大納言になっても、

正月十三日任、春宮大夫右大将等如㆑元、三月―使別当如㆑元

と、右近衛大将だけでなく検非違使別当も手放してはいないのである。周知のように「別当の本官は正・権中納言と参議、その兼官は左右衛門・兵衛などの外衛督が圧倒的」なのであるから、(16)大納言就任後もその職に止まることは異

例であった。『公卿補任』の尻付に「大納言後不﹂去﹂別当﹂例」と記されるのも当然の事態であった。

しかし、この異例の兼官は周囲からの批判が強かったようで、同年一二月には辞しているが、その後に別当に就任したのが源当時であった。前述のように源当時の妹昭子は忠平の妻であったから、自分に代えて忠平に政治的に非常に近い人物を別当に登用したのである。このことは当時の参議昇進後わずか三ヵ月後に別当に任じていることによく示されている。忠平の場合はそうであったが、参議昇進後一年以内に別当に任じられている例はほとんどない。(17)さらに、源当時が延喜二一年に七五歳で死ぬまで一一年間も別当でありつづけたことも、忠平がいかに彼を重用していたかを物語っていよう。というより、利用していたといったほうがよいかもしれない。

このように検非違使別当を掌握し、さらに蔵人所別当として蔵人所を掌握していた忠平であるが、大納言に昇進した時点においても右大臣源光は健在であったから、政治の主導権を完全に掌握することはできなかった考えられる。しかし、この点も延喜一二年後半には克服された。それは九月九日の重陽の節供に初めて内弁を勤仕したことである。(18)内弁は重要な節会や行事を奉行する職で、通常は第一の大臣が勤めることになっているが、この時は源光が依然右大臣であったから、本来は源光が勤めるべき職務であった。しかし、大納言忠平が奉仕したのである。そしてこの以後、豊明節会（一一月二四日）、延喜一三年の正月の朝賀、白馬節会（正月七日）と重要な節会で内弁を勤めたことが確認できる。(19)次節で述べるように、源光は延喜一三年三月一二日には死亡しているから、(20)すでにこの頃政務を遂行できない状態になっており、そのため忠平が内弁を勤仕したのであろうと推測することができるが、ともかく延喜一二年の後半の段階で、大納言という地位にありながら公卿の世界においても筆頭を占めることになったのである。

以上、長々と事実を並べてきたが、醍醐天皇との関係や他の公卿の構成という点を別にして、忠平の朝堂内部における政治的な地位の上昇という観点からみる限り、延喜一二年後半に一つの大きな画期を見出すことができることは明らかであろう。自らも別当を兼務するだけでなく、血縁的にも近い源当時を自分の後任に抜擢することによって検非違使庁＝警察機構を掌握し、大納言という地位にありながら内弁を奉仕するように、公卿筆頭となって儀式・政治を掌握し、さらに蔵人所別当に就任することによって内廷までをも掌握するという政治形態を作り上げたのである。これをもって実権の掌握といわずに何というのであろうか。

二　意見封事と右大臣就任

忠平の朝堂内部における政治的地位の確立過程を考えるうえで、次の画期となるのは延喜一四年八月の右大臣就任である。それは直接的には一三年三月の右大臣源光の怪死[21]による欠を補うための人事であろうが、佐藤が注目したように、この年は政策的にも重要な年であった。その第一は、延喜元年（九〇一）以来一四年ぶりに公卿に対して意見封事の奏上が命じられ（二月一五日）[22]、実際四月二八日付けの三善清行の「意見封事十二箇条」が現存していることである[23]。第二は、八月八日と一五日に太政官厨家の財源に関する官符が相次いで出されていることである[24]。そして、これより一〇日後の二五日の除目で忠平が右大臣に昇進している。源光の死より一年五ヵ月もたっていることから、これも醍醐の忠平牽制策であると評価することも可能かもしれないが、前節で指摘したように忠平が大納言に昇進したのが延喜一一年のことであるから、左大臣の空位ということを別にすればそれほど遅い昇進ともいえないであろう。左大臣空位の意味については別に考えることとし、ここでは、この時に忠平が右大臣に昇進したことの意味について考えてみることにしたい。

その時、政治史的に重要な位置を占めるのが意見封事の徴進であると考える。この年の「意見封事」の徴進は、三善清行の「意見封事十二箇条」が残存していることから意見封事の代表的事例として取り扱われてきており、また清行の「十二箇条」も、天暦八年（九五四）の菅原文時の封事とともに、[25]知識人が当時の政治的課題をどう考えていたかを知るうえで重要な史料であると評価されてきている。[26]しかし、問題なのはこの年に意見封事がなぜ求められたかについては十分分析されていないことである。清行の意見封事の内容がこの時意見封事の徴進が求められた理由とまったく関係ないということはできないが、政治史的な分析としては、まず両者を別個のものとして捉えてみる必要があるのではないだろうか。意見封事の徴進を実行することになった政治史的要因とその結果提出された封事内容＝政策的内容とを一応分けて考えてみようというのである。

さて、三善清行の「十二箇条」の政策的な意味については後章で考えることにし、この年に意見封事の徴進が求められた意味についてまず考えてみよう。七世紀中葉から一〇世紀後半にいたる意見封事の諸例を収集し、各時期の封事の特徴を分析した所功は、第一に数年来水旱疫災が続いていたこと、第二に延喜二年に発布された延喜の国政改革に関する九通の官符の一通に班田の励行を勧める官符があり、清行の「十二箇条」の第三条にも口分田班給に関する条目が含まれていることから、この一四年が延喜の班田励行から一二年後の班田の年に当たっていたがその実施がまったく不可能な状態に陥っていたこと、の二つの条件から、「改二百王之澆醨一、拯二万民塗炭一」うために、広く「公卿大夫方伯牧宰」に意見を求めたと理解している。[27]また、佐藤も延喜九年頃よりの異変に注目し、「それが貴族たちに菅原道真の怨霊ではないかという危機意識を生だす一方、現実の中央財政の危機となって現われてくるのは、事態の当然の結果であった」[28]とし、そこに意見封事が求められた要因を認めるとともに、「牧宰」＝国司にも意見が徴せられた意味を見出している。

このように両氏とも、少々ニュアンスは異なるものの、うち続く天変地異による災害の頻発にその要因を求めているが、佐藤自身が詳しく指摘しているように、それは一四年ないしその前年の一三年に特定されるものではなく、八年頃より連続して起こっていたのであるし、所が指摘した災害による朝賀・内宴の中止も一四年だけではなかったのである。九年には去年の「諸国損」により内宴が中止され(29)、一〇年には八年の旱魃・九年の疫災によって朝賀が中止されているし(30)、翌一一年にも去年の旱損によって朝賀と内宴が中止されている(31)。また一六年にも前年の疱瘡流行が原因で朝賀と内宴が中止されている(32)。とくに一五年の疱瘡流行は厳しく、一〇月一六日には疱瘡を除くために、仁寿三年・貞観五年の例にならい紫宸殿大庭・建礼門・朱雀門の三ヵ所で大祓を行い、仁寿殿では御読経を、そして夜の戌刻には建礼門の前で鬼気祭を行っている(33)。そしてさらに、同月二六日には大赦を行い、延喜一〇年以前の未進の調庸を免除し、今年の徭を半免しているほどである(34)。しかし、一六年に意見封事が行われたことは記録されていない。もしも災害や疫病の発生による政治不安の増大を抑制するために意見封事の徴進が求められたとすると、当該期においてはこの年こそそれが求められねばならなかったのでないだろうか。

このように、天変地異による災害の頻発という条件はこの間一貫して存在するのであり、この条件だけをもって意見封事徴進が行われたことの理由を確定することは難しいといわざるをえないであろう。

そこで注目されるのが、所が前掲論文(35)で封進制度の全般的な特徴の一つとして次のように指摘していることである。それは意見封事徴召の理由についてで、所は、

殆んどの詔に災旱・水損・風害など自然の災異が挙げられている。これは、自然の災異を天子の不徳・政治の不備の現れと見做す儒教的な天人相関思想に影響されたものであろうが、同時に、自然の災異と表裏をなして凶作・飢餓・疫癘などが頻発するということは、律令的支配の欠陥を示すものである。しかし、その欠陥を改革するには色々な手段があるにも拘らず、とくに意見徴召という手段が打ち出される背景には、中央政界の動向が密

接に関係していたことを見落してはならない。

と述べた後、その例として大化改新の直後（六四六年）、長屋王政権成立直後（七二一年）、淳和天皇即位直後（八二三年）、宇多天皇即位直後（八八八年）、菅原道真失脚直後（九〇一年）、将門純友誅伐直後（九四二年）などをあげ、これらの意見封事徴進が「天皇ないし政権担当者の交替期に上下の気風を刷新し、あるいは政争紛乱のあとの社会不安を抑制する意味も含まれていたと思われる」と評価している。

意見封事徴進の要因として社会不安の抑制や政治気風の刷新があったという指摘は、意見封事徴進の政治史的意味を考えている本章にとって重要である。しかし前記のように、所はこの事例として延喜一四年の「意見封事」を評価していない。はたして一四年の場合は政治的な動向と関係ないのであろうか。もう一度一四年前後の政治的な情況を検討してみよう。

その時注目されるのが、やはり一三年三月一二日の右大臣源光の死亡であろう。「狩猟之間、馳二入泥中一其骸不レ見」という『日本紀略』の死亡記事の評価はさておくとして、(36)源光が菅原道真左遷事件で首謀者藤原時平に「合力」した人々のうちの一人であったことに注目したい。『歴代編年集成』などによれば、「合力の人々」として源光の他に藤原定国と藤原菅根があげられているが、首謀者の時平が延喜九年に死亡し、時平に「合力」した藤原定国が同六年、藤原菅根が同八年に死んでいるから、この源光の死によってその全員が死亡したことになる。それも光の死は道真の死からちょうど一〇年目で、死亡月日も道真が二月二五日であるのに対して三月一二日と異常に近接していることも興味深い。

そして道真左遷の陰謀事件に加わった最後の一人が死ぬ一方で、前述のように延喜七・八年より以来さまざまな天変地異とそれによる災害が発生し続けていたのである。一〇・一一年はそれにより朝賀が停止されているし、一三年には夏に大旱となり、八月一日には「于レ今未レ有二如レ此之大風一」といわれた大風が吹いて、京中の公私屋舎が一五一七宇も転倒し、六位以下に賑給が行なわれるという状態が続いた。[37] そのため九月九日の節会も停止され、この影響で一四年の朝賀・内宴もまた停止されることになったのである。

このような政情が菅原道真の怨霊をよびおこしたであろうことは、すでに佐藤の指摘があるように、十分想像できることであろう。黒板伸夫が源光の「怪死」記事を「釈然たらざるものがあり」としながらも、

> 源光が後世、菅原道真排斥の一味であったとみなされているところから、彼が非業の死をとげても当然であるという先入観が出来、日本紀略のような記事が混入しやすい下地があったのではないかとも考えられる。

と評価されていることは、光の死に対する当時の人々の認識をいいあてているといえよう。[38] 源光の死、天変地異の続発、朝賀・内宴の中止、そしてその背景として菅原道真の怨霊の恐怖が貴族の世界に蔓延していたと考えられる。

それは、一四年一〇月二三日に「雷公祭」と「四界祭」「四角祭」が同時に催されていることにもよっても裏づけられるのではないだろうか。『西宮記』によれば、「已上天下有レ疫之時、陰陽寮進二支度一」とあって、これら三つの祭が、疫病などが流行した時に同時に行われるような記述になっているが、[39] これらの祭は本来は別々のものであった。

四界祭は四堺祭とも書き、平安京のある山城国への各道からの四つの入口＝境において、外界から侵入してくる「鬼気」を「祭り治」める一種の道祖神祭であった。その四境とは、北陸道の和邇（龍華）、東海・東山道の逢坂、山陰道の大枝、山陽道の山崎（関戸）である。一方四角祭は宮城の四角を祭場とするもので、『延喜神祇式』臨時祭に「宮城四隅疫神祭」とあるのと同じであろう。これもまた疫神の侵入を防ぐ祭であった。[40] この二つの祭は四角四堺（境）祭とも連称せられ、宮城そしてそれが所在する山城国を清浄に保つための祭であり、一四年までの災害の連続という状況を考えると両者が挙行されたことは納得がいくが、ここで同時に雷公祭が行われているのはなぜなのだろ

うか。

周知のように通説では、雷公祭は洛外の北野で天神地祇を祀ったことに始まる土俗的な信仰で、遣唐使の安全を祈願して祭が行われたり、元慶年中（八七七～八八五）に藤原基経が豊作を祈願して雷公を祀ったところ感応があったため、以来毎年秋に祭が行われることになったといわれ、まさに農耕神であったと評価されている。そして延長八年（九三〇）六月の清涼殿への落雷によって数人の公卿が死亡するという事件を契機に[41]、雷公（神）と菅原道真の怨霊とが結び付き、一〇世紀後半には北野天満宮が創建されるにいたる、というのである[42]。

「天下に疫有る時」という解説は『西宮記』編者源高明（九一四～九八二）のものであるから、延喜一四年段階で雷公祭が菅原道真の怨霊と結び付いていたことの証明にはならないが、しかし、その農耕神である雷公祭が宮城を疫神から守る二つの祭＝四角四堺祭と同時に催されなければならなかったのはなぜであろうか。前述のような源光の「怪死」から天変地異の続発、そして朝儀の中止という政情を考え合わせるならば、この時雷公祭が四角四堺祭と同時に挙行されているということは、すでに雷公（神）が疫神であるという観念が成立していたと考えられよう。雷公（神）が農耕神としてではなく、菅原道真の怨霊と結び付きつつあったと考えられる。

このような不安定な情況を左右大臣不在という政治体制の不安定性が助長させたことは想像に難くない。だからこそ源光の死から約一年後の二月一五日、意見封事の徴進が求められたのではないだろうか。これが社会不安を抑制し、政情の刷新を図るという政治的な要因にもとづいていたことは間違いと考える。

それは三善清行の「意見十二箇条」のなかにも確認できる。清行は封事徴進の詔のなかの

遍く公卿大夫・方伯牧宰をして、讜議を進り謨謀を尽くし、百王の澆醨を改め、万民の塗炭を拯はしめよとのたまへり。

という一文を指して、「徳政の美、これに過ぐること能はず」といっているのである。すなわち、学者の修辞学的誇張はあるとしても、この意見封事徴進を「徳政」と意識していたことである。(43)

清行が考えた「徳政」の具体的な内容の検討は第四節で行うとして、ここではその序論に注目したい。他の具体例が残存していないので安易な比較はできないが、この序論で清行が財政立直しの必要性を国家の草創から歴史的に説きおこしていることは、「徳政」にふさわしい壮大な捉え方である。とくに、欽明・推古・聖武・桓武・仁明らの天皇、さらに「昭宣公」＝藤原基経らの実名を出してその出費の増大と国家財源の減少を主張しているのは画期的である。ここに、この時の意見封事徴進の政治史的意味の重大さとそれに応える清行の気概を感じることができるのではないだろうか。

このような政治的情況のなかで、忠平は八月二五日右大臣に就任する。前述のように、源光の死から一年半も経ってからの就任である。この期間もまた醍醐天皇の忠平牽制策の一環であるという評価も可能のようだが、以上のような政治的社会的情況を前提にすると、源光の死から意見封事徴進までの期間は、菅原道真の怨霊を鎮め、徳政を行うための準備期間であったと理解することも可能であろう。そしてその徳政を背景に忠平の右大臣就任が実現したのである。前にも断ったように、「意見十二箇条」の政策的な意味については後述するとして、ここでは延喜一四年の意見封事徴進の政治史的意味を忠平の右大臣就任のための重要なステップであったと考えたい。

前節で指摘したように、大納言就任後の延喜一二年後半に忠平政権が実質的に成立したことを指摘したが、その後、源光の死による最高位の獲得、意見封事徴進による徳政の実施、そして右大臣への就任という政治的経過をふまえて、忠平は名実ともに朝堂の第一人者としての位置を確立したのである。

三　忠平政権の人的構成

さて、以上のような評価に対して、忠平が公卿筆頭になりながらもすぐには右大臣にもそして左大臣にもなれなかったのは、忠平政権の確立を遅く考えようとする立場から、親政を志向する醍醐天皇の牽制があったからだという反論が当然出てくるであろう。しかし、天皇の個人的な意思がどれほどこの時期の人事や政治に反映したかを知ることはそれほど簡単なことではない。そこで所や森田が立論の拠り所にしている当該期の公卿人事の構成の検討を通じて、忠平政権の人的構成を考え直してみることにしよう。

所の成果に拠りながら、森田は当該期の公卿人事の特色として以下の二点を指摘する（忠平と源当時の関係は除く）。第一に、延喜九年から延喜末年までに公卿になった人々の出身を調べると、①藤原定方・同兼輔・同兼茂ら＝醍醐の外戚に連なる人々、②藤原道明・同清貫・同恒佐・同衆樹・同当幹ら＝醍醐の近臣的性格を有した人々の二グループを検出でき、当該期の「公卿人事においてはかく醍醐の指導性が発揮された」と考えられる。第二に、その新任公卿一九人のうち道明・清貫・当幹ら一〇人までが地方官としての経歴が豊かな良吏と推定できる人々である。

そしてそのまとめとして次のように述べている。

延喜初年の改革の推進者が醍醐・時平であったことから、これら実務官人は醍醐にとり協力者ともいうべき人たちであり、先に触れた道明・清貫の納言昇進は彼らが醍醐系の人脈に属していることを示唆するが、かつて現場官人として協力した人たちを醍醐が積極的に公卿に登用し、水旱・疾疫病その他により漸い《ママ》に困難さをましていく政治の打開を図ったと見てよかろう。

第二の特徴の指摘は当該期の政治の性格を考えるうえでも重要な指摘であるが、まとめの文章を読んでも明らかのように、これらの人事を醍醐天皇の人事としている点に、すなわち第一の特徴に重点を置いている点に森田の評価の特徴がある。

しかし、第一の特徴は正しいといえるであろうか。森田の指摘にしたがって検討してみると、まず醍醐外戚に連なるといわれた人々のうち、藤原定方は延喜九年の昇進であるからよいとしても、兼輔は延喜二一年、兼茂は二三年の昇進である。前述のように忠平の公卿筆頭への昇進が延喜一二年であり、右大臣の就任が一四年であったことを勘案すると、忠平を牽制するには遅すぎ、これを一概に醍醐の人事だということはできないであろう。また、同様に醍醐の近臣的性格を有する人々においても、藤原道明は延喜九年、清貫は一〇年の昇進であるが、恒佐は延喜一五年、衆樹は一七年、当幹は二三年の昇進である。蔵人の出身というだけで後者の三人の昇進に醍醐の意思が反映されていたと判断することはできないように思われる(44)。

とすると、森田が醍醐の指導性が発揮された人事として指摘したなかで残るのは、藤原定方と藤原道明と藤原清貫の三人となる。そしてこの三人はなかでも醍醐系の公卿として所や森田の評価の高い人物なので、以下、これら三人についてもやや立入って考えてみよう。

まず、忠平との関係がわかりやすい藤原清貫を調べてみると、忠平が延喜八年参議に還任し二月春宮大夫を兼ねた時、春宮亮にいたのが清貫であり、その後九年に忠平が蔵人所別当を兼ねた時、清貫は蔵人頭に転任している(45)。また、一〇年一〇月に蔵人所で漢書竟宴が行なわれた時、別当忠平と道明と清貫が出席し盃をかわしていることが知れる(46)。もちろん職務柄といってしまえばそれまでだが、忠平と清貫は人脈的に近かったという評価も可能になろう。

表　官職の推移

	延喜11	延喜12	延喜13	延喜14	延喜15〜19	延喜20	延喜21	延喜22〜23
忠平	1.13 大納言	同	同	8.25 右大臣	同	同	同	同
定方	参議	同	1.28 中納言	同	同	1.30 大納言	同	同
道明	1.13 権中納言	同	1.28 中納言	8.25 大納言	同	6.17 死亡	／	／
清貫	参議	同	1.28 権中納言	8.25 中納言	同	同	1.30 大納言	同

次に、時代は下ってしまうが、忠平が権中納言に昇進した延喜九年から左大臣に任ぜられ延長二年（九二四）までの四人の官職の推移を表にすると次のようになる。

この表から理解できることは、忠平の昇進と前後して他の三人も昇進していることであり、さらに重要なのは、延喜一一年に忠平＝大納言、定方＝参議、道明＝権中納言、清貫＝参議に昇進して以後、延喜二〇年に道明は死亡するものの、この四人（ないし三人）の指導体制が延長八年（九三〇）まで約二〇年間も続くことである。そして延喜一四年の忠平右大臣就任以後、この体制がほぼ固定化してしまうことも注目したい。これもまた森田のように、忠平を牽制するための醍醐天皇の人事への介入の結果であると評価できないこともないが、忠平政権の人事面での指導権の確立を承平改元以後に求める森田においても、政策面での確立は延長年間（延長三年が画期）においているのであるから、その人脈のいかんにかかわらず、忠平と上記の三人が忠平政権の基本的政策の立案者なのであり、忠平政権の政策遂行者であったと評価すべきであろう。森田らによって醍醐派と評された三人が実は忠平政権を支え推進させたのである。このように評価することが可能であれば、忠平政権を支える朝堂の人的構成は、延喜一一年にはほぼできあがり、一四年には固定化したと評価することができよう。

佐藤が、森田の研究に対して「忠平が右大臣になってから以降の非派閥人事は彼の廟堂における権力集中の確立していなかった証拠であろうか」と疑問を呈し、「忠平の政治はまず自己の一族によって廟堂の権力を集中することよりも、在地の実態をよく認識した国衙生活の経験豊富な官人や武力にすぐれた官人などを積極的に支配機構にくみ入れることこそ、その目的に合致するものであった」と批判している点は首肯されるべきであろう。このように評価してこそ、森田が指摘した「地方官としての経歴が豊かな良吏」の登用というこの時期の人事の特徴が生かされるのではないだろうか。

以上のように、忠平政権の事実上の成立が大納言就任後の延喜一二年後半であり、一四年の右大臣就任によって名実ともに忠平政権は成立したと評価した一・二節の結論は、本節の朝堂の公卿の構成についての検討によっても承認されるであろう。

四　成立期忠平政権の政策的特徴

前節までの検討によって、忠平政権が延喜一二〜一四年にかけて成立したことを明らかにしえたと考えるが、本節ではそのことを前提に、成立期の忠平政権の政策的特徴を究明したいと考える。そのためにまず、忠平の右大臣就任直前に行われた二つの政治的事柄、「徳政」としての「意見十二箇条」と、具体的な政策としての延喜一四年八月八日と一五日の計一〇箇条の官符との検討を行い[47]、その関係について考察を加えてみたい。

延喜一四年の二つの官符と「意見十二箇条」については、佐藤宗諄が丁寧な分析を行っているが、両者の関連については十分展開されているとはいえない。もちろん実際に政策として発布された二つの官符と、当時の学者が政治的社会的混迷のなかで「徳政」としてあるべき政治・政策として提起した「意見十二箇条」とを、そのまま比較関連させることはできないかもしれないが、第二節で指摘したように、政治史的な意味では、忠平の右大臣就任と「意見封事」徴進とが密接に関連していたと考えられるから、両者を貫いている共通の精神ないし考え方があるという理解も可能であろう。そのような視点から検討することにしたい。

1　「意見十二箇条」の特徴

「意見十二箇条」については、所功の意見封事の全般的な研究をはじめ、大曽根章介・阿部猛・佐藤宗諄・山本幸男らの研究(48)があるが、本論の問題関心からいえば「意見十二箇条」の全体的な構造と論理の究明を行った佐藤、そして菅原道真との比較をしながら三善清行の現状認識を分析した山本の研究が参考になる。しかし、両者とも在地支配・国司支配の問題に収斂させすぎてしまい、もちろん後述するようにこれが当該期の重要問題であったことはまちがいないが、「十二箇条」それぞれがもつ政策的意味ないしそのイデオロギー性については十分検討されているわけではない。先行論文に屋上屋を架すことになるかもしれないが、六ヵ月後に出された二つの計一〇カ条の官符との内容的関連を考えるために、少々検討を加えてみることにしたい。

まず「十二箇条」の条目だけを並べると次のようである。

①一、応㆘消㆓水旱㆒求㆗豊穣㆖事

②一、請㆑禁㆓奢侈㆒事

③一、請㆘勅㆓諸国㆒随㆓見口数㆒授㆗口分田㆖事

④一、請㆑加㆓給大学生徒食料㆒事

⑤一、請㆑減㆓五節妓員㆒事

⑥一、請三依レ旧増二置判事員一事

⑦一、請三平均充二給百官季禄一事

⑧一、請レ停下止依二諸国少吏幷百姓告言訴訟一差中遣朝使上事

⑨一、請レ置二諸国勘籍人定数一事

⑩一、請レ停下以二贖労人一補中任諸国検非違使及弩師上事

⑪一、請レ禁二諸国僧徒濫悪及宿衛舎人凶暴一事

⑫一、重請レ修二復播磨国魚住泊一事

この条目の順序に注目するならば、「十二箇条」は次のような三ないし四グループに分けることができるのではないだろうか。すなわち、第一は①～③で全体の中の総論部分、第二は④～⑦で中央下級機関の強化と財源の確保、第三は⑧～⑪で地方支配の強化とその対策、第四は⑫で、これを独自のグループとして扱うべきなのか、それとも第三のグループの変形として扱うべきなのか判断できないが、一応海上交通の整備としてあげておこう。このように分類してみると、雑多な内容が列記されているようにみえる「意見十二箇条」もそれなりの序列をもっていたということができよう。

さて次に、それぞれのグループの内容について少々検討を加えておくことにしたい。まず第一のグループは、①では「勧農」を、②では「奢侈」の禁止を主張している。とくに①の

国は民をもて天と為し、民は食をもて天と為す。民なくば何にか拠らむ。食なくば何にか資らむ。然らば民を安むずるの道、食を足すの要は、ただ水旱沴なく年穀登ることにあるにあり。

という有名な文章は、国家にとって農業生産がいかに重要であるかを説いており、まさに勧農イデオロギーと評価す

べきものであろう。②の贅沢・過美の禁止と相まって、国家の安寧を意図したイデオロギーを形成しているといえよう。「徳政」としての「意見十二箇条」の総論にふさわしい内容であるといえる。(49)そして、それを実現するための根本的でかつ具体的な政策が③の現口数に応じた口分田の班給であろう。これによって国家財源の安定化を図り、実際的な国家の安寧を実現しようというのである。この条文については後で検討を加える。

第二のグループでは、優秀な学生を集めるために大学寮の財政基盤を確立すること（④）、「五節妓」の人数を減らし、かつ費用は官給して諸家の負担を軽減すること（⑤）、判事をもとのように六人とし、法律に明らかなものを選んで公正な裁判ができるようにすること（⑥）、季禄が欠乏しているとはいえ百官は皆「王事」に勤めているのであるから、在庫の量に応じて平均に支給すべきこと（⑦）、などをそれぞれ進言している。先学の多くが指摘するように、具体的に指摘されている内容に関連性を見出すことは難しいが、全体を貫いている考え方は、財源を整備・充実して下級官衙の強化を図ること、そして全体として公正を期すこと、とまとめることができるのではないだろうか。

中央官衙に関する政策にしては部分的でかつ瑣末すぎる感がしないでもないが、学者出身で国司の経験しかなく、この時点では参議にもなっていない清行が、中央諸機関の改革について具体的に指摘し進言できるのはこの程度のものではなかったろうか。このあたりの評価は容易ではないが、「意見十二箇条」の「徳政」としての性格を勘案するならば、具体的に指摘されている官衙の性格いかんではなく、どちらかというとそこを貫いている精神を評価すべきであると思う。

第二のグループに比して、第三グループにおける清行の指摘は生々しい。ここに当該期の社会的な矛盾が集中的に表現されているとともに、彼が国司経験者であったことの反映であろう。この部分はすでに多くの人々によって分析が加えられているので簡潔に記そう。(50)

⑧はいわゆる国司擁護策と評価されているものであるが、国司の威厳を保ち濫りに百姓らの誣告によって朝使を派遣することを禁止するという意見である。そしてこのなかで

方に今時代澆季にして、公事済しがたし。故に国宰の治、事々くに正法に拘牽せらるること能はず。故に或は尺を枉げて尋を直くする者あり。或は始を失ひて終を全くする者あり。

と、国司の裁量を容認することを明確に主張していることに注目したい。

⑨では、不課の権利を求めて勘籍人が急増していることに対して、国ごとの定数を定めることを主張してしている。最後の「冀くは調庸納め易く、牧宰煩なからむことを」という文に、国司経験者としての清行の本音が出ているといえよう。⑩では、諸国の検非違使および弩師が名目的な職になってしまい実際の役に立たないので、それぞれ明法学生と訓練を受けた六衛府の舎人を任命することを意見している。(補注)

⑪は読んだとおりで、九世紀後半より大きな社会問題となっていた濫悪な僧と宿衛舎人の禁止を求めたものである。佐藤をはじめ多くの先学が指摘するように、彼らの行動が当時の国司が在地支配を遂行するうえで重要な矛盾であったのである。清行が、

ただ猶し凶暴邪悪の者は、悪僧と宿衛となり。

と明言している点に、国司経験者としての認識がよく示されているように思う。⑫は今ここで改めて取上げることはしない。

さて、冗長に「意見十二箇条」の条文解釈を行ってきたが、それは、この「十二箇条」の評価として「学者の観念的な政策でほとんど実行に移されなかった」という見解が依然あるからである。本当に観念的でほとんど実行に移されなかったのであろうか。今までの条文解釈を振り返りながら、考えてみることにしたい。

最初に③の口分田の班給について検討してみよう。この進言の第一の特徴は、「実の見口を閲し、その口分田を班ち給はしむべし」という点にあることはいうまでもないが、ただこの方式について、この条の最後で清行が、

　然れども事旧例に乖けり。恐らく民の愁あらむことを。伏して望まくは、申ねて諸国に勅し、試みに施し行はしめよ。

といっている点は注目してよい。すなわち、ここで清行が進言している「見口の数に随って口分田を班給せよ」という政策は、それ以前の「旧例」の口分田を班給とは異なっているのであり、だから「試みに施行してみよ」といっているのである。ではどのように異なっているのであろうか。

それを示唆する第一の点は、清行が「謹みて案内を検するに、公家の口分田を班つ所以は、調庸を収め正税を挙せむがためなり」と指摘している箇所であろう。すでに調庸・出挙の地税化が実質的に行われていたとはいえ、班田の励行を進言している箇所で、口分田の班給が調庸・正税を収取するためであると明言していることは、律令にもとづく人身の個別賦課という原則を放棄し、政策として田地収奪を基本とすべきであることを主張したものと評価することができるのではないだろうか。

次は班給の対象として指摘されている「見口」の性格である。条文の前半では「その身ある者」と「その身なき者」が対比されているが、先の口分田班給の意図を述べた文章の後で、班田制が遂行できない原因として具体的に指摘されているのは「豪富」である。すなわち次のようである。

　しかるを今はすでにその田を奸して、終にその貢を闕く。牧宰空しく無用の田籍を懐き、豪富弥幷せ兼ねたる地利を収む。ただ公損の深きのみに非ず、また吏治の妨を成す。

このように指摘した後、「今諸国をして実の見口を閲し、その口分田を班ち給はしむべし」と続くのである。口分

田班給の対象として認識されている「見口」の具体的な内容は、「その身ある者」のなかでも「豪富」といわれた「富豪層」であったと理解すべきであろう。もちろん「見口」のすべてが富豪層であったわけではないが、上記のような文脈から判断する限り、清行はこの時点で班田を実施するためには、律令制的な班田制をその内部から突き崩してきた富豪層の活動を否定するのではなく、彼らの活動を容認・掌握し、それを賦課の対象にしていかなければならないと考えたに違いないのである。

以上のようにこの班田の励行の条文の意図を理解することができるならば、これを律令制的な班田とはどうしてもいうことができない。これこそ富豪層の経営を前提にした負名制への移行を示唆していると評価すべきであろう。だからこそ清行は、

然れども事旧例に乖けり。恐らく民の愁あらむことを。伏して望まくは、申ねて諸国に勅し、試みに施し行はしめよ。

と断わっているのである。今までは「口分田」とか「班給」という語句に注目しすぎて、この政策の復古性に重きをおいて評価してきたが、その内実は律令制的班田=「旧例」とはまったく異なった政策であったのである。

このように評価すると、⑧で国司の裁量を容認し、⑨で勘籍人の定数を決め、⑪で濫悪な僧徒や宿衛舎人を禁じていることも納得がいく。いうまでもなく、これらの条文において指摘されている勘籍人（三宮の舎人、諸親王の帳内の資人、諸大夫・命婦の位分の資人、諸司の勘籍人、諸衛府の舎人ら）や悪僧・宿衛の舎人こそ、律令制を維持しようとしていた貴族層からみた富豪層の姿にほかならないからである(51)。すなわち清行は富豪層を収奪の対象に組み込むためには、彼らの経営は容認するが、彼らの反律令制的な行動は弾圧しなければならないと考えたのである。そしてそれを遂行するためには、彼らと直接対面している国司の地方支配上での一定の裁量を認める必要があったのである。

さて次に「意見十二箇条」の政策的意味について指摘しなければならないのは、④請加給大学生徒食料事、⑥請依旧増置判事員事、⑦請平均充給百官季禄事、⑩請停以贖労人補任諸国検非違使及弩師事、である。これらも個別にその意味を考えるとあまり大きな政策的意味がないようにみえるが、これらを一括して考えると、下級実務官人の編成・強化とそのための財政確保を進言したものと評価することができるのではないだろうか。④では大学のための財源確保によって大学の復興を訴え、⑦では季禄の平均配分によって「公卿・出納諸司」以外の中・下級官人の財政補給を主張する。⑥では判事の増員による裁判の公正化、そして⑩では実力の伴った検非違使と弩師の任用を主張している。少々読み込みすぎるかもしれないが、大学─裁判（判事）─警察・軍事という分野の強化が主張されている点に、三善清行の「意見十二箇条」の特徴があるように思える。

すなわち、律令制の「解体」が大きく進むなかで、新たな国家体制を支えるにふさわしい下級実務官人の養成と編成が急務なのであり、なかでも裁判・警察・軍事の強化を図れというのである。一〇世紀以降の国家体制におけるこの分野の拡充を思いおこすと(52)、清行の進言は的を射ているといえよう。そして、これを実行に移すためには財源の確保がどうしても必要なのであり、そのためにはそれまでの律令制にもとづく班田をやめ、「事旧例に乖」き、「恐らく民の愁」があるかもしれないが、富豪層の経営を前提にした「班田」＝負名制を「試みに施し行はしめよ」と主張したのである。

もちろん、彼の進言が政策として取り入れられたために、これらの分野の拡充が進んだというよりも、次節で検討するように、すでに現実がそのような方向に進んでいたのをうけて進言をしたのかもしれないが、彼の進言が具体的な政策として実施されたか否かは別として、清行の進言がそれなりに現実社会の動向をふまえて立案・提言されていたと評価できるのではないだろうか。

2　延喜一四年官符の意義

さて次に、延喜一四年に発布された二つの官符のもつ意味を佐藤の仕事に拠りながら考えてみよう。まず、二つの官符（A・B）の条目を列べてみると次のようである。

A1、応下返二進諸国雑田二千三百六十六町九段五十二歩一、其地子稲混中合正税上事
2、応三諸国乗田、置二七分法一事、
3、応下諸国地子帳立二式例一、令中造進上事、式例在レ別
4、応レ制三止諸国地子田混二合租田一事、
5、応レ定諸国地子交易、絹綿調布商布鉄鍬等価数一事、
B6、依二式例一可レ行二年中例用并色々雑事等一事、式例在レ別
7、随二遺数一可レ充二行諸国例進外地子稲一事、
8、定二諸国例進地子雑物一事、
9、定二晦料油并夏冬頒給料及雑穀等一事、勘文在レ別
10、合納二厨家一可レ備二勘拠一公文八巻事

これらの詳しい内容検討（とくに1～5）は佐藤の仕事に譲るとして、これらの官符で注目すべき点として次の二点を指摘したい。その一は、これらがすべて太政官厨家の一二年八月一三日の解状をうけて発布されていることである。そして二つ目は、2、3、5、6、8、9条などに明確に現れているように、「七分の法を置く」「式数を立てる」「価数を定める」「式例に依って」などとあるように、太政官厨家の収入・支出に関する式数の固定化が図られて

いることである。

佐藤はAの五ヵ条を逐一検討したうえで、主に後者の特徴に注目して「この新制で目指された方向は基本的には国司＝国衙に在地支配を一任しつつ、国家収益を固定化し確実にすることである。したがって中央財政の基盤を国衙に移したと表現することもできる」と評価している。首肯すべき見解であろう。中央政府と国衙との間の地子納入の数値の固定化は当然国司に責任をとらせる体制、逆にいえば国司に国内支配を委任する代わりに、決められた数値の納入だけは請負わせるという国司請負体制への移行を示している。(53)

この二つの官符が志向している在地支配と地子の納入という側面での政策としては以上の評価でよいと考えるが、この両官符の意義はそれだけであろうか。佐藤の評価には両官符そのものの評価が含まれていないのである。

そこで改めて、第一の特徴として指摘した太政官厨家の解状をうけて官符が発布されたことの意味について考えてみよう。太政官厨家については橋本義彦の詳細な研究があり、本論との関係では次のような諸点が指摘されていることが注目される。(54)

①太政官厨家は、元来太政官に附属する厨房であるが、平安中期以降、太政官に送納される諸国公田の地子を管領し、これを以て官中の雑事其の他の用途を弁備する機能を有つに至って、太政官内の重要な一機関となった。

②官厨家の地子管掌の機能は、大体、天安・元慶の交に始まり、延喜一四年の二つの官符によって、地子の収納、支出を始めとする機能を一応整備し了えたものと考えられる。

③②で成立した制度はともかくも平安末期まで行なわれていたことが知られるが、地子収納の減少にともない便補保にその財源が求められるようになる。

このような橋本の評価にしたがえば、延喜一四年の二つの官符は、中央財政のなかでも太政官厨家の財源（太政官が主催する行事などの酒饌や参加者に対する禄物などの費用）確保のための政策であったのであり、この両官符によって平安時代中・後期の太政官財政を支える制度の骨格ができたのであった。実際これより以前にも、延喜一〇年一二月二七日には厨家解を受けて、参河国など一一ヵ国をして例納の乗塩を舂米に改め、更に例進外の地子稲を加えさせる旨の官符が発布されているし、(55)同一三年五月二二日には、厨家所納の「諸国例進米幷交易雑物」の未進勘定の法が定められている。そこでは返抄を厨家に下勘して、未進がない時は厨家別当と弁史が返抄に署名することとされ、そしてこれを「自今以後、立為二恒例一」せ、と命ぜられている。(56)このような太政官費用のための地子収納再編強化策の一つのまとめが一四年の両官符ということができよう。

ただここで注意しなければならないことは、当該期の中央財政の再編強化は太政官厨家だけではなかったことである。詳細な検討は別にしなければならないが、『大日本史料』などを手掛かりに延喜一〇年前後から一六年頃までの財政政策を年表風に整理してみると次のようになる。

a 一〇年六月一九日　諸国の田租舂米の数を改定する。(57)
b 同　年一二月二七日　参河国など一一ヵ国をして、例納の乗塩を舂米に改め、更に例進外の地子稲を加えせしむ。(58)
c 一一年二月一五日　別納租穀などを立用しない諸国の税帳を返却する。(59)
d 同　年七月六日　諸国の損田の率法を定める。(60)
e 同　年一二月二〇日　六ヵ国の日次御贄を定める（御厨子所）。(61)
f 一三年四月二二日　諸国別納租穀の制を定める。(62)
g 同　年五月二二日　厨家所納の諸国例進米幷交易雑物の未進勘定の法を定める。(63)
h 同　年六月一九日　御厨子所の乳分配を定める。(64)

ｉ一四年八月八日　（前掲厨家解Ａ）
ｊ同　年同月一五日　（前掲厨家解Ｂ）
ｋ一六年五月一三日　位禄・王禄などの制を定める。[65]

もう少し丁寧に史料を検索すれば、いくつか加えることができるかもしれないが、七年の間に一一（ちなみにｋを含めないと五年間に一〇）もの税制に関する新しい制度や政策が実施に移されていることは注目してよいであろう。これらのうち前述した太政官厨家に関する政策（ｂ・ｇ・ｉ・ｊ）を除いて整理してみると、

①別納租穀制に関するもの……ａ・ｃ・ｆ・ｋ
②御厨子所に関するもの……ｅ・ｈ
③その他……ｄ

と区分することができる。

太政官厨家と同数の官符が発布されている別納租穀制は、位禄・季禄・節禄などの官人給与の財源として採用された制度であるが、これについては村井康彦の研究があり、村井は次のようにのべている。[66]

位禄・季禄等禄物の給付は、一〇世紀初頭延喜年間に別納租穀制が実施されることにより、その内容を調庸物から租穀（広義の正税）に切り換えられ、しかし依然京庫支給であった体制から、別納すなわち官符発布による国衙臨時用支出の拡大によって、半世紀後には完全に外国支給＝遥授兼国制に変っていた事実を知りうるであろう。

村井も指摘しているように、別納租穀制が具体的に問題とされるのは延喜七年のことであるが、[67]一〇年にはその数値が改定され（ａ）、一一年にはそれを立用しない国が問題になり（ｃ）、一三年には大納言忠平を上卿としてその徹底が図られているというように（ｆ）、それ以後も一貫して制度の整備が図られている。そして一〇世紀後半には外

国支給＝遙授兼国制に変ってしまったとはいえ、調庸物から租穀へと制度的に大きく変化したのは延喜七年から一三年の頃であったのである。官人の給与に関する財源もまた当該期に再編強化されたのであった。

しかし中央財源の再編強化は上記の二分野だけではなかった。それを示すのが前記した②のe・hの政策である。その特徴はeの延喜一一年一二月二〇日の官符によく示されている。それは初めて山城・大和・河内・和泉・摂津・近江六ヵ国の日次御贄の貢納の日と種類を定めたもので、『西宮記』によればこれは「御厨子所例」であるという。菊池京子の詳細な研究によって明らかにされているように、(68)御厨子所は蔵人所の管轄のもと天皇家の家政機関の一つとして菓子・御贄・酒そしてhにあるように乳などを供給する「所」であるから、これらの二つの政策は内廷の財政的な再編強化を図ったものと評価することができるであろう。そしてこの政策も「始定二六箇国日次御贄一」とあって、この時「始めて定め」られたのであり、かつ数量の固定化が図られていることが注目される。太政官厨家の政策と同様の性格をもつものであったといえよう。

以上やや繁雑になったが、延喜一四年の二つの官符の分析を手掛かりに、当該期の中央財政の再編強化の様相をみてきたが、内廷経済も別納租穀制にみられる官人給与の財源も、そして太政官厨家の財源も延喜一〇年から一四年頃にかけてほぼ同時的に大きく変化し、以後の経済的基盤が形成されたと評価することが可能であろう。不十分ではあるが先の政策年表にもとづく限り、一四年の二つの官符はそれまで諸側面で行われてきた税制改革のまとめとしての位置をもっていたといえるであろう。

3 小括

さて、以上のように考えることが可能であれば、同じく延喜一四年に出された二つの政策、「意見十二箇条」と太政官厨家の財源再建の二つの官符との共通性を確認することはそれほど難しくはないであろう。延喜一〇年頃から徐々に進められてきていた財政改革を認定し、さらに推し進めるためには富豪層の反律令制的な運動を禁圧するとともに、彼らの経営を前提とした新たな「班田制」＝負名制に移行せざるをえず、そしてそれを円滑に遂行するためには、国司の国内支配における一定の裁量権を容認せざるをえなかったのである。清行の「意見十二箇条」はまさにその宣言であったということができよう。

そして清行がこのような「宣言」を提出できたのは、二つの官符に明瞭のように、すでに実際の収取体制が「式数」の固定化とそれにもとづく国司請負制を基本とした方式に移行しつつあったからであり、実際の財政改革が実行に移されていたからにほかならなかった。延喜一四年の二つの政策はまさに表裏一体のものであったのである。そしてその直後に忠平は朝堂最高位の右大臣に就任した。意見封事の徴進、二つの官符の発布、そして右大臣への就任という過程は一連のものであったと評価することができよう。

まとめにかえて

第二節の最後で、「大納言就任後の延喜一一年後半に忠平政権の実質的に成立したことを指摘したが、その後、源光の死による最高位の獲得、意見封事徴進による徳政の実施、そして右大臣への就任という政治的経過をふまえて、忠平は名実ともに朝堂の第一人者としての位置を確立した」と記したが、その政治過程のなかに財政改革の一定の達成による新たな経済的基盤の獲得という事実も付加えなければならないことは前節の通りである。というより、第一節で述べたように、忠平は参議復活以来検非違使を掌握し、延喜九年には蔵人所＝内廷を、さらに同一一年には太政官＝外廷の実権を握っており、また第三節で指摘したように、同一一年には以後約二〇年間も継続する忠平、定方、道明、清貫を中核とする政治体制を確立していたからこそ、上記のような全面的な財政改革を推進することができたのであり、これによって以後の国家財政を支える財政基盤が形作られたということができよう。もちろん、この政策を推進したのが忠平個人であるというつもりはまったくないが、一〇世紀初頭の国政変革のなかで、当時の支配階層が直面していた課題と政策を継承し、その実現を図ったのが忠平政権であったことは間違いないであろう。

とはいえ、忠平政権はまだ始まったばかりである。忠平はこの後一〇年間も右大臣のままで、左大臣に昇進したのは延長二年（九二四）のことであった。そして摂政の地位について権力を恣ままにするのは同八年（九三〇）のことである。これらの政治過程の意味についても評価しなければ、忠平政権の研究として不十分であることは十分承知しているが、時平政権との政策的な比較という課題も含めて別の機会に果たしたいと思う。

注

（1）村井康彦「藤原時平と忠平」（『歴史教育』十四―六、一九六六年）

（2）「政治に熟し又第一の臣たり」というのは「寛平御遺誡」（『古代政治社会思想』「日本思想大系」八、岩波書店、一九七九年）の評である。

（3）「貴族政権の政治構造」（『平安貴族』平凡社、一九八六年）

（4）「延喜天暦期の天皇と貴族」（『歴史学研究』二二八号、一九五九年）

（5）「藤原忠平政権の形成」（『平安前期政治史序説』東京大学出版会、一九七七年）

（6）「免除領田制の成立時期について」（『日本王朝国家体制論』東京大学出版会、一九七二年）

（7）「摂関政治成立期の考察」（『平安時代政治史研究』吉川弘文館、一九七八年）、「藤原忠平政権の動向」（『解体期律令政治社会史の研究』国書刊行会、一九八二年）。

（8）黒板伸夫「藤原忠平政権に対する一考察」（『摂関時代史論集』吉川弘文館、一九八〇年）、所「〝延喜の治〟の再検討―延喜前後の公卿人事を中心として―」（『皇学館大学紀要』六、一九六八年）など。

(9)『公卿補任』昌泰三年項。以下とくに断わらない限り任官関係は『公卿補任』による。

(10)『貞信公記』延喜七年（『大日本古記録』岩波書店、一九五六年）。

(11)『公卿補任』延喜一一年項。

(12)『尊卑分脈』

(13)「平安時代の政治」（『岩波講座　日本歴史』第二巻、岩波書店、一九三三年）。

(14)渡辺直彦「蔵人所別当について」（『日本古代官位制度の基礎的研究（増補版）』吉川弘文館、一九八八年）。

(15)渡辺注(14)「蔵人所別当について」。

(16)渡辺注(14)「蔵人所別当について」。

(17)すべてを検討したわけではないが、前記の渡辺の「検非違使別当表」にもとづいて、嘉祥二年（八四九）補任の伴善男から長徳元年（九九六）補任の藤原公任まで二六人を調べた結果、参議昇進後一年以内に別当に補任されているのは、次の四人であった。

	任参議	任別当
藤原氏宗	仁寿元年一二月七日	同二年五月一五日
在原行平	貞観一二年正月二六日	同年同月同日
藤原忠平	延喜八年正月二一日	同年九月一日
源　当時	延喜一一年九(正)月一三日	同年一二月二八日

一〇世紀では忠平と当時だけである。その特殊な位置を十分示していよう。

(18)『貞信公記』同日条

(19)以上は『貞信公記』による。

(20)『日本紀略』同日条

(21)『日本紀略』には、「狩猟之間、馳二入泥中一、其骸不レ見」とある。なお、源光の死については、角田文衞「右大臣源光の怪死」（『角田文衞著作集』5、法蔵館、一九八四年）がある。

(22)『貞信公記』同日条

(23)『本朝文粋』巻二、意見封事（『新日本古典文学大系』二七、岩波書店、一九九二年）。なお、本論においては注(2)『古代政治社会思想』所収のものを利用した。

(24)『政事要略』五三、雑田事。

(25)『本朝続文粋』（新訂増補国史大系『本朝文粋・本朝続文粋』）

(26)阿部猛「三善清行と藤原敦光」（『平安前期政治史の研究』大原新生社、一九七四年）など。

(27)「律令時代における意見封進制度の実態—延喜天暦時代を中心として—」（古代学協会編『延喜天暦時代の研究』吉川弘文館、一九六九年）

(28)注(5)「延喜天暦期の天皇と貴族」。

(29)『日本紀略』延喜九年正月二一日条。

(30)『同右』同一〇年正月一日条。

(31)『同右』同一一年正月二日、二一日両条。

(32)『同右』同一六年正月一日、二〇日両条。

(33)『同右』同一五年一〇月一六日条。

(34)『同右』同年同月二六日条。

(35)注(27)「律令時代における意見封進制度の実態—延喜天暦時代を中心として—」。

(36)『尊卑分脈』にも「鷲（鷹ヵ）狩之間、馳二入塹中一薨、其骸不レ見云々」と記されている。

(37)『日本紀略』同年八月一・五日条、『貞信公記』同月一・二日条、『扶桑略記』同月一・五日条など。

(38)黒板注(8)「藤原忠平政権に対する一考察」。なお、当該期の菅原道真の怨霊については、角田文衛「菅家の怨霊」（『角田文衛著作集』5、法蔵館、一九八四年）がある。

(39)『西宮記』臨時六、臨時御願。なおこの年このような祭が行われたことについて、高橋昌明は「一四年が疫年であるという徴証はなく、翌一五年一〇月が疱瘡流行の絶頂であったので、一五年の誤記か」とされるが（「境界の祭祀」『日本の社会史』第2巻。のち補訂して「酒呑童子の原像」として『酒呑童子の誕生』中央公論社、一九九二年に収録）、以上のような政治的情況をふまえるならば、その年に実際に疫病が流行したか否かという事実とは別個に考えることができると思う。
(40)「四界祭」「四角祭」については、高橋注(39)「酒呑童子の原像」、甲田利雄「四角祭考」(『平安朝臨時公事略解』(続群書類従完成会、一九八一年)、伊藤喜良「四角四境祭の場に生きた人々」(『歴史』六六輯、一九八六年)などを参照されたい。
(41)『日本紀略』延長八年六月二六日条。
(42)村山修一編『天神信仰』(「民衆宗教史叢書」雄山閣、一九八三年)所収論文参照。
(43)清行の「意見十二箇条」の第二条では、奢侈を禁ずることが請われているが、実際それが提出されてから約一ヵ月後の六月一日に、美服や紅花深染色を禁ずる法令が出されている(『日本紀略』同年六月一日条)。奢侈を禁じたり美服や紅花深染色を禁ずることは、この後頻発される「新制」の常套句であったから、ここにも「新制」すなわち「徳政」の意識を認めることができるのではないだろうか。
(44)以上、人事関係はすべて『公卿補任』による。
(45)『公卿補任』の藤原清貫の延喜一〇年の尻付などによれば、忠平が春宮大夫を兼ねたのが八年二月二四日、清貫が春宮亮を兼ねたのが正月一二日。忠平が蔵人所別当を兼ねたのが九年五月一一日、清貫が蔵人頭になったのは同日。そして両者とも春宮大夫・春宮亮を辞してはいない。
(46)『西宮記』臨時二、蔵人所講書事。
(47)両官符とも『政事要略』五三、雑田事。なおここでは『別本符宣抄』によって補訂した『大日本史料』所収のものを利用した。
(48)大曽根章介「三善清行の意見封事」(『歴史教育』一四―六、一九六六年)、阿部注(26)「三善清行と藤原敦光」、佐藤注(5)「藤原忠平政権の形成」、山本幸男「律令制政治観の変質とイデオローグの動向」(『日本史研究』二〇四号、一九七九年)。なお、大曽根論文は各条文の丁寧な内容説明を行っており、有益である。
(49)この勧農政策のイデオロギーが古代律令制の下でのそれに酷似していることを指摘することは容易であるが、だからといって、そこで行われようとしている政策も観念的な現実に合わないものである、と評価することはできない。そのような古いイデオロギーを利用しながら、現実的に何を実施しようとしているかを見極めるのが重要な視点であろう。
(50)とくに佐藤の分析(注(5))は、当該期の社会的な矛盾がこのグループで指摘されて階層の運動、とくに⑪にあることを明確にしている。

(51) 九世紀後半以来、彼らの反律令制的な行為に対してたびたび禁制の官符が出されていることはいうまでもない。ここでは延喜二年四月一一日の官符で、「本司本主之威権」を盾に国司らの「差科」に従わないと指摘されたのが「諸司史生已下諸衛舎人幷諸院諸宮王臣家色々人及散位々子」らであったことを指摘するにとどめたい（『類聚三代格』断罪贖銅事）。なお、当該期の勘籍人の政治的意味と上記延喜二年官符の位置づけについては、木村「王朝国家の成立と人民」（初出一九七五年。『日本初期中世社会の研究』校倉書房、二〇〇六年）で検討を加えたことがある。参照をお願いしたい。

(52) 佐藤進一『日本の中世国家』（岩波書店、一九八三年）の第一章「王朝国家」を参照されたい。

(53) このような評価に対して、森田悌は「藤原忠平政権の動向」（注(7)論文）で、「国司に一定の貢納を課し地方支配を委任するよう」な傾向が進むのは「延長三年官符ないし天慶五年官符」によるものだ、と批判しているが、後述のように財源確保のための新たな方策が他の分野でも進められていることを考えあわせるならば、ここにみられる「式数」の固定化という政策的特徴は重視してよいと考える。

(54) 「太政官厨家について」（『平安貴族社会の研究』吉川弘文館、一九七六年）。

(55) 『政事要略』五三、雑田事。

(56) 『符宣抄』。

(57) 『政事要略』五七、交替雑事。

(58) 『同右』五三、雑田事。

(59) 『同右』五七、交替雑事。

(60) 『延喜式』二六、主税式。

(61) 『西宮記』一〇、臨時丁　侍中事。

(62) 『符宣抄』。

(63) 『同右』。

(64) 『西宮記』一〇、臨時丁　侍中事。

(65) 『符宣抄』。

(66) 「平安中期の官衙財政」（『古代国家解体過程の研究』岩波書店、一九六五年）。

(67)『政事要略』五七、交替雑事。

(68)「『所』の成立と展開」(初出一九六八年。『論集日本歴史3　平安王朝』有精堂、一九七六年)。

(補注)第一〇条の「弩師」に関しては「王朝期文人貴族の対外認識―三善清行の場合―」(本書第Ⅱ部第二章)で分析した。参照をお願いしたい。

第四章　『将門記』の「狭服山」について

はじめに

時に将門は、急にこの由を聞きて、従類に告げて云はく、かの武芝等、我が近親の中に非ず。またかの守・介は我が兄弟の胤《たね》にも非ず。然れども彼此が乱を鎮めむがために、武蔵国に向ひ相《み》むと欲ふてへり。即ち自分の兵仗を率して、武芝が当の野に就く。

武芝申して云はく、件の権守幷に介等、一向に兵革を整へて、皆妻子を率して、比企郡狭服山に登るてへれば、将門と武芝と相共に、府を指して発向す。時に権守興世王、先立ちて府衙に出づ。介経基は山の陰を離れず。将門且《また》、興世王と武芝と、この事を和せしむるの間に、各数杯を傾けて、迭《たがい》に栄花を披《ひら》く。

しかる間に、武芝が後陣等、故なくしてかの経基が営所を囲む。介経基はいまだ兵の道に練れずして、驚き愕《さわ》いで分散すと云ふこと、忽に府下に聞ゆ。

これは『将門記』(1)の一節で、平将門が足立郡司判官代武蔵武芝と武蔵権守興世王・介源経基との対立の仲介をするために、府衙（武蔵国府、現在の府中市）に出向いた時の記事である。これによると、将門と武芝の意図を知らずに、ただ彼らの軍勢に驚いた興世王と経基が、軍備を整え妻子を引き連れて立て籠もったところが「比企郡狭服山」であった。

実は、この「狭服山」の位置をどこに比定するかについては、後述するように諸説が出されている。そして、注目しなければならないのは、その一説として東村山市と所沢市との市境に位置する八国山（狭山丘陵）に比定する説があることである。もし、この説が認められれば、東村山市市域は平将門の乱の舞台として重要な位置を占めることになり、東村山市の歴史がより豊かなものになることは間違いない。

以下、それらの諸説を紹介しつつ、狭服山の位置比定に関する若干の私見を述べてみることにしたい。

一　「狭服山」をめぐる諸説について

まず、肝心の「狭服山」の読み方であるが、真福寺本[2]は「サヤキ」と訓を付し、楊守敬旧蔵本[3]は「サフク」と読んでいる。この訓からは何らかの確定を導き出すことは難しいのが現状といえよう。

このことを確認したうえで、位置比定の諸説を紹介しよう。

(1) 吉田東伍『大日本地名辞書』[4]

ここでは、田口卯吉が主宰した『史海』に載る説として、次のように記している。

この狭服山、いま何れなりや知るを得ずと雖も、要害の地形より推考するに、比企郡松山の辺ならんか、あるいは、根小屋城山の辺ならんか、あるいは、根小屋城山にあてるべきか、

これによれば、吉田東伍は現在の埼玉県東松山市根小屋付近に比定していることがわかる。

(2) 遠山荒次「将門記の比企郡狭服山」[5]

先日比企郡七郷村大字杉山にて土地の人の案内で城山と称する古城址も見て立派なる遺跡に驚いた。此所で直ちに呼び起こされた記憶は宮崎貞吉氏（中略）の説で有る。而して自分は其の説が宜しいと思ふた。其説とは即ち狭服山とはサキ山でサキはスキの音通でサキ山は杉山のことである。

とあるように、遠山は比企郡七郷村大字杉山（現在の嵐山町杉山）の城山城址を「狭服山」と比定している。

（3）金沢文麿「平将門と武蔵」(6)

是の経基の居た営所と云ふのは、足立郡大間村の地で、現在は福島氏の所有に為て居ます城山で箕田城とも書いてあります。（中略）源経基が源仕をたよって来て居所の位置を定むるのに矢を放ち（中略）。箕田源氏の居館は箕田八幡社の裏で、今は麦畝になつて居ますが、地名其他から考えまして居館たることは明らかなことであります。而して源経基及び源仕の営所と申ますのは、大間村城山之れが其頃の営所で在ったと思われます。

金沢は、箕田源氏の源仕を頼って源経基が居を構えたと考え、源経基の館があったと伝えられる足立郡大間村（現在の鴻巣市間宮）の近くの、同郡馬室村（現在の鴻巣市馬室）の常勝寺付近を「狭服山」と想定している。

（4）赤城宗徳『新編将門地誌』(7)

ところで、この事件の焦点となった「狭服山」という地名が問題である。（中略）これを比企郡としたのは『将門記』の誤りで、武芝の軍隊が、大宮付近から府中に行く途中、そこで経基との軍隊と衝突しているところから、鎌倉街道ぞいでなければならない。いまの東京都東大和市から、埼玉県所沢市南方にいたる村山・山口両貯水池の母体をなし一体の丘陵は東西に細長く延びているところから、狭山と呼ばれているが、狭服山はこの狭山の一部ではないかと考える。

また、府中にあった国府の国司が、居城として選んだところであるから、比企郡では遠すぎる。

これからわかるとおり、東村山市と所沢市の境に位置する「狭山」＝八国山をもって「狭服山」に比定するのは、赤城宗徳の説であった（図参照）。前までの説に比べても、大宮付近から府中へ向かう街道沿いであること、国府のあった府中からの距離の問題などを加味した説得的な説といえよう。紹介は略したが、八国山山中にある将軍塚まで将門ないし興世王・経基との関係にしてしまったのは行き過ぎであろうが、有力な説であるといえる。

（5）その後の説

近年になって、『新編埼玉県史　通史編1』原始・古代（一九八七年）や、注釈書である東洋文庫『将門記　1』[8]、『新撰古典文庫』『将門記』[9]、『古代政治社会思想』[10]などが相次いで発刊されたが、すべて比定地に関する諸説を紹介するだけで、積極的に自説を述べてはいない。

また、一九八五年に刊行された『東松山市史　通史編』では、『将門記』の「比企郡」という記述をできるだけ信用するという立場から、「東松山市の東方吉見丘陵か、松山台地のなかに求めるのも妄想の産物とはいいきれない」とし、将来の研究・調査の成果をまちたいとしながらも、市内古凍地区が古代の比企郡家の所在地である可能性が考えられることから、「古凍地区一帯がとくに重要な意味をもちそうだ」と述べている。①の吉田東伍説に近いといえよう。

以上が、現在のところ「狭服山」を理解するうえでの先行学説ということできよう。まとめると次のようになる。

①比企郡根小屋（吉田東伍説）
②東松山市古凍地区（『東松山市史』説）
③比企郡七郷村大字杉山（遠山荒次説）
④足立郡馬室村（金沢文麿説）

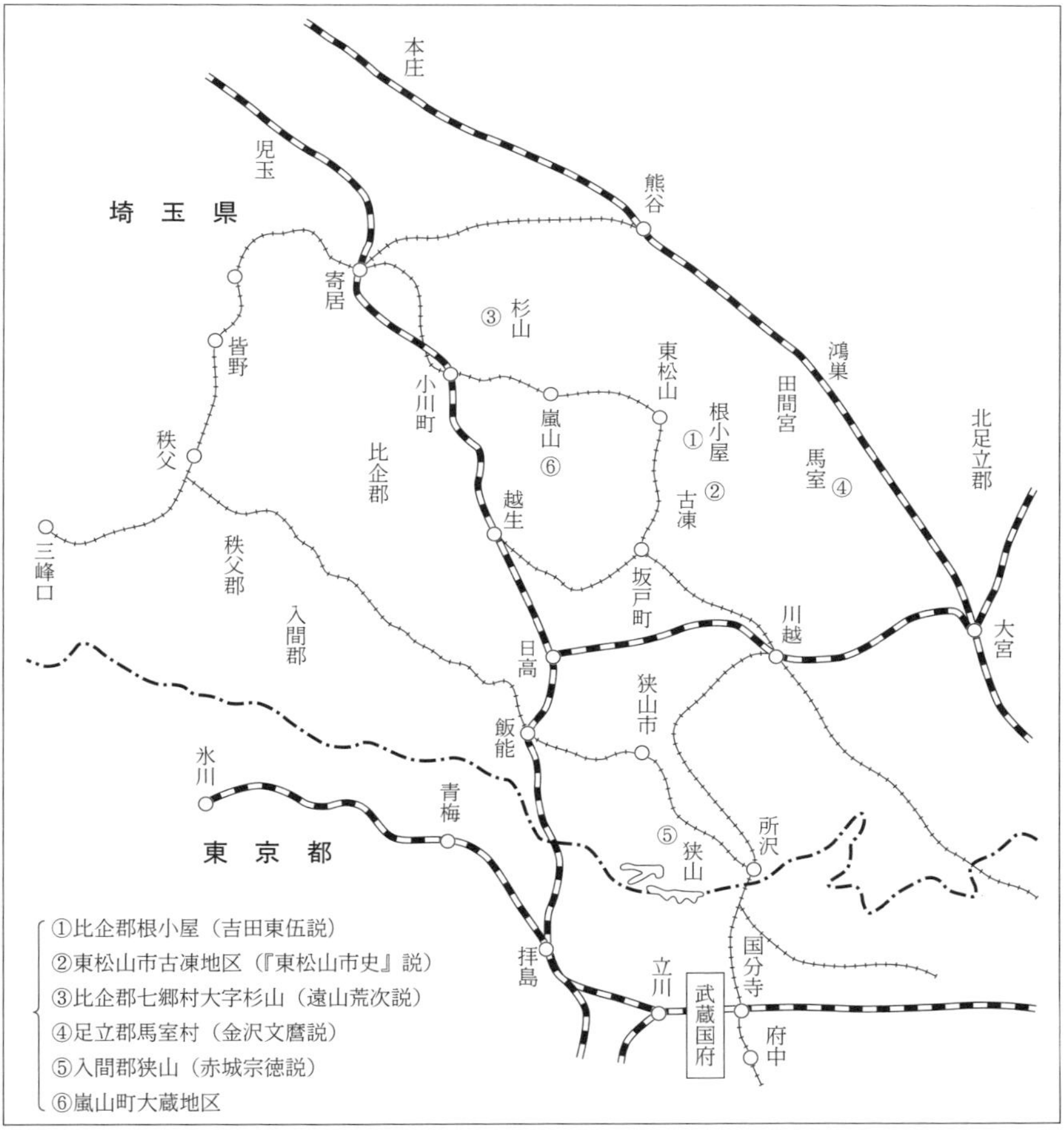

図　狭服山推定地（梶原正昭訳注『将門記　1』東洋文庫，平凡社，1987年より転載．一部改変）

⑤入間郡狭山（赤城宗徳説）

なお、②の説を加えて、五つ説の比定地の位置関係が明確になるよう、東洋文庫『将門記　1』に掲載されていた「狭服山推定地」の図版を転載しておいたので参照願いたい。

(6)「狭服山」比定のためのポイント

さて、以上のような先行研究を前提に、「狭服山」の位置比定を試みるのであるが、先学が『将門記』の記述を尊重しつつも、どちらかというと、それ以外の地名や城址、交通路や国府との距離関係などを根拠に論を展開されているのに対して、私はやはり『将門記』の記述をまず重視して、それを前提として検討を始めることにしたい。

そこで、前記の『将門記』の関係部分の記述をみると、次の二点が注目される。まず第一は、その訓は二通りあるとしても、「狭服山」と明記されている点である。詳細は次節で検討するが、実は『将門記』を読んでみると、下総国・武蔵国などの国地名、猿島郡や香取郡、真壁郡などの郡地名は頻出するが、それより下位の小地域を表す地名はそれほど多くないのである。そのような一般的な傾向があるとすると、「狭服山」と明記されていることの意味を改めて考えてみる必要があるように思う。

第二は、「武芝が後陣等、故なくしてかの経基が営所を囲む」とあったように、経基が登った「狭服山」は「営所」とも呼ばれていたことである。これも重要な点である。なぜなら、『将門記』で「営所」といわれているのは、将門の本拠である「水守の営所」と「石井の営所」と、この「狭服山」の営所の三ヵ所だけだからである。この点からも「狭服山」が特別な位置であることは想定できよう。

以上、『将門記』から判明する以上の二点に着目しつつ、「狭服山」の位置について考えてみたいと思う。

二　『将門記』の地名表記

1　地名表記に関する記述

前述のように、『将門記』には国地名・郡地名は散見する。例えば国地名は、

＊然れども介良兼は、上総国に居り、いまだにこの事を執らず。良正独り因縁を追慕して、車のごとくに常陸の地に舞ひ廻る。

＊賊首将門が大兄将頼幷に玄茂等、相模国に到りて殺害せられたり。次に、興世王は上総国に到りて誅戮せられたり。坂上遂高・藤原玄明等は、皆常陸国にして斬らる。

のようであり、郡地名は、

＊また筑波・真壁・新治三箇郡の伴類の舎宅五百余家、員のごとくに焼き掃ふ。

＊急に妻子を提げて、下総国豊田郡に遁れ渡るの次に、盗み渡るところの行方・河内両郡の不動倉の穀糒等、その数、郡司が進るところの日記にあり。

などと使用されている。国地名にしろ郡地名にしろ、上総国のどこにいたのか、相模国のどこで殺害されたのか、豊田郡のどこに逃れたのか、などについてはまったく気にとめておらず、非常にあいまいな使われ方をしていることがわかる。それぞれ本拠があるので、良正が常陸国に舞い戻ったというだけで、具体的な地名が特定できてしまうのかもしれないが、一般的には特定の地域が判明しないルーズな地名表記であるといわざるをえないであろう。郡地名に

関しては別の特徴があるが、それは次の具体的な地名表記の検討のなかで再度取り上げることにしよう。

次に、特定の地域を表示する地名（以下、地域地名という）表記についてみてみよう。

*その四日をもて、野本・石田・大串・取木等の宅より始めて、与力の人々の小さき宅に至るまで、皆悉くに焼き巡りぬ。

*将門、伝にこの言を聞きて、承平五年十月廿一日をもて、忽ちかの国（常陸）新治郡川曲村に向ふ。

*所々の関に就かずして、上総国武射郡の少道より、下総国香取郡の神前に到り着く。その渡より、常陸国信太郡の䓉前の津に着く。その明日の早朝をもて、同国（常陸）水守の営所に着く。

*便ち八月六日をもて、常陸・下総両国の堺、子飼の渡に囲み来る。

*ここにかの介、下総国豊田郡栗栖院常羽の御厩、及び百姓の舎宅を焼き掃ふ。

*同月十七日をもて、同郡（豊田）の下大方郷堀越の渡に、陣を固めて相待つ。

*登時に、将門身の病を労らむがために、妻子を隠して、共に幸嶋郡葦津の江の辺に宿る。非常の疑あるによりて、妻子を船に載せて広河の江に泛べたり。

*十九日をもて、常陸国真壁郡に発向す。乃ちかの介の服織の宿より始めて、与力の伴類の舎宅、員のごとく掃ひ焼く。一両日の間に件の敵を追ひ尋ぬるに、皆高き山に隠れて、ありながら相はず。逗留の程に、筑波山にありと聞く。

*廿三日をもて、員のごとく立ち出づ。実によて、件の敵、弓袋の山の南の谿より、遙に千余人の声聞ゆ。

*時に、将門が駈使丈部子春丸、因縁あるによりて、屢常陸国の石田の庄辺の田屋に融ふ。

*件の田夫を率て、私宅の豊田郡岡崎村に帰る。

*その明日の早朝をもて、子春丸とかの使者と、各炭を荷ひて、将門が石井の営所に到る。

*かの介良兼、兼ねて夜討の兵を構へて、同年十二月十四日の夕、石井の営所に発遣す。

*即ち亥の刻をもて、結城郡法城寺の当の路に出でて、打ち着くが程に、将門が一人当千の兵ありて（中略）、便ち鵝鴨の橋の上より、窃に前に打ちて立ちて、石井の宿に馳せ来りて、具に事の由を陳ぶ。

*二月廿九日をもて、信濃国小県郡の国分寺の辺に追ひ着きぬ。便ち千阿川を帯して彼此合戦する間に、勝負あることなし。

*武芝申して云はく、件の権守幷に介等、一向に兵革を整へて、皆妻子を率して、比企郡狭服山に登るてへれば、将門と武芝と相共に、府を指して発向す。時に権守興世王、先立ちて府衙に出づ。（中略）しかる間に、武芝が後陣等、故なくしてかの経基が営所を囲む。

*廿九日をもて豊田郡鎌輪の宿に還る。

*凡そ八国を領せむ程に、一朝の軍攻め来らば、足柄・碓氷二関を固めて、当に坂東を禦がむ。

*その記文に云はく、王城は下総国の亭南に建つべし。兼ねて檥橋をもて、号けて京の山埼と為し、相馬郡大井の津をもて、号けて京の大津とせむといふ。

*僅かに吉田郡蒜間の江の辺に、掾貞盛・源扶が妻を拘へ得たり。

*時に貞盛・秀郷等、蹤に就きて征く程に、同日の未申の剋許に、川口村に襲ひ到る。

*新皇は、幣れたる敵等を招かむと擬て、兵使を引率て、幸嶋の広江に隠る。

*且く幸嶋郡の北山を帯して、陣を張りて相待つ。

以上が、地域地名を含む記事のすべてである。それを国別に整理したのが次表である。

表　『将門記』の国別地域地名

常陸国
かの国(常陸)新治郡川曲村
常陸国信太郡の蒿前の津
同国(常陸)水守の営所
(常陸国真壁郡)服織の宿
常陸国の石田の庄
相馬郡大井の津
吉田郡蒜間の江
下総国
下総国香取郡の神前
下総国豊田郡栗栖院常羽の御厩
同郡(豊田)の下大方郷堀越の渡
豊田郡岡崎村
豊田郡鎌輪の宿
幸嶋郡葦津の江・広河の江
幸嶋の広江
幸嶋郡の北山
結城郡法城寺・鵝鴨の橋
下総国の亭南・檥橋
常陸・下総両国の堺、子飼の渡
常陸・下総国以外
信濃国小県郡の国分寺・千阿川
(武蔵国)比企郡狭服山・経基が営所
国・郡名記載なし
野本・石田・大串・取木等
筑波山
弓袋の山の南の谿
石井の営所(二ヵ所)
石井の宿
川口村
その他
足柄・碓氷二関
京の山埼
京の大津

2　地名表記の特徴

まず、地域地名のほとんどが常陸・下総両国に関するものであることがわかる。将門の乱がこの両国を中心に起きたことを考えれば当然といえるが、上野・下野国に関してはまったく地域地名が使われておらず、「その他」の項の足柄・碓氷の二関、京の山埼・京の大津を除くと、両国以外で地域地名が現れるのは信濃国の国分寺と比企郡狭服山だけである。これは大きな特徴であるし、このことは狭服山の性格を考えるうえで大きな意味をもっている。

第二に、『将門記』の最初の部分では、「常陸国信太郡の蒿前の津」のように、国と郡と地域地名とが完備した表記がなされているが、徐々に国名が省略されて、郡＋地域地名という形式が一般的になってくる。これが『将門記』の地名表記の定型といえよう。

とすると、「同国（常陸）水守の営所」「常陸国の石田の庄」などのように、国名＋地域地名という形式は特殊な表記であるということができる。これは、「国・郡名記載なし」の項の、筑波山や石井の営所（宿）、川口村などと同様で、『将門記』のなかでは細かい説明が必要ではない自明の地名であり、『将門記』のなかでも鍵となる地名であるといえよう。

そのような地名として、水守の営所と石井の営所とが入っていることも、経基の営所といわれている狭服山を考えるうえで重要な意味をもっている。

第三に、地域地名として上げられているのが、第二で指摘したような重要地名を除くと「宿」「津」「渡」「江」など水陸交通の要衝を示す地名がほとんどであることが注目される。「弓袋の山」も現在の湯袋峠のことで、筑波山を越える峠であった。『将門記』は交通に非常に関心をもって叙述されているといってもよいであろう。このことも狭服山を考える時の重要な特徴である。

以上、『将門記』の地名表記の特徴を検討してみた。繰り返しになるが、狭服山を中心にまとめ直してみると、地域地名が常総両国関係でほとんどが占められる状況のなかで、武蔵国の狭服山が明記されているのは特筆される。また、『将門記』において自明の地名である水守の営所や石井の営所と同様、狭服山は「経基の営所」ともいわれており、水守の営所などとならぶ重要な地名であったということができよう。そして地域地名は水陸交通の要衝地が多いことから考えても、狭服山もそのような性格を兼ね備えていた可能性が高いと思われる。

一でも指摘したように、経基が妻子を連れて登った狭服山は「武芝が後陣等、故なくしてかの経基が営所を囲む」と記されていたように、経基の営所でもあった。そして、これも指摘したが、『将門記』で「営所」といわれているのは、将門の本拠である「水守の営所」と「石井の営所」とこの「狭服山」の営所の三ヵ所だけであった。

三　営所について

では、営所とはどのようなものであったであろうか。すでに先学が述べているように、営所とは、「新撰古典文庫『将門記』では「豪族の住居であると共に堀や土塁をめぐらした軍事上の拠点であり、またさらには農業経営や交易の事務所を兼ねる性格の場合が多かったようである」と説明している。これに対して、北山茂夫は、古代における「営」が軍営とか砦を意味していることなどを根拠に、営所の第一義的な意味は「軍事的な拠点」であるとし、「農業経営はあくまでも副次的で、そこに力点をおくのは、まったくの誤解である」と述べている。(11)

ところで、『将門記』のなかで営所の様子がわかるのは、将門の駈使であった丈部子春丸が良兼側の「乗馬の郎頭」＝一人前の武士に取り立ててやろうという甘言に乗って、良兼の使者を石井の営所に連れていってそこを案内したという有名な記事のところである。そこには次のように記されている。

その明日の早朝をもて、子春丸とかの使者と、各炭を荷ひて、将門が石井の営所に到る。一両日宿衛するの間、使者を麾き率て、その兵具の置き所、将門が夜の遁れ所、及び東西の馬打、南北の出入を、悉く見せ知らしめつ。

この記事から、営所では従者が「宿衛」＝警護していること、兵具が蓄えられていたこと、将門の夜の遁れ所があり、馬場や出入り口の施設があったこと、などがわかる。わざわざ「南北の出入」と記してあることから考えて、営所は堀や土塁などによって囲われていたと考えられよう。北山のいうように、営所とは第一義的には「軍事的な拠点」であったのである。

しかしその一方で、『古代政治社会思想』の補注でも注目しているように、営所は「宿」でもあった。それは前記の引用史料に、

便ち鵜鴨の橋の上より、窃に前に打ちて立ちて、石井の宿に馳せ来りて、具に事の由を陳ぶ。

とあったように、石井の営所が「石井の宿」といい換えられていることによって明白である。

「宿」については、『将門記』のなかで、石井の宿以外に豊田郡鎌輪の宿と真壁郡服織の宿が確認できるが、「廿九日をもて豊田郡鎌輪の宿に還る」とか「十九日をもて、常陸国真壁郡に発向す。乃ちかの介の服織の宿より始めて、与力の伴類の舎宅、員のごとく掃ひ焼く」と記されているように、宿泊施設でもあり、周辺には従者などが集住していた所と考えられる。それは、前述のように、『将門記』が交通に強い関心を示しており、それに関する地域地名が多いということによっても裏づけられよう。

このように考えることができると、営所というのは、軍事的な拠点であることは間違いないとしても、しかし、それは砦のように孤立した軍事施設ではなく、交通の要衝に位置していて、従者なども含めた人々が広く居住する場所でもあったと考えるべきである。逆に、そのように交通体系上重要な地点であったが故に、将門らの軍事的な拠点＝営所も置かれたと考えた方がよいのではないだろうか。鎌倉時代の在地領主の屋敷、館や堀内が「大道」など街道を抑えるような地点に作られていたという見解にも通じる特徴ということができる。

四　比企郡狭服山の性格と位置

1　狭服山の性格

以上、『将門記』の地名表記の特徴を前提に、営所の性格について検討を加えてきた。その結果、営所は軍事的な拠点ではあるが、一方で交通の要衝における宿としての機能ももっていたという評価になった。このような評価を前提に、「経基の営所」といわれた比企郡狭服山の性格と位置の比定を考えるのが、本章の最後の課題である。

まず、赤城宗徳が『将門記』の誤りとした「比企郡」という記載についてであるが、一で検討したように、この「比企郡狭服山」という地域地名は、常陸・下総両国を除くと、信濃国国分寺とともに『将門記』に二ヵ所だけ現れる他の国の地域地名の一つであった。その意味では、『将門記』のなかでも特別な地名であったのである。そして、その他の地名に付されている郡名にも間違っているものがないことを考え合わせると、簡単に「誤り」ということはできないように思う。「比企郡」という郡名は尊重すべきであろう。

それに対して「狭服山」は、地域地名が詳しく記されている常陸・下総両国においても、現在では確定できない地名が多いことなどを考えるならば、その地名の訓に根拠を求めすぎることは危険性があるように思う。

したがって現在の段階では、残念ながら赤城のように狭服山を多摩郡と入間郡の郡界にあたる現在の八国山付近に想定することはできないように思われる。では狭服山はどこに求めるべきであろうか。

そこで改めて狭服山がでてくる『将門記』の記事を検討してみよう。

武芝申して云はく、件の権守幷に介等、一向に兵革を整へて、皆妻子を率して、比企郡狭服山に登るてへれば、将門と武芝と相共に、府を指して発向す。時に権守興世王、先立ちて府衙に出づ。（中略）しかる間に、武芝が後陣等、故なくしてかの経基が営所を囲む。

短い文章であるが、まとめてみると次のようになろう。

まず、権守興世王と介源経基の両者が兵革（軍備）を調えて登っていることである。権守までが登っていることは、武蔵国府と密接な関係があったことを示していると考えられるし、この地が国府よりも軍事的に安全性が高かったことを示しているように思う。

そして第二に、妻子を連れて登っていることである。合戦が行われるかもしれない時に、妻子を連れていっていることも興味深いが、ここで注目したいのは、自分たちと兵士だけではなく妻子らも居住・滞在できる空間がそこにはあった、ということである。狭服山には、石井の営所が石井の「宿」とも呼ばれたような機能を付随させていた可能性がある。

第三は、興世王や経基が狭服山にいることを知りながらも、将門と武芝はそこを無視して「府衙」＝武蔵国府に向かっていることである。これは第一の特徴とは合致せず、将門・武芝にとっては狭服山が二次的な意味しかもたない地域であったことを示している。

最後に、第三と関連すると思われるが、他の営所が「石井の営所」「水守の営所」など地名を付して呼ばれていたのに対して、ここでは「経基が営所」と人名が付されていることである。今までは、狭服山が営所である＝「狭服山の営所」というような理解のもとで論を進めてきたが、「経基が営所」とわざわざ記している意味を考える必要がある。これも可能性だけであるが、一緒に登っていた権守興世王が一転して「府衙」に下って行ってしまった後は、

「経基」の営所だけが残されてしまった、というのではないだろうか。

これらの分析から狭服山の性格を考えるとどのようになるであろうか。といっても、前の引用史料しか材料はないので、一応次のように考えてみたい。

第一・第二の点から、狭服山が国衙機構に関連した公的な性格をもつ施設であった可能性は高いといえよう。とくに軍事的な機能をもった施設であったことは間違いない。しかし、第三・第四の点から、外部の勢力からみれば、狭服山は二次的・副次的な位置しかもっておらず、とくに興世王が下った後は「経基が営所」と人名を付して呼ばれるような機関であったのであった。したがって、狭服山は、国府との関係の深い軍事機能に優れた施設であるが、それは国衙機構のなかでは二次的・副次的な位置しかもたない施設であった、ということができるのではないだろうか。

2　狭服山の位置

では、このような性格をもつ狭服山を比定できる地域はあるであろうか。『東松山市史』が採用している比企郡郡衙推定地である古凍地区も可能性はあるが、私は、『将門記』が武士の登場と役割という古代社会から中世社会への移行を示す重要な内容を取り上げた作品であることを参考にするならば、中世に引き付けてこの位置比定を行うべきであると考える。

そこで、注目されるのが、武蔵国の大武士団秩父氏の居館であった比企郡大蔵館である。『延慶本平家物語』(12)には次のような一節がある。

彼義賢、去仁平三年夏比より上野国多期（胡）郡に居住したりけるか、秩父次郎大夫重隆が養君になりて、武蔵国比企郡へ通けるほとに、当国にも不限、隣国までも随けり、かくて年月ふる程に久寿二年八月十六日故左馬頭

義朝か一男悪源太義平か為に大蔵の館にて、義賢・重隆共に被打にけり、

源氏内部の抗争（為義・義賢父子対義朝・義平父子）に絡んで、源義平によって義賢とともに義賢が養君としていた秩父重隆も殺害された事件に関する記事であるが[13]、この合戦で、重隆と義賢とが拠点としたのが比企郡の大蔵館であったことは史料から明瞭である。大蔵館が秩父氏の居館であったことのもつ政治的な意味も大きいが、さらに重要なのは、この時の重隆の職務である。実は彼は武蔵国留守所総検校職に任じられていたのである[14]。

では、武蔵国留守所総検校職とは何か。まず留守所であるが、これは国守が遙任で任国へ下向しない場合、その任国の支配のために設定された機関である。国守は家臣を目代として派遣し、留守所を構成していた他の在庁官人を統括して国務を運営した。

それに対して、留守所の在庁官人を代表して実務を統括するのが「留守所総検校職」であったと考えられる。すなわち、重隆は、国守の代官である目代を除いた、武蔵国留守所を構成する在庁官人らのトップの地位にあったのである。武蔵国の実質的な支配を担っていた最高責任者ということができよう。そして、この職は、出羽権守・秩父権守を名乗る父重綱から重隆へ譲られたものであったから、秩父氏は一二世紀初頭にはこの地位を獲得していたと想定できる。その秩父氏の居館が大蔵館であったのである。

この大蔵の地は、鎌倉街道が府中・久米川を通過し、さらに比企丘陵の笛吹峠を越えて嵐山の盆地に入り込む入り口に位置しており、都幾川を挟んだ対岸には畠山氏の居館菅谷館が存在するという、北武蔵の軍事上の重要な拠点であった。そして、大蔵・菅谷を越えると、鎌倉街道は上野国・信濃国に続いており、鎌倉・武蔵国府と北関東・北陸地方を結ぶ交通の要衝地でもあったのである。

以上のように、比企郡大蔵館は、第一に武蔵国留守所総検校職として武蔵国の実際的な統括者であった秩父氏の居

館であったこと、第二に鎌倉街道上の軍事的・交通的要衝であったことが確認できる。そして、これは推定の域を出ないのだが、第三に、第一・二の特徴と武蔵国府（府中市）が武蔵国全体を支配する上ではあまりにも南に偏しているることなどから考えて、武蔵国支配を補完し北武蔵を支配する任務を負わされていた可能性があるように思う。大蔵館の政治的位置を以上のように考えることができるならば、国府支配にとって準公的な性格をもっていること、軍事・交通上の要衝であること、比企丘陵の麓に位置し「（狭服）山に登る」という表現にふさわしいことなど、前項で検討した比企郡狭服山の性格と非常に近似していると評価することができよう。

もちろん、一〇世紀中頃の『将門記』の記事と一二世紀初頭ないし中頃の記事とを同一レベルで評価することは危険をともなうことは十分承知しているが、一つの解釈として、「比企郡狭服山」を比企郡大蔵館に推定することができる可能性があることを指摘しておきたいと思う。

注

（1）『将門記』の引用は『古代政治社会思想』（『日本思想大系』八、岩波書店、一九七九年）に拠る。
（2）名古屋市大須観音宝生院真福寺文庫蔵。
（3）「片倉本」ともいう。明治初期に来日した清国公使楊守敬の旧蔵本。現在は個人蔵。
（4）冨山房、一八九九年〜一九〇七年。
（5）『埼玉史談』第五巻第一号、一九三三年九月。
（6）『埼玉史談』第一二巻第一号、一九四〇年九月。
（7）筑波書林、一九八七年。
（8）平凡社、一九七五年。
（9）現代思潮社、一九七五年。
（10）岩波書店、一九七九年。

（11）『王朝政治史論』（岩波書店、一九七〇年）。『古代政治社会思想』所収の「将門記」も北山の説を妥当としている。
（12）吉沢義則校訂『応永書写延慶本平家物語』（改造社、一九三五年）
（13）この「大蔵合戦」については、当面、以下の論考を参照されたい。
峰岸純夫「鎌倉悪源太と大蔵合戦―東国における保元の乱の一前提―」（初出一九八八年、岡田清一編『河越氏の研究』第二期関東武士研究叢書第四巻、名著出版、二〇〇三年）。同「大蔵合戦と武蔵武士」（初出二〇〇八年、『中世の合戦と城郭』高志書院、二〇〇九年）。木村茂光「大蔵合戦と秩父一族」（初出一九九三年、『初期鎌倉政権の政治史』同成社、二〇一一年）、同「大蔵合戦再考―一二世紀武蔵国の北と南―」（初出二〇一三年、新井浩文編著『旧国中世重要論文集成　武蔵国』戎光祥出版、二〇二三年）。
（14）秩父氏の武蔵国留守所総検校職補任に関しては、当面、岡田清一「武蔵国留守所惣検校職に就いて」（初出一九七四年、『鎌倉幕府と東国』続群書類従完成会、二〇〇六年）、木村注(13)「大蔵合戦と秩父一族」、同「大蔵合戦再考―一二世紀武蔵国の北と南―」参照のこと。

（補注）本稿発表後も、「平将門」ないし「平将門の乱」に関する研究論文、研究書は多数発表されている。ここでは、その代表的なものを紹介するにとどめるが、村上春樹の二著は、真福寺本・楊守敬本両本の丁寧な校注と詳細な研究史の紹介があり、今後の研究の基礎となる文献といえる。
内山俊身『平将門の乱と蝦夷戦争』（高志書院、二〇二三年）
川尻秋生『平将門の乱』（吉川弘文館、二〇〇七年）
同　編『『将門記』を読む』（吉川弘文館、二〇〇九年）
木村茂光『平将門の乱を読み解く』（吉川弘文館、二〇一九年）
下向井龍彦『武士の成長と院政』（講談社、二〇〇一年）
同　『平将門と藤原純友』（山川出版社、二〇二二年）
鈴木哲雄『平将門と東国武士団』（吉川弘文館、二〇一二年）
野口　実『源氏と東国武士団』（吉川弘文館、二〇〇七年）

村上春樹『真福寺本　楊守敬本　将門記新解』（汲古書院、二〇〇四年）
同　　『平将門―調査と研究―』（汲古書院、二〇〇七年）

第五章　藤原実遠の所領とその経営

――私営田領主論の再検討――

はじめに

伊賀国名張郡に平安時代の中葉、藤原実遠というこの国に比肩する者のない大領主がいた。この長者については彼が遺した一通の財産目録の外に、二、三の断片的な記録と農民が伝えた言伝えが知られているに過ぎないのであるが、この地方の歴史はこの長者の叙述から始めなければならない。

これは、戦後歴史学の名著、石母田正『中世的世界の形成』(1)の冒頭である。この一文によって「藤原実遠」という一人の下級貴族が史学史上の人物として残されることになった。石母田の鋭い分析と卓越した叙述によって、彼の性格と経営は「私営田領主」、「私営田経営」と範疇化され、中世的な在地領主制の前提となる存在として定立された。このような見解については、黒田俊雄(2)、吉田晶(3)らの検討があるが、石母田の在地領主制論を継受し発展させた戸田芳實の仕事(4)によってより強固に理論化されたと評価することが可能であろう。

周知のように、石母田は、天喜四年（一〇五六）の藤原実遠の「所領譲状」(5)のなかから、条里・坪付で表記されたA型所領と四至で表記されたB型所領を析出し、後者のB型所領と経営に実遠の私営田領主としての本質を見出そうとした。もちろん、B型所領に注目したのは、単に実遠の私営田経営の本質という側面だけではなく、B型所領が存在した名張郡が東大寺領黒田荘成立の舞台でもあり、私営田領主と荘園領主との葛藤というまさに「中世的世界の形成」の舞台でもあったからである。この石母田の鋭い問題意識と分析手法の影響によって、その後は藤原実遠の所領の分析はもっぱらB型所領に関して行われてきた。

しかし、一九七〇年代に入り開発に関する研究が進展するなかで、そのB型所領の性格の再検討が小山靖憲[6]や義江彰夫[7]、黒田日出男[8]らによって試みられるようになった。

小山は、藤原実遠の伊賀国名張郡に所在した所領が、石母田がいう入会地の囲い込みのような性格ではなく、条里制施行地帯の耕地であり「公領の中核」であったことを明らかにし、それらを前提にして、実遠の経営が「旧タイプの郡司（中略）の徭役収取を基軸とする労働編成に依拠した」「経営の古さ」があったことを認めているし、義江も、B型所領が「すでに実遠のころから囲い込みによって全面領有が主張され又公認されてもいたものの如く考えられがちであるが、実際は、各々四至の記された村々の中に散在する任意の荒廃田畠の特定量にすぎなかったし、この当時囲い込みが実行されていた形跡もみられない」と批判を加えている。

一方、黒田は、後に問題とする「藤原実遠紛失状[9]」にある「猪鹿之立庭」という語が狩猟用語であることを確認し、「この時期の実遠像を、かの譲状（中略）の弱々しい表現と結びつけることには賛成できない」とする。さらに前述の譲状の所領記載を詳細に検討したうえで、「四至記載とは、（中略）その郷・村に対する一定の、強固な支配権の存在を示している」と評価し、実遠の領域型所領（B型所領）に対する支配権の強さを確認している。

このような研究状況に対して、直接、藤原実遠を扱ってはいないが、同じ一一世紀中葉に名張郡で起きた「天喜事件」の再評価を行った川島茂裕が、これまでの天喜事件に関する研究史を、事件の契機を「もっぱら杣工等＝農民の成長」にのみ求めてきたと批判し、「国司の側の歴史的性格・政策の視角」から分析することの重要性を指摘している点は、実遠の所領の性格やその後を検討する際においても重要な視点だと考える。[10]

川島の提起を私なりに受け止めるならば、これまでの藤原実遠論は「一一世紀前半の伊賀国」という全体的な歴史環境のなかで議論されていない、ということができよう。史料の残存性の問題もあるが、実遠関係の史料だけが独り歩きし、当該期の伊賀国の政治情勢さらに国家の政策基調との関係が十分意識されて分析されてきたとはいえない。

川島の指摘にもあるように、実遠の所領を書き上げた譲状が作成された天喜四年という時期は長久・寛徳・天喜と荘園整理令が相次いで発布された時期であり、坂本賞三によれば「前期王朝国家」から「後期王朝国家」へ転換する重要な時期であった。[11]この点だけとってみても、当該期の政治状況、政策基調との関連を抜きにして実遠の所領と経営を評価することができないことは明らかであろう。

このように、「私営田領主から在地領主へ」という史学史上の「熱い」命題から一歩引いて考えてみると、この藤原実遠の所領と経営をめぐっていくつかの疑問点があることがわかる。詳細についての検討は本文中で行うとして、その主な疑問点を先に指摘すると、第一は、実遠の私宅焼亡（万寿五年〈一〇二八〉）から所領の一つである「矢川」の公験の紛失状が作成される長久二年（一〇四一）まで一三年も経っているのはなぜか。第二に、その矢川の立券がさらに七年も経った永承三年（一〇四八）であったのはなぜか。第三に、このような経過のなかで、天喜四年に譲状が作成されたのはなぜか。最後に、実遠の経営の特徴を分析する際用いられている「定使懸光国解」の年紀は寛治二年（一〇八八）であり、延久荘園整理令発布（一〇六九年）後二〇年も経った時の史料を用いて、半世紀も前（実遠の経営のイメージをどの時期に設定するかによっても変わってくるが）の経営を推測することが可能であろうか、などである。

まったく単純な疑問であるが、残念ながらこれらについて、これまで明確な解答が出されていることを知らない。

しかし、これらの疑問点が解消されてのみ「実遠の所領と経営」の特質を明確にすることができるのではないだろうか。以上のような疑問点について、改めて検証を行いつつ、その成果をもとに、最後に私営田領主論についても私見を述べることにしたい。

一　一一世紀前半の伊賀国

本節の課題は、「はじめに」で指摘した私宅の焼亡後一三年も経った長久二年（一〇四一）に紛失状が作成され、かつさらに七年後の永承三年（一〇四八）に立券されたことの意味を考えるために、その前提状況を把握することにある。

小山靖憲は前掲論文で、伊賀国名張郡における「平安中期の大所領」として次の四つを指摘し、

①藤原実遠の所領

②勘解由長官藤原朝成の所領

③東大寺領板蠅杣

④伊勢神宮領六箇山（御領杣）

「これらの所領の変化過程―具体的には、③を基点とする黒田荘が他の所領を包摂していく過程―が、この地方における古代社会の崩壊→中世的世界の形成に他ならない」と評価した。そしてその後、これらの所領の実態について詳細に検討を加えているが、本節では、それらをめぐる政治的動向に着目したい。

順序は逆になるが、④の伊勢神宮との関係では、一一世紀前半、伊賀国司と伊勢神宮神主との対立が生じていたと

いう川島の指摘が注目される。後述するが、実遠の所領をめぐっても伊勢神宮の影が確認できるからである。

次に③の東大寺領板蠅杣の動向をみてみよう。すでによく知られているように、板蠅杣も黒田荘へと転生を進めていた。その第一段は長元七年（一〇三四）で、四至の確定と「住人杣工の臨時雑役」が免除された。そして、四年後の長暦二年（一〇三八）には、見作田六町余の領有と「居住工夫五十人」が認可されたのである。(12) 明らかに杣から荘園へと大きく展開しつつあったと評価できよう。

②の藤原朝成の所領薦生牧をめぐっては、一〇世紀後半における東大寺との相論が注目されてきたが、ここでは朝成死後、その所領薦生・広瀬両牧が朝成の妹の曽孫で、右大臣藤原実頼の曽孫でもある右兵衛督藤原経通に伝領され、万寿二年（一〇二五）一一月には経通の「家名」として立券されていることに注目したい。(13) そしてこの立券に際しては「件牧本券文等進上如レ件、早可二立券領掌給一者也」という内容の書状が「僧真範」から「右兵衛督殿（経通）政所」へ出されている。(14) ということは、薦生牧らが経通領になるに際してこの真範がなんらかの働きをしていることは間違いないであろう。

さて、この真範は興福寺の僧で、寛弘三年（一〇〇六）に藤原道長の三十講の立義になって以後、道長第例講の講師（長和五年、寛仁二年）、威子の仏事の講師（万寿元年）、彰子の仏事供養の講師（万寿二年）、さらには平等院阿弥陀堂供養の百僧導師を勤める（天喜元年）など、時の権力者藤原道長・頼通と密接な関係をもっていた。そして、この薦生牧が経通の所領として立券された直後の万寿四年正月には御斎会の講師となり、経通の曽祖父に当たる実資が前物を贈っていることが知られる。(15) 真範の周囲には摂関家を中心とする藤原北家の人々がいたことは間違いない。このようなネットワークが経通の所領を成立させたといえよう。広い意味での摂関家領荘園の成立と評価できる。

このような伊賀国における摂関家領荘園の拡大は天喜年間にいたって爆発的な様相をみせる。それは天喜元年（一

〇五三）の「官宣旨案」に詳しく記されている。[16] その事書きに、

応下令二官使一抜二前前司藤原朝臣顕長任以後庄園牓示一、催中徴官物上事

とあるように、「前前司藤原朝臣顕長任以後庄園」の停止を命じたものであるが、実際、それらの荘園は「前司（藤原）公則朝臣の立券する所々」であった。それを訴えた伊賀国解によれば次のような膨大な荘園群が指摘されていた。

名張郡　興福寺・東大寺所領―本田三百余町・見作二百町
伊賀郡　伊勢大神宮新免田
　右大臣（藤原教通）家
　東宮大夫（藤原能信）家
　侍従中納言（藤原信長）家
山田郡　内大臣（藤原頼宗）家
　按察大納言（藤原信家）家
　民部卿藤原（長家）家
　見作百余町
阿拝郡　東大寺柏原荘・平柿荘新免田拾余町

伊賀郡の面積は不明だが、伊賀国全体に膨大な面積の荘園が立券されていることがわかる。指摘されている領主を系図で確認すると図1のようになる。[17]

図1　伊賀国の荘園領主の系図

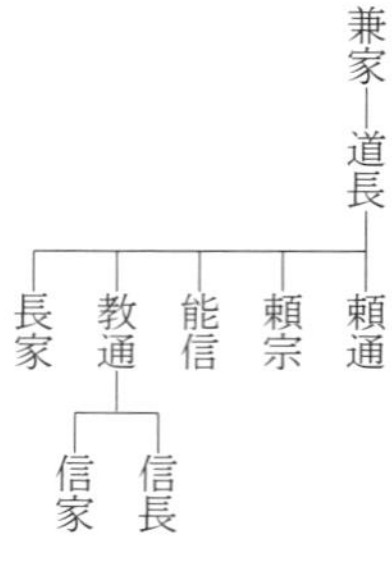

ここから明らかなように、上記の領主はすべて道長の子と孫であった。このような事態が生じたのは、前伊賀守藤

原公則が「前摂政(道長)の近習の者也」といわれていることに起因することは間違いない。[18] 公則については後にまた触れるとして、ここでは、藤原実遠の所領の分布との関係で、意外にも伊賀郡に摂関家領荘園が多いことに注目しておきたい。

藤原実遠が私宅を焼亡し矢川の紛失状を作成し立券しようとしていた一一世紀前半の伊賀国の状況は上記のようなものであった。板蝿杣から黒田荘への転成、膨大な摂関家領荘園の成立、伊勢神宮領の動向など時代は大きく変化しようとしていたのである。

二　B型所領矢川の立券と立荘

1　矢川の紛失状作成と長久荘園整理令

藤原実遠が長久二年(一〇四一)に所領矢川の紛失状を作成しなければならなかった背景として、万寿五年(一〇二八)の私宅焼亡に起因する経営の混乱があったことは間違いないであろうが、それにしても「はじめに」でも指摘したように、紛失状の作成が私宅焼亡の一三年後であったことを考えると、その作成の要因を私宅焼亡だけに求めることはできないように思う。そこで改めて長久二年の紛失状を検討してみよう。[19] そして、この再検討を通じて実遠のB型所領の性格を考えてみることにしたい。

まず紛失状の最初の部分を引用すると次のようである。

謹解　申重請ニ　在地證判一事

請レ被下任二　実正證署一、依二禅林寺座主僧都御室御牒一、貢二進先祖相伝所領常荒田畠一、以二去万寿五年二月廿八日
　私宅焼亡次一、紛失相伝公験證署上之状

実遠は「万寿五年二月廿八日の私宅焼亡」によって「相伝の公験を紛失」したので、「実正に任せて證署されん」ことを「在地」刀禰らに求めている。しかし、それは単に公験紛失の「證署」を求めたのではなく、「禅林寺座主僧都（深観）御室の御牒によって、先祖相伝の所領常荒田畠を貢進」するためでもあった。このことは、これに続く本文中に、私宅の焼亡とそれによる公験の紛失について詳しく記した後、

因レ之立二焼亡紛失之日記載一巻一、郡司刀禰等證判已畢

と書かれていたことによっても裏づけられる。この記述は、万寿五年に私宅が焼亡した時「焼亡紛失の日記」一巻が作成され、それには「郡司刀禰らの證判」が加えられていたことを示している。すなわち、私宅の焼亡と紛失に関する「日記」はすでに作成されていたのである。

このような理解が可能であれば、長久二年の紛失状の作成は「私宅焼亡」が直接的な要因であったのではなく、禅林寺座主深観の「御牒」によって相伝の所領を「貢進」するためであったことは明らかであろう。したがって、私宅焼亡の後、寄作人がおらずまったくの荒野になってしまい、あたかも「猪鹿の立庭」になってしまった、という有名な記述は、実態的もそうであったかもしれないが、実遠の経営の没落を直接説明するものではない。どちらかといえば、「貢進」の条件作りのためであったと理解した方がよいと思われる。

このように、私宅焼亡に伴う公験紛失と紛失状作成とを直結できないとすると、改めて紛失状が作成された長久二年という年が問題にされなければならない。そして、この問題を考えるとき参考になるのが二年後に出された実遠の解状である。[20]

まず長久二年という年であるが、坂本賞三らの精力的な研究によって、この前年＝元年に長久荘園整理令が発布されたことが確認された(21)。周知のように長久荘園整理令は『春記』に関連する記事があるものの、整理令を示す文言が残されていないことから、その議は行われたが実施はされなかったといわれてきた。しかし、整理令と造内裏役賦課との関係が追究され、長久荘園整理令の存在が明らかになったのである。坂本は次のようにまとめている。

長暦三年（一〇三九）六月の内裏焼亡によって、新たに内裏を造築するため諸国に造内裏役を割り当てなければならなくなった。ここで中央政府は長久元年に長久荘園整理令を発し、現任国司以後の新立荘園を停止するという文言のもとで、実は前任国司までの荘園の存続を認めたのであった。

もう一通の実遠解状は、東大寺からの「下文」に対する返答として出されたものであるが、それによれば長久年間に次のような事態が生じていた。

東大寺の言い分は、

黒田荘出作田者、是往古寺領也、而近来相二副本公験一、寄二進伊勢太神宮御厨一之由、有二其聞一、若実者甚以非常也、随レ令レ申二子細一、可レ致二於其沙汰一也、

それに対する実遠の返答は次のようである。

抑件事者、斎宮寮前大助大中臣朝方、相二語於伯父僧忠耀男真頼一、可レ建二件御厨一之由、雖レ有二普聞一、実遠聞二其由一、乍レ驚令二停止一畢、随又於二本公験一者、去万寿五年二月二八日私宅焼亡之次、名張所領非二一所一、多公験皆悉焼失畢、件由在地皆所二見知一也、而以二何文書一寄二他所一哉、

この史料は「黒田荘」の初見史料であり、かつ問題の出作田が「矢川」のことであるかどうか、さらに東大寺が実遠に「下文」を下していることにも違和感があるが、この解状の通りだとすると、「矢川」をめぐって実遠側と大中

臣朝方・伯父側（実際は従兄弟の真頼）との間に対立が生じていたことになる。実遠の「私宅の焼亡によって公験がないのに、何の文書をもって他所に寄進することができましょう」という言い分もやや強弁的なものを感じるが、逆にいえば、公験がないからこそ、実際的な領有を根拠に処分権を主張するという場合も多いのである。一三年という時間的な空白がこのような対立を生み出す状況を作り出したことは容易に想定できる。そして、その対立の直接的契機を作ったのが長久荘園整理令ではなかったか。

実は、類似の事態が約三〇年後にも確認できる。それは、赤穂郡司秦為辰の播磨国久富保の開発と延久荘園整理令との関係である。これについてはすでに検討したことがあるので、簡単に経過を述べてみよう。(22)

延久三年（一〇七一）、秦為辰は先祖相伝の久富保の領有を申請しているが、それは先祖相伝の領地屋敷を従者の重藤そして秋次に預作させていたところ死亡してしまったため、為辰が「所知せんと擬するの間」、「掾分王の作人が名脇ありと号して押妨」してきたので、それを防ぐために郡の裁定を申請した、というのである。(23)分王の作人が「名脇ありと号し」たり、実際の押妨が「桑を撮領し、年苧を苅り取り、片端に蒔き畢」という生産行為を伴っていることから類推するならば、為辰の経営の破綻に乗じて、分王が「名脇」というなんらかの権利を前提に久富保の開発に乗り出したと評価することができよう。すなわち経営の破綻のなかで、為辰の実際の領有権が十全に行使できなくなり、分王に領有権の主張を許すような状況が生まれてしまっていたのである。

私はこのように分王が領有権を主張する契機が、二年前の延久元年に発布された延久荘園整理令にあるのではないかと考えた。周知のようにその整理令には、

　或諸庄薗所在領主、田畠惣数、慥注二子細一可レ経二言上一

と記されていた。(24)これらを勘案して、前稿では「この文言の意図は、全国の諸所領を領主・田畠数を含めて再確認し

ようという点にあるのであるから、この荘園整理令を前提に、掾分王は、保としての実体をもたない為辰の久富保領有を否定し、自らが開発し領有しようとしたのではないだろうか」と評価したのである。

経営の危機一般が相伝所領の確認に向かわせるのではなく、それに対する敵対的な存在が現れ、現実的な領有権が脅かされそうになったとき、所領の確認申請がなされるのである。実際、秦為辰が「郡内人夫」を動員して久富保の開発に着手するのは、この所領認定申請から四年後の承保二年（一〇七五）のことであった[25]。

藤原実遠の紛失状作成＝所領認定の申請も、実遠が私宅焼亡以後実質的な支配と経営を行っていなかった矢川に対して、何らかの権益を保持していた斎宮寮前大助大中臣朝方と従兄弟真頼らがその領有を目指して行動を起こしたことが要因であり[26]、この時点で彼らの行動の契機となったのは長久荘園整理令であったと思われる。この場合と久富保の場合との違いは、秦為辰が経営の危機に陥っていたとはいえ、自らの「実力」によって人夫を動員して再開発に着手する能力を有していたのに対して、実遠の場合は自らの実力で再開発をできず、禅林寺座主深観にその権利を委ねなければならなかった点であろう。この点は、実遠の経営の性格の評価に関わることなので、後で再度言及することにしたい。

そして、常荒田とはいえ四〇町の田畠をわずか一〇〇石で譲渡していること――延久六年、実遠の孫の当麻三子が矢川・中村の二ヵ所を薬師寺別当大法師隆経に売買した時の値が「准米弐千斛」であったことと比べられたい[27]――、さらに前述のようにこの譲渡が深観の「御牒」を契機にしており、かつ「貢進」と表現されていることなどを勘案すると、黒田日出男が指摘するように、これは一般的な譲渡ではなく、この以前に実遠と深観との間に負債関係などが存在し、それを前提とした「貢進」であった可能性は高い。

しかし、先述のように、この「貢進」の直接的な要因として「矢川」の領有をめぐる実遠と大中臣朝方らとの対立があったことを考えると、その要因を負債関係だけに求めることができないように思う。長久荘園整理令を契機とした大中臣朝方らの領有権侵害行動に対して、実遠が取った防衛手段が紛失状の作成、そして深観への「貢進」だったのである。私は、この二つの要因が重なって矢川の「貢進」が成立したと考える。すなわち、深観にとっては負債のカタとして矢川の領有権を獲得でき、実遠にとってみれば負債が前提にはあるものの、大中臣朝方らによって侵害されそうになった矢川の領主権を深観への「貢進」によって確保しようとしたのである。

このような事情を勘案するならば、石母田がいうように、これは一種の「寄進」行為であったと評価することができよう。債務関係が前提にありかつ深観の「御牒」が大きな契機となっていたため、「寄進」とは表現できなかったが、実体は「寄進」と考えて間違いないであろう。このように考えることが可能であれば、負債がありながらも、一〇〇石という低額で売買契約が成立していること、そして「実遠解」の分析の際「違和感がある」と記したが、「売買」契約が成立したのち東大寺が実遠に「下文」を下していることも、荘園領主と荘官という関係を想定すれば了解できるであろう。

2　矢川の立荘とその後

長久荘園整理令を契機とした大中臣朝方らの押妨を乗り切り、禅林寺座主深観への「貢進」を目的とした「紛失状」作成を実現し、長久四年（一〇四三）三月一六日には「売券」と「直米請文」が同時に作成され[28]、いわゆる「寄進」の形式は整ったが、矢川の「立券」を認める「伊賀国符」が発布されたのは永承三年（一〇四八）閏正月のことであった[29]。その国符によれば、深観から立券の申請があったのは前年の永承二年一〇月であるから、立券申請からその認可までの時間は理解できるとしても、藤原実遠の「売券」が作成されてから立券申請まで四年半も経っていることの意味はわからない。この間に発布された寛徳荘園整理令（寛徳二年〈一〇四五〉）の影響も想定できるが、残念ながらそれを物語る史料はない。

本項の課題はこの立券の要因とその後の矢川をめぐる動向について考えることであるが、その前提として当時の矢川の状況について簡単に述べておこう。

前記の紛失状には「貢㆓進先祖相伝所領常荒田畠㆒」とあり、「在㆓伊賀国名張郡周智郷内田畠并肆拾町㆒」とあって、矢川の「常荒田畠」四〇町が実遠から深観に寄進された内容であった。しかし、当時の矢川は常荒田畠ばかりではなかった。例えば、「天喜二年（一〇五四）名張郡検田累帳」には「公卿内所㆑被㆓没官㆒作田卌六町五反」の在所四ケ村が注記されているが、その一つに「矢川村十六丁六反大」とあった。[30] また、同帳には「郡司則佐所領給《預カ》廿七町」余が書き上げられているが、そのなかにも「矢川村八丁四反」と記されていた。少なくとも「天喜二年名張郡検田累帳」によれば、矢川には二五町余の現作水田があったのである。また、東大寺の出作地をめぐる伊賀国守小野守経との紛争において、守経が刈り取り薙捨てた地域を記した天喜三年の「黒田荘出作田損亡日記」にも「矢川苅取田六町三反那木捨田四町二反百八十ト」とみえ、[31]一〇町五反余の現作水田を確認できるから、「検田累帳」の田数も信頼できる数値ということができる。このように、当時の矢川には少なくとも二五町余の田地が存在した。

にもかかわらず、実遠が深観に寄進したのは「常荒田畠」四〇町であった。この四〇町という数値の根拠は不明だが、実遠がわざわざ「常荒田畠」と明記し、後述する立券を認めた伊賀国符においても、

件処已為㆓荒野㆒年尚、無㆓人寄作㆒者、早被㆑立㆓券房名㆒、随㆓開得《発脱カ》㆒、令㆑弁済㆓所当官物㆒

と記されているように、[32]実遠から深観への寄進は矢川全体の領有ではなく、二五町余の現作田を除いた「荒野」＝「常荒田畠」の開発を目的としたものであったことになる。

表1　箭（矢）川荘の立荘過程

①	永承三年閏正月　三日	立券認可の伊賀国符（史32号） ・開発に随って所当官物を弁済、 ・開発の功によって地子・臨時雑役は免除
②	同月一七日	新開官物免除の伊賀国司庁宣（史35号）
③	四年　九月一〇日	箭河荘は雑事免除の伊賀国守藤原公則の請文（史36号）
④	六年　三月　八日	深観死去にともない箭河荘の醍醐寺僧都覚源への伝領認可を求めた覚源房牒（史38号） ・四至内開発田、官物・臨時雑役免除
⑤	六年　八月二二日	覚源所領箭川荘として立券認可の伊賀国符（史39号）

この点を確認したうえで、矢川の立券とその後の動向について検討を加えることにしよう。

さきに、藤原実遠が長久四年（一〇四三）に「売券」を作成し、永承三年（一〇四八）閏正月に立券申請されるまで四年半も経っていることの意味はわからない、と記したが、立券申請以後の手続きは順調である。文書の内容も含め、年表風に記すと表1のようである。

すでに川島が指摘しているように、①から⑤に至る内容の変化は著しい。すなわち、①の永承三年段階では、開発にしたがって所当官物は国庫に弁済し、地子・臨時雑役は開発の功によって免除するという条件であった。いわゆる公郷内の保・別名の開発と同じ条件である。それが、②の段階で早くも深観の仰せによって「新開官物」が免除されている。そして、④の深観から覚源への伝領に際して「四至内開発田、官物幷びに臨時雑役免除」を求められた伊賀国衙は、それを受けて「可㆑免㆓除所当官物祖《（租）》税幷臨時雑役等㆒」という奥判を書き添えている。奥判という簡便な判断にもとづく記述であるだけに慎重に評価しなければならないが、少なくともこの奥判には「四至内開発田」という限定はない。そして、このやりとりを受けて正式に発布された「伊賀国符案」（⑤）では、「四至」（限東山、限南山、限西宇陀川、限北箭川）を明記したうえ、④の文言（「四至内開発田、官物幷臨時雑役免除」）を本文中に引用しながらも、その事書きと書き止めでは、

可㆘令㆓立券㆒免㆗除醍醐寺僧都御房所領箭川庄田畠幷官物臨時雑役㆖状〔事書き〕

早立㆓券彼房名㆒、可㆑免㆓除所当官物幷臨時雑役㆒之状〔書き止め〕

と同じ内容が記されていた。「四至内開発田」という限定が消去されたことは明らかである。④に付された奥判の内容がここで正式に認定されたのである。

すなわち、開発に随って所当官物は国庫に弁済し、開発の功によって地子・臨時雑役は免除する、という別名・保の開発の形態から開始された立券手続きは、「新開（田）の官物免除」に拡大し、さらに「四至内開発田」もはずされ、「箭川荘」四至内の「田畠」の「官物・臨時雑役」免除が認可されることになった。この内容が領域型荘園としての認可（立荘）であることは明らかである。そして、確証はないが、これらの手続きによって箭（矢）川荘は開発田の周囲に所在した現作水田（公田）をも含み込んで成立した可能性が高い。

同様の変化は矢川の呼称からも明らかになる。①②の段階においては、「禅林寺座主大僧都房御領田畠」、「箭川南常荒田」と記されていたが、③になると「箭河御庄」と「庄」を付して呼ばれるようになり、以後④⑤においても「自㆓故禅林寺大僧都房㆒伝領箭川庄」「醍醐僧都御房所領箭川庄」と称されている。単なる「御領」矢川から「箭川庄」への転成が実現したのである。

では、どうしてこのような急激な変化が可能であったのだろうか。

実は、ここに長久四年（一〇四三）に「売券」と「直米請文」が作成されているにもかかわらず、矢川の「立券」を認める「伊賀国符」の発布が永承三年（一〇四八）まで遅延した理由があるように思う。というのは、この立荘手

続きを推進したのが伊賀国守藤原公則であったからである。

第一節で指摘したように、天喜以前の伊賀国において摂関家領荘園が爆発的な拡大をみせるが、それは「前司（藤原）公則朝臣の立券する所々」であった。彼が立荘した厖大な摂関家領荘園の内容はすでに指摘したが、この深観・覚源の所領矢川の立荘もその一環として評価することができるのではないだろうか。この点を確認するために、川島の前掲論文を参考に、公則の人脈および伊賀国との関わりについては必要な限り簡潔に紹介しておこう。

公則は藤原伊傳の男で、第一節で記したように「前摂政（道長）の近習の者也」といわれてる存在で、[33]信濃・肥後・尾張・河内・駿河・伊賀などの国守を歴任している。道長との親密な関係を示す事例をいくつか紹介すると、寛弘六年（一〇〇九）六月に道長の使いとして僧雅慶の病を問うているし、[34]長和元年（一〇一二）六月、道長に「相親しき」人々の多くの宅に虹が立ったが、その「所々」に「施薬院使公則宅東町一所左大臣舎人長宅」も入っていた。[35]『今昔物語集』にも、僧定基が道長のために八講を初めて行い、法華経を講じようとしたところ、「その時に藤原の公則といふ者、河内の守として殿（道長）に親しくつかふる者にて、この八講の料にかの国の田を寄せつ」などと記されており、[36]摂関家の近習として経済基盤の充実のために活躍していたことがわかる。

では、このような存在であった公則が伊賀国と関係をもつのはいつのことであろうか。長久二年（一〇四一）二月「駿河守公則三条宅焼亡」と記されていることから、[37]長久二年段階では駿河守であった。そして先述のように永承四年（一〇四九）には伊賀守であったから、長久二年から永承四年の間が問題となる。『平安人名辞典—長保二年—』[38]の編者槇野廣造は、「造興福寺記」の永承二年（一〇四七）二月二一日の記事に「当（任）公則」とみえることをもって「伊賀守在任をいうか」と推測しているが、時間的経過からみてほぼ間違いないであろう。

槇野の推測が正しいとするならば、公則は永承元年〜二年頃伊賀守に任ぜられたことになる。前述のように、矢川を実遠から寄進を受けた深観が四年半も立券の手続きをとらず、ようやく立券の申請をしたのは永承二年一〇月のことであるが[39]、これは公則の伊賀国守就任とほとんど一致する。そして彼の任期の間に、公領内の保・別名形式の立券から始まった手続きは、三年半後には一挙に立荘＝荘園化まで達成してしまったことは前述の通りである。

第一節で、公則の任中に立荘された厖大な摂関家領荘園の存在を指摘したが、それらの荘園が立荘される過程と、この深観・覚源領の矢川が立券・立荘される過程とはほぼ同じ過程であったと考えられる。というより、この矢川の場合が、公則による摂関家荘園群の具体的な立荘過程を物語っているともいえるのではなかろうか。

これは推測の域を出ないので擱くとして、問題は公則の働きによって立荘されるまでにいたった矢川荘のその後である。なぜなら、この後「矢川」（箭河などを含めて）の名称は確認できるが、「矢川荘」は仁平二年（一一五二）まで確認できないからからである。ではその後の矢川荘の動向を検証してみよう。

永承六年（一〇五一）八月の、覚源領として矢川荘の立券が認可された伊賀国符[40]の後、矢川が確認できるのは、前述した天喜二年（一〇五四）の「名張郡検田累帳」である[41]。そこには「公郷内所レ被二没官一作田」の在所四ヶ村が注記されていたが、その一つに「矢川村」があった。矢川は「公郷」の一村であったのである。また、東大寺の出作地をめぐる伊賀国守小野守経との紛争において、守経が刈り取り薙捨てた地域を記した天喜三年の「黒田荘出作田損亡日記」[42]に「矢川苅取田六町三反」などとみえ、さらに、天喜四年の「藤原実遠所領譲状案」には次のように記されている[43]。

一処
　矢川村　「件処薬師寺別当大法師隆経沽与已了」
　　四至東限杣山　南限加陁賀明神
　　　　西限字陁河　北限矢川

これらに史料に拠る限り、矢川は天喜二年の段階で「公郷」の一村として掌握され、天喜三年でも黒田荘民の「出作田」であった。そして、実遠の譲状によれば、矢川は天喜四年段階では再び実遠領に戻っている。ということは、天喜二年以後の矢川は公郷であり、以前のように公郷内の実遠所領として存在したことになる。だからこそ、黒田荘の「出作田」でもありえたのである。もちろん、長久二年（一〇四一）の紛失状が書かれた時と同じように、矢川村内の公郷と実遠領とが区別されていた可能性もあり、公郷内の矢川村とは別に矢川荘が存続したとも考えられるが、それならば前記の「所領譲状」の「矢川村」の箇所に「深観領」ないし「覚源領」という注記があってしかるべきであろう。しかしそれはなかった。

それに代わって記されていたのが「件処薬師寺別当大法師隆経沽与已了」という注記である。この注記は同じ譲状の「中村」の項に「件処薬師寺別当大法師隆経沽与已了、延久六年七月六日」とあり、また、実遠の遺領を受け継いだ孫の当麻三子が矢川と中村を薬師寺別当大法師隆経に「永沽進」した延久六年（一〇七四）七月六日の「当麻三子所領売券」が残されていることから(44)、延久六年段階の事実が書き込まれたことは明らかである。

ということは、長久二年から始まった矢川の立券と立荘は、天喜四年（一〇五六）に実遠の譲状が作成された時点においては「過去の事実」として抹消されてしまったことになる。そして、矢川が改めて「沽与」されたのは延久六年の薬師寺別当隆経に対してであり、それが譲状に注記されたのである。譲状の記載を読む限り、天喜二年ないし四年から延久六年までは実遠の子孫に伝領されたことは間違いない。

すなわち、ここからわかるのは、実遠の深観への貢進に端を発した矢川の立券は、最終的には藤原道長の近習で伊賀国守であった藤原公則の働きで立荘までは漕ぎ着けたが、公則の強引な手段で立荘された庞大な摂関家領荘園群が停止されたように、矢川のそれも停止されたと考えた方がよいと思われる。その公則が立荘した伊賀国の摂関家領荘園群が停止されたのは天喜元年（一〇五三）のことであった。天喜二年の「名張郡検田累帳」に矢川が公郷内の一村として把握されていることも時間的に無理はない。

そして、改めて藤原実遠の「所領譲状」が作成され矢川を含めた所領群が「甥養子藤原信良」に譲与されたのは天喜四年のことであった。そして、この信良に伝領された所領群の大部分は信良の妻で実遠の孫である当麻三子に伝領され(45)、それが前述の延久六年の薬師寺別当隆経への「沽与」へと続くのである。

3 小括

以上、二項に分けて、実遠の所領矢川の推移を追究した。その結果、矢川の深観への「貢進」は深観への負債だけが要因であったのではなく、長久荘園整理令を契機とした大中臣朝方と従兄弟真頼らの領有権主張という動きを抑え、実遠が矢川の領有権を再確保するためでもあった。一種の「寄進」と評価できるとしたのはそのことによる。深観に「寄進」された矢川は、伊賀国守として赴任した「前摂政(道長)の近習の者」といわれた藤原公則の活躍によって、公郷内の開発所領としての矢川から「矢川荘」へと一挙に展開することになったが、同じころに公則によって立荘された厖大な摂関家領荘園群が中央政府から停止されるという事態を受けて、同じ過程をとった「矢川荘」も停止されてしまったと推定される。

その結果、深観・覚源への「貢進」までもが否定され、矢川は再び公郷内の実遠の所領として掌握されることになった。実遠の「所領譲状」が作成されたのは、そのような混乱が一段落した天喜四年(一〇五六)のことである。その結果、実遠の所領群は「甥養子藤原信良」へと伝領されることになったのである。

このように、実遠の意図としては、深観への「寄進」を契機に、矢川の領有権を確保し荘園の実質的支配者として再び名張郡に経営の拠点を作るはずであったが、当時の政策基調の影響もあってその目論見は成功しなかった。そして、実遠の所領群を伝領した藤原信良は「佐保殿修理司」を名乗っているように[46]、実遠の意思を受け継いで現地で所領支配を遂行するような存在ではなかった。

以上のように理解することが可能であれば、万寿五年（一〇二八）の私宅焼亡以来、実遠は経営の危機を乗り切るために、B型所領の支配と経営を意図していたものの、それは成功せず、ついには在京領主としての藤原信良に伝領せざるをえなかった。もし、実遠がB型所領の直営田経営を意図していたことが事実とすれば、これは明らかに実遠の「敗北」といわざるをえない。

三　実遠の所領と経営の特徴

1　定使光国解状の評価

さて、実遠の経営の拠点として考えられてきたB型所領、なかでも矢川の立券から立荘の過程を検討してきたが、前節の「小活」でも述べたように、万寿五年（一〇二八）の私宅焼亡後、藤原実遠がこの所領内で石母田が想定したような直接経営をしていたとはどうしても考えられない。そこで、これまでの矢川＝B型所領の分析から離れて、実遠の所領経営ないし農民支配の実態という側面から実遠の経営の性格について考えてみたい。

石母田以来、実遠の所領経営ないし農民支配の実態について議論する際必ず使用されてきたのが、というよりそれを物語る唯一の史料が寛治二年（一〇八八）の「定使懸光国解案」[47]である。これについてやや立ち入って検討を加えることにしたい。

これまで実遠の経営と農民支配を物語るとして使用されてきたのは、光国解状の最初の次のような記載である。

右、光国謹案㆓事情㆒、件真（実）遠朝臣之例、在地古老者召㆓問子細㆒之処、彼真遠為㆓当国猛者㆒、諸郡有㆓彼真遠之所領㆒、仍郡々令㆑立㆓田屋㆒、所㆑宛㆓作佃㆒也、国内人民皆為㆓彼従者㆒所㆓服仕㆒也、仍不㆑取㆓加地子㆒、至㆓于他在京領主㆒者、皆所㆑令㆑徴㆓取加地子㆒也、

先学も注意しているように、これは「在地古老者」の伝承であった。その伝承によれば、「真遠」＝実遠は当国の猛者で、諸郡の所領に「田屋」を立て「佃」（＝直営田）を宛て作らせており、国内の人民はみな従者として服仕していた。したがって実遠は加地子を取ることはなかったが、他の在京領主はみな加地子を取っていた、というのである。

まず問題となるのは、もしこれが伝承でなく事実であったとすると、実遠の経営のどの段階を示しているかである。前節で検討したように、長久二年（一〇四一）の段階では、名張郡における実遠の経営は崩壊に瀕しており、だからこそ深観への「貢進」という道が選ばれたのであった。したがって、それより一三年も前の万寿五年私宅焼亡の時点にそれを求めることも難しいのではないだろうか。もし、その時点で直営田経営が行われていたとするならば、経営の崩壊の要因を説明できなくなるからである。

とすると、このような経営が実現していたとすれば、戸田芳實のいうように[48]、私宅焼亡以前の「一一世紀初頭」ないしそれ以前に求めなければならなくなる。しかし、最近の開発に関する研究によるならば、一〇世紀末ないし一一世紀初頭に、この古老の伝承にみられるような「国内の人民を従者にして直営田経営を諸郡で展開していた」という事態を想定することはできない。当時、国衙が荒廃公田の開発を奨励した史料として有名な寛弘九年（一〇一二）の「和泉国符案」[49]においても、

既に公田と謂うに、何ぞ私領あらんや

とあって、私領は原則的に否定される存在であったし、開発した荒廃公田においても「田率の雑事と官米のうち五升」が免除されるだけであった。このような状況のもとで、伝承が伝えるような経営が一般的に展開していたとは到底考えられない。

もちろん、このような評価は一般的な状況からの推定に過ぎないという反論がすぐに出てくるに違いない。では、違った視点からこの史料の性格について検討してみよう。

そもそも、この「定使懸光国解案」は実遠の経営の構造を示すために出された文書ではない。光国が「国裁」を申請しているのは「御領所住人等、可レ依二故馬大夫真遠朝臣例一、号レ有二庁宣一、住人等不レ随二所勘一」ためであった。すなわち、矢川・中村の住人たちが実遠の例と国司庁宣を口実に領主の「所勘」に従わないことに対し、「国裁」を要求しているのである。ここに光国解の眼目があったのである。

問題は領主の「所勘」の内容であるが、それは光国の解状に対して出された国司外題に「於二加地子一者、可レ依二先例一」とあることから、加地子賦課をめぐる問題であったことは明らかである。前記の古老の伝承においても問題となっていたのは加地子の徴取の有無であったし、光国は先の古老の伝承に続いて次のように述べている。

随二当御領所故薬師寺別当御房御所知之時一、被二立券一以降、於二加地子一者、毎年所二弁済来一也、其後無二他妨一、何当御任、俄可レ依二彼真遠之例一乎、近則東大寺法印御房簗瀬御領所者、是故真遠朝臣之所領也、雖レ然不レ致二加地子雑事之訴一、何当御領所一処、可レ依二彼真遠之例一乎、

すなわち、薬師寺別当隆慶の時立券されて以後、加地子は毎年弁済されてきているのに、なぜこの時になって実遠の例を持ち出すのか。また、簗瀬も故実遠の所領であったにもかかわらず、加地子・雑事について何ら訴えがないのに、なぜ「当御領所一処」に限って実遠の例に拠るべきなのか、というのである。この光国の言い分からも、「所勘」

の中身が住人たちの加地子不払いに関することであったことは間違いない。

では、住人たちが加地子不払いの行動をとった要因はどこにあるのであろうか。それは解状の末尾にある次の文章から明らかである。

是住人等在庁官人致㆓追従㆒、如㆑此之訴所㆑致也、兼又、東大寺黒田御庄住人相㆓語公民㆒、致㆓如㆑此之訴㆒云々

「在庁官人に追従致し」とか「公民と相語らい」とあることからもわかるように、住人たちの行動の背景には国衙在庁官人の働きかけや公民との連携があった。すなわち、在庁官人ら国衙の勢力は、実遠の例などを口実にして住人たちに加地子を払わせないようにし、一方、黒田荘住人は矢川に出作していながら公民と連携して加地子不払いを展開していたのである。では在庁官人らが住人らに加地子不払いをさせていた狙いは何であろうか。それは住民・公民の加地子不払いという事実によって、故薬師寺別当隆慶以来の矢川に対する加地子徴収権=領主権を否定しようとするものであったと考えられる。

このように理解することが可能であれば、この加地子不払いというのは住人たちの主体的な行動ではなく、在庁官人らの主導によって公民や黒田荘住人ら巻き込んで実行されたと考えるべきであろう。先の引用文に、実遠の「例」とともに「庁宣と号して」と指摘されていたことがそれを明瞭に示している。

とすると、「在地古老」の伝承もあやしくなる。なぜなら、在庁官人らの狙いが、領主の加地子徴収権を否定し、国衙による公郷支配を回復することにあったとするならば、それと実遠が直営田経営を行っていたか否かとはまったく関係がないからである。逆に、公郷内における実遠の直営田経営の存在を認めることは国衙による公郷支配を否定することにもなりかねないのである。すなわち、国衙の行為と古老の伝承とに共通しているのは、領主による「加地子」の徴収はなかった、ないし認められていない、という点だけである。もちろん、伝承のすべてを否定することは

できないとしても、その内容の多くは、在庁官人ら国衙勢力によって加地子徴収権の否定＝矢川に対する領主権の否定＝公郷支配の回復の根拠として、この時期に作られた可能性が高いように思う。

「在地古老」の伝承を以上のように評価した時、前掲論文における戸田の次のような指摘はどのように考えたらよいであろうか。戸田は「名張郡における自己のB型所領を『敷地』として領有していたと直接いえるだけの史料はない」と適切に評価したうえ、北伊賀の所領のなかに「一処　字教屋村　高畠垣内柒段　便田捌町参段」など「垣内＋耕地面積」の形式で表記されているものが存在することに注目して、

この垣内と田地の結合体としての「一処」は、敷地的性格を明白に示している。事実これらの垣内の中に、伊賀郡や阿拝郡における実遠の「田屋」があったと見てよいのではないだろうか。

と述べている。これだけを読むと、実遠の経営の特色は肝心のB型所領では確認できず、逆に条里制内部の小規模散在所領と評されたA型所領のなかに見出すことができるというのであるから、戸田の論旨は破綻しているといわざるをえない。この点は、私営田領主論とも関連するので第四節で扱うことにし、ここではA型所領に対する戸田の上記のような評価があることだけを指摘して、次項の分析の参考にすることにしたい。

2　「実遠譲状」記載の所領の特徴

天喜四年の藤原実遠の譲状に記載された所領群をA型とB型に区分し、A型を条里制内部の散在所領、B型を領域型所領として評価し、B型所領の分析を通じて私営田領主藤原実遠の像を作り出したのが石母田正であったことはいうまでもない。しかし、前節の最後で戸田の評価を紹介しながら指摘したように、譲状の分析からはB型所領を基盤にして私営田領主像を作り出すことは困難である。戸田の指摘や黒田日出男の詳細な所領記載分析を参考に(50)、再度、

表2 藤原実遠の所領の所在地と類型

所在地			類型	面積
伊賀郡	猪田郷		B	
	阿我郷	比奈村	A―2	
		火食村	A―2	
		上津阿保村	B	
		中津阿保村	B	
		古郡村	A―2	
		上津田原村	B	
	大内郷	友生村	B	
		依那具村	A―2	
		安佐小田村	B	
		手白髪村	A―2	
	長田郷	字教屋村	A―1	高畠垣内七反、便田八町三反、在条里坪付
		神田村	A―1	畠一町六反、田四反、在坪付
		葦長村	A―1	田五町、在条里坪付
		村名無し	(A―1)	二二条一里七坪三反、一二坪一町、一三坪一町、一四坪一町、一五坪一町、二〇坪一町、二一坪一町
		字小所	(A―1)	二三条三里六反
阿拝郡	三田郷	小田村	A―1	田三町四反、在条里坪付
		村名なし	(A―1)	助光法師垣内前坪、包近垣内前坪、北川原田田、
	新居郷		A―1	七町六反、在条里坪付
	印代郷		A―1	故延成垣内 便田三町二反、在条里坪付
		村名なし	(A―1)	千歳院垣内畠七反、田三反
		村名なし	(A―1)	信濃堂北田一町
山田郡		湌代村	B	
名張郡		矢川村	B	
		中村	B	
		築瀬村	B	
		下津田原村	B	
		常田村	A―1	田八町、在坪付

実遠の譲状にもどって検討し直してみたい。

石母田は実遠の所領をA型とB型に区分したが、ここではA型に注目してもう一区分してみたい。それはA型所領に「面積＋在条里坪付」形式（A—1）と「在条里坪付」形式（A—2）と二種類があるからである。この違いに注意して譲状記載の所領を分類すると表2のようになる（A—1型のみ面積等を記載した）。

表3　郡別の所領類型

	A—1	A—2	B
伊賀郡	5	5	6
阿拝郡	6	0	0
山田郡	0	0	1
名張郡	1	0	4

表4　伊賀郡の所領類型

	A—1	A—2	B
猪田郷	0	0	1
阿我郷	0	3	3
大内郷	0	2	2
長田郷	5	0	0

村名がなかったり、「在条里坪付」という注記がないという不完全な所領もあるが、所在地ないし面積が注記されているものも「A—1」に含めると、郡別のそれぞれの所領数は表3のようになる。

伊賀郡には三つの類型が混在しているが、A—1型は阿拝郡に、B型は名張郡に集中していることがわかる。念のため伊賀郡を今度は郷別に整理してみる（表4）。

A—2型とB型は阿我郷と大内郷に、A—1型は長田郷に集中している。とくに伊賀郡のA—1型所領五ヵ所がすべて長田郷に集中しているのは注目してよい。

これらの点に着目して、A—1型、A—2型、B型を現地比定すると次のような結果となり[51]（図2参照）、これら三類型の所領の所在地が意外にまとまりをもっていることがわかる。すなわち、A—1型は伊賀盆地内部に、A—2は伊賀盆地に流れ込む長田川流域の低地に、そしてB型はそれらからはずれた山沿いに分布している。面積表記のあるA—1型から条里坪付ありのA—2型へ、さらに四至に囲まれた荒野のB型まで、あたかも伊賀盆地を中心に外延的に山間部へ延びているかのごとくである。これまでは、石母田の研究の圧倒的な影響のもと、B型を中心に実遠の

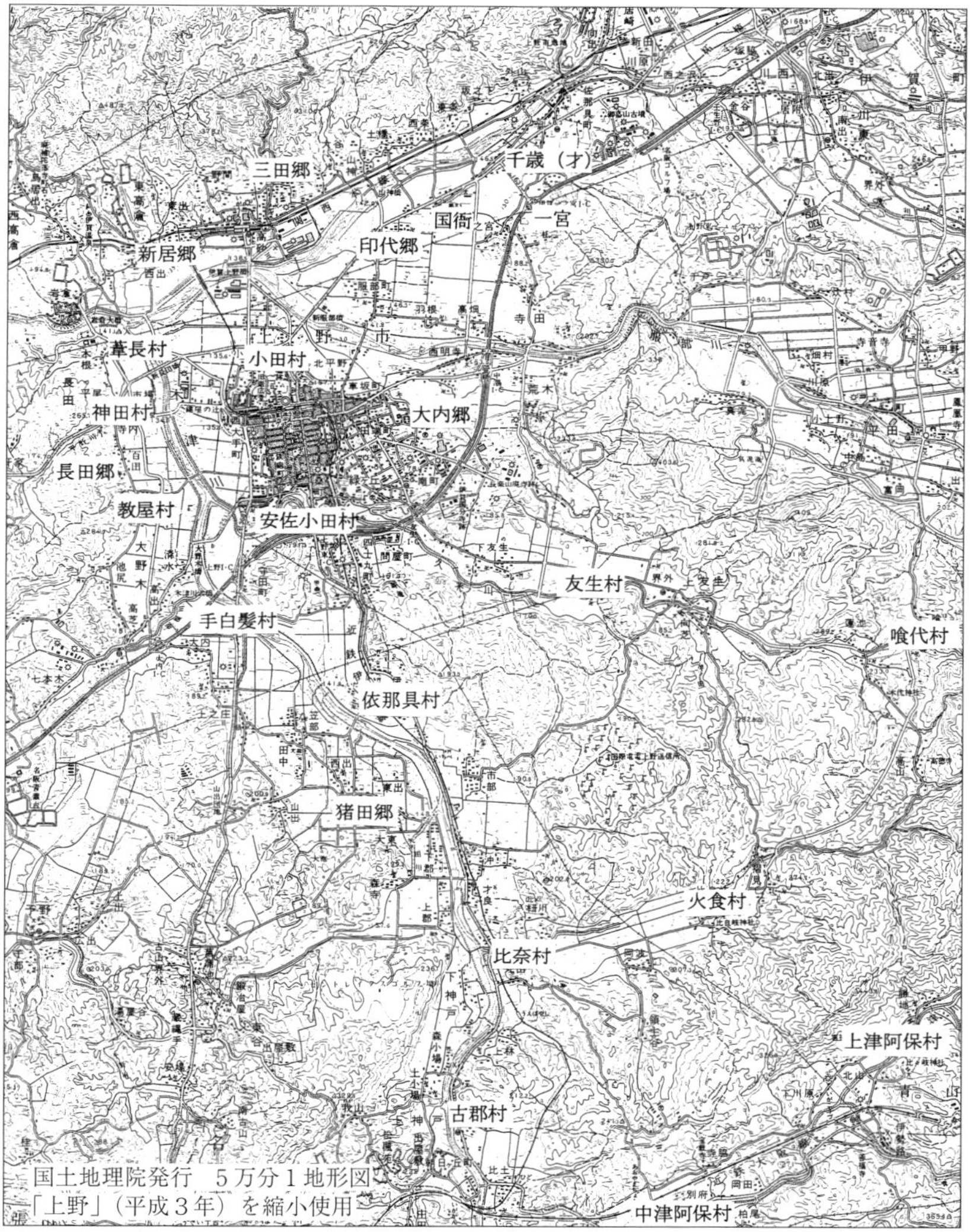

国土地理院発行　５万分１地形図
「上野」（平成３年）を縮小使用

図２　藤原実遠所領の現地比定図

所領を考えてきたが、逆にA―1型に焦点を当てると以上のように理解することも可能なのである。

もう少しA―1型に着目して実遠の所領の性格について考えてみよう。先述のように、A―1型所領は伊賀郡長田郷と阿拝郡に集中して存在する。これらを現地比定からみると、単に伊賀盆地全体に広がっているだけでなく、国衙を中心に分布していることがわかる。これらのなかでも「便田」が所在する教屋村と印代郷と所領面積の大きい新居郷に注目したい。

「便田」とは、「便宜要門田」ともいい、家地に付随して特別の権益を認められた田地で、その権利は公田の占有または耕作の優先権を内容としていた(52)。教屋村には「高畠垣内七反」に加えて「便田八町三反」が付随しており、合わせると九町にもおよぶ所領であった。また、教屋村の周囲には、現地比定はできないが、神田村・葦長村に二町五段、さらに六町余の条里内耕地が存在していた。なかでも条里内耕地の六ヵ坪が一町と満町坪であったことは、これらが条里内の開発（再開発）耕地であったことを想定させる。以上のことから、教屋村は垣内と「便田」を中心として盆地内開発の拠点としての役割を果たしていたと考えられる。

同じく印代郷は「故延成垣内」に「便田三町二反」が付随していた。印代郷は国衙に近いことから、国衙との関係から設定された所領ではなかったろうか。そして、両者は伊賀盆地の西端と東端に位置し、あたかも東西両端から伊賀盆地を押さえるような位置にあった。これらの要件から、私は、この二つの所領が伊賀盆地における実遠の経営の拠点であったと想定したい。

もう一ヵ所、新居郷は七町六反の所領が存在した。私が新居郷に注目するのは所領の規模だけではない。実はこの新居郷には「新居駅」が存在したのである。『角川日本地名大辞典』（三重県）は「平安遷都にともない、東国への交通路は従来の名張から柘植に至るコースにかわって、木津川沿いに東方に向かうコースが重視され、そのため新たに設置されたのが新家（新居）駅と考えられる」と説明している。そして、その所在地を俗称奈良街道に沿った伊賀市東高倉・西高倉付近に比定している。一一世紀中頃において駅屋が存続していたとは思えないが、交通の要衝であったことは間違いあるまい。実遠はそこもしっかりと押さえていたのである。

これら三ヵ所に、同じく盆地内の所領で、現在の伊賀市が乗る台地の縁に所在する三田郷小田村を加えると、実遠の所領はほぼ伊賀盆地を取り囲むように存在していたことになる。そして、それらの分布状態から判断して、いわゆる奈良街道だけでなく柘植川の河川交通までも掌握していたと考えることも可能であろう(53)。推測の域を出ないが、伊賀盆地内の実遠の所領は教屋村と印代郷そして新居郷を拠点に、陸上交通や河川交通の掌握まで含めて意図的・有機的に結合して経営されていたと評価することができよう。

このように考えると、条里制に規制された散在小規模所領として過少に評価されてきたA型所領、なかでもA—1型所領は再評価されなければならないであろう。すでにさきに指摘したが、伊賀盆地のA—1型所領、なかでも長田川下流域に所在する開発の拠点としての教屋村を中心に、長田川流域低地のA—2型所領へ、さらにその外側の山間地に分布するB型所領へと、実遠の所領群はあたかも伊賀盆地を中心に外延的に山間部へ延びているかのような様相を呈していたと評価することも可能なのである。

戸田は前述のように、A—1型所領の「これらの垣内の中に、伊賀郡や阿拝郡における実遠の『田屋』があったと見てよいのではないだろうか」と評価するが、第二章の矢川に関する分析および前項の「古老の伝承」に関する検討を前提にする限り、B型所領のなかに経営拠点の「屋敷」を設定することはできないし、それを拠点に農民を駆使した直接経営の展開も想定することはできない。藤原実遠の所領と経営を、石母田や戸田のようにB型所領を軸に評価することにはどうしても無理がある。「私営田領主」概念の有効性に関する議論はさておいて、少なくとも藤原実遠の所領群の分析からは上記のように結論を導き出さざるをえないと思うのだがいかがであろうか。

四　「私営田領主」論をめぐって

さて最後に、藤原実遠の所領と経営とを史料的根拠に立論された「私営田領主」概念について、いままでの分析を参考に再検討してみたい。石母田正の仕事を前提に、いっそう理論的・実証的に精緻な私営田領主概念を提起したのは戸田芳實である。(54)戸田は石母田の研究を受けて、「私営田領主」の一般的な意義・歴史的役割を

「私営田領主」も中世的在地領主も、農民支配において本質的に異なった階級ではなかった

と端的に指摘している。また、「古代的な私営田領主は、一〇世紀を経た『最後の段階』で、中世領主制特有の農民隷属形態と所領支配の実現形態を現実に準備した」とも述べているように、「私営田領主」は中世的在地領主ではないが、そこで展開している階級関係＝農民隷属形態と所領支配の実現形態は本質的には変化がなかったというのが戸田の理解である。当時の史学史的な課題もあって、(55)「私営田領主」と中世的在地領主の階級的同一性を強調するあまり、両者の差異はそれほど明確ではないが、「現実に準備した」とか「諸要因が成熟していた」などという文章を読む限り、「私営田領主」は「中世的在地領主の直接の前段階を示す過渡的形態」なのであった。そして、その構造を分析するための具体的な問題意識として、

九世紀段階の「私営田領主」的な領主制の萌芽形態が、一〇世紀を経てどのように展開してくるか、平安中期段階で所領の内部構造、すなわち農民隷属化の状態、所領支配の実現形態がどのように変化してあらわれるか

と述べている。

以上のような「私営田領主」の歴史的意義・役割とそれを分析するに当たっての問題意識を前提に、藤原実遠の所領構造と経営についての分析を試み、「一〇世紀段階で『所領』を確立したこの『私営田領主』のもとでは、次のようなかたちで中世領主制の諸要因が成熟していた」と結論し、その特徴を四点にまとめている。しかしそれら四点のうち、(三)の主家と田屋とを結びつける家政的行政機構の存在と家政的公文書としての下文による運営とに関する特徴は、『今昔物語集』に記された実遠の父清廉に関する説話[56]に依拠している部分が多く、実遠に関する史料群からは導きだせていないし、(四)の実遠没落の要因を「武家領主の方式の強制的な導入」に求める点も、清廉の文官領主的性格と実遠の武家領主的性格を強調しすぎており、ただちに賛意を表することはできないので、ここでは検討から除外したい。

そうすると残るのは(一)と(二)の特徴であるが、戸田は次のように指摘している。

(一)実遠の所領の佃経営においては、諸郡の所領の田屋を媒介として、中世的な下人・従者の身分のもとに、本来的な農奴としての農民が組織されていた。

(二)佃経営や従者身分に照応する所領の土地所有形態は、私宅・田屋・墾田・荒野を一体化した「敷地壱処」の所有形態であろう。

(一)についてはすでに指摘したように、実遠の所領の構造や古老の伝承の信憑性の薄さから、「田屋を媒介」に「農奴としての農民が組織されていた」ことを証明することはできない。戸田の指摘のように、A型所領のなかに「田屋」を見出すことは可能だが、これも縷々述べたように、伊賀盆地内のA—1型所領は、それぞれ性格の異なった役割を担っており、戸田が想定しているような主家としての屋敷を中心とした直営田経営の拠点として評価することはできない。

（二）の特徴は、実遠の所領群と古老の伝承に、保安四年（一一二三）の明法博士勘状[57]に引用された貞観一三年の「大判官代阿閇望富売券」の内容をあわせて導かれている。もちろん、戸田もこの売券が偽文書である可能性を十分承知したうえで、「しかしたとえ偽文書であっても、相論に提出する以上、その記載の仕方は当時の慣行に従わねばならないから、一般的な土地所有の表現形態を観察するめには十分利用できる」と評価し、その売券に記された墾田・荒野・杣山が「四至を限って『敷地壱処』と表現されていること」に着目した結果の結論であった。

偽文書の利用方法といい「敷地壱処」の評価といい、とくに反論する余地はなさそうだが、実は一つ存在する。それは、いま引用した文章のなかの「その記載の仕方は当時の慣行に従わねばならない」という点である。氏はこれを実遠の時代までさかのぼらせて「一般的な土地所有の表現形態を観察」しようとしているが、私は、氏の理解を尊重したうえで、従わなければならない「当時の慣行」とは、やはりこの相論が起こっている一二世紀前半ないし早くとも一一世紀後半のことではないかと考える。

その根拠は、墾田や荒野などを含めて所領全体を「敷地壱処」などと表現する方法は、当然貞観年間では確認できないし、実遠が生存した一一世紀中頃にも確認できない。以前に検討した限りでは、所領全体を「敷地＝屋敷」と表現したのは延久三年（一〇七一）に秦為辰が播磨国赤穂郡の「久富保」を「先祖相伝領地屋敷」と称したのが早い事例であった[58]。また、これも在地領主の所領経営として名高い安芸国藤原氏においても、自分の屋敷があった高田郡三田郷に所在した「相伝私領田畠、水田玖拾町・畠陸拾町内参拾町」を「当郷従二先祖一敷地」と称して嫡男に譲与したのは承徳二年（一〇九八）のことであった[59]。すなわち、「慣行」として所領全体を「敷地壱処」と表記することが可能になったのは早くても一一世紀後半をさかのぼらないと思うのである。

わかりやすい例をあげると、これまで何度も利用してきた天喜四年（一〇五六）の譲状に記載された実遠の所領は

「一処」という形式をとっているが、そこで単位になっているのは個々に掌握された「郷」や「村」であり、所領二八ヵ所をまとめて「一処」とも「敷地＝屋敷」とも表記されていないのである。したがって、(二)の特徴も実遠の土地所有形態として評価することは難しいといわざるをえない。

このように理解することが可能であれば、(一)・(二)の特徴とも、藤原実遠の所領形態・経営形態を示すものではなかったという結論になる。

しかし、すべてが否定されたわけではない。明法博士勘状に引用された貞観年間の「売券」の記載が、実遠段階までさかのぼらせることはできないとしても、それが引用された保安四年（一一二三）前後の表記としては十分通用しうるとするならば、先に「信憑性が薄い」と評価した古老らの伝承も、それが記載された「定使懸光国解案」が作成された時期（寛治二年〈一〇八八〉）の内容として通用する可能性があるのではないだろうか。

直接的な証明にはならないが、前述の秦為辰が「先祖相伝領地屋敷」である久富保の開発に着手するのが延久三年（一〇七一）であり、その成果としての「久富保公文職幷重次名地主職」を息男に譲与することができたのは承徳二年（一〇九八）のことであったし[60]、同じく安芸国藤原氏においても、自分の「住郷」であった三田郷の郷司職を得たのは延久四年であり[61]、そこに所在した「相伝私領田畠」を「当郷従二先祖一敷地」として嫡男に譲与したのは、前述のように承徳二年のことであった。平安時代後期を代表する在地領主による開発所領の形成はほぼ同時期に進行してことがわかる。伊賀名張郡では、時期はややさかのぼるが、同じく実遠の遺領であった簗瀬郷内の「田代荒野」の開発が地元の領主丈部為延に任せられたのが治暦二年（一〇六六）であった[62]。

これらの事例から、一一世紀後半以降、在地領主による所領開発が本格的に進展したことは間違いない。その開発とその後の経営のなかでどのような農民編成が行われたかは知ることができないが、所領の表記形態などを前提に考えると、古老らの伝承に記された農民編成と経営がこの段階で行われたと想定することは、少なくとも実遠段階よりは可能性が高いと思われる。

最後はまったくの推測の域を出ないが、戸田が藤原実遠の所領と経営に関する分析から析出した四つの特徴のうち、少なくともその根幹を占めると思われる二つの特徴は実遠段階のものではなく、その後の一一世紀後半の在地領主による開発所領の本格的展開にこそ適合する特徴であったと評価すべきではないかと思う。

では、「私営田領主」概念は成立しないのであろうか。私は、藤原実遠の所領と経営を史料的根拠に、上記のような四つの特徴によって規定された「私営田領主」概念は成立しないと考える。

しかし、実遠が残した所領譲状が如実に示すように、一一世紀中葉に数郡にわたる所領群を形成した「領主」が存在したことは間違いない。また、すでに先学が積極的に評価しているように、一〇世紀後半以降、「私領」や「領主」など「領」という語をもつ用語が増えてくることも事実である(63)。とくに、国衙領内部の荒廃公田の再開発を認めた寛弘九年（一〇一二）の「和泉国符案」(64)以後、「私領」という語句が多く使用されるようになることは注目してよい。そして、その延長線上に、一一世紀中葉には「別名」「保」という開発所領が出現することも先学の指摘の通りである(65)。

私は、これらの背景に王朝国家体制下における「富豪層」の新たな運動が存在しており、彼らの存在を「私営田領主」として措定しうると考えるが、その経営形態、すなわち農民編成の特質については、石母田・戸田の研究に学びながら、別途再検討することが必要だと考える(66)。すなわち、「私営田領主」概念は、中世的在地領主の成立過程を考える際重要な位置を占めていることは間違いないが、藤原実遠に関する史料群から導き出された「私営田領主」概念は再検討しなければならない、というのが当面の結論である。

最後に、藤原実遠の評価について一言しておこう。私は、第三節二項の分析から明らかなように、実遠の没落の原因は伊賀盆地内部のA―1型所領の経営にあると考えている。第二節の矢川に関する事実経過を前提にする限り、今までのようにB型所領に実遠の経営の本質を見出すことはできないからである。これからはまったくの推測であるが、私は、A―1型所領を基盤とした経営が何らかの原因によって混乱が生じた時、当時の開発所領の進展という状況を察知した実遠が、新たな活路として獲得したのがB型所領――とくに名張郡のB型所領ではなかったか、と考える。矢川の立券過程に彼の在地性を見出すことができなかったのは、このことによるのであろう。(67) しかし、それも成功しなかったのは前述の通りである。

では、A―1型所領はどうなったのであろう。残念ながらこれも不明である。ただ、第一節を分析した時注目したように、A―1・2型所領の大部分が存在した伊賀郡にもいくつかの摂関家領荘園が成立していた。このことが何らかの手掛かりを与えてくれそうであるが、しかし推測もここまでである。

注

(1) 初出一九四六年、岩波文庫、岩波書店、一九八五年。
(2) 「荘園制の基本的性格と領主制」(初出一九五八年、『黒田俊雄著作集』第五巻、法蔵館、一九九五年)
(3) 「郷司制成立に関する若干の問題」(『ヒストリア』二三号、一九五八年)。
(4) 「領主的土地所有の先駆形態」(『日本領主制成立史の研究』岩波書店、一九六七年)。
(5) 天喜四年二月二三日藤原実遠所領譲状案(竹内理三編『伊賀国黒田荘史料』一〈吉川弘文館、一九七五年〉第五〇号)。以下、本史料集からの引用は(史五〇号)と略記する。
(5) 「荘園制形成期の領主と農民―伊賀国黒田荘―」(初出一九七三年、『中世村落と荘園絵図』東京大学出版会、一九八七年)。
(7) 「『保』の形成とその特質」(『北大文学部紀要』二二―二号、一九七四年)。
(8) 「私営田領主藤原実遠と「猪鹿の立庭」」(初出一九七八年、『日本中世開発史の研究』校倉書房、一九八四年)。

（9）長久二年三月五日藤原実遠公験紛失状案（史二六号）。
（10）「寛徳荘園整理令と天喜事件」（『日本史研究』二三七号、一九八一年）。
（11）『日本王朝国家体制論』（東京大学出版会、一九七二年）。
（12）天永元年一二月一三日名張郡司等勘注案（史一二七号）所引の長元七年七月一六日太政官符と長暦二年一二月一日伊賀国符。
（13）万寿二年一一月日伊賀国名張郡郡司解案（史二四号）。
（14）万寿三年一〇月八日僧真範書状案（史二五号）。
（15）槙野廣造編『平安人名辞典―長保二年―』（高科書店、一九九三年）参照のこと。
（16）天喜元年三月二七日官宣旨案（史四〇号）。
（17）人物の比定は川島茂裕注(10)「寛徳荘園整理令と天喜事件」に拠った。
（18）『小右記』寛仁元年九月一日条。
（19）長久二年三月五日藤原実遠公験紛失状案（史二六号）。
（20）長久四年一一月五日藤原実遠解（史三一号）。
（21）『荘園制成立と王朝国家』塙書房、一九八五年。
（22）「播磨国赤穂郡久富保の開発について」（初出一九八二年、『日本古代・中世畠作史の研究』校倉書房、一九九二年）。
（23）延久三年六月二五日大掾秦為辰解案（『平安遺文』一〇五九号）。
（24）延久元年八月二九日筑前国嘉麻郡司解案（『平安遺文』一〇三九号）。
（25）承保二年四月二八日赤穂郡司秦為辰解案（『平安遺文』一一一三号）。
（26）金峰山寺と藤原保房との相論に関する寛治七年（一〇九三）一二月二五日の「官宣旨」（史九八号）には、金峰山寺側が提出した「(大中臣）宣綱文書」のなかに、長暦二年（一〇三八）四月に藤原実遠が「相伝所領名張郡周智郷地一処」を「宣綱父大中臣朝方」に「売与」した文書があったと記されている。また、宣綱文書のなかには「自二故養祖父実遠手一故親父朝方去長暦二年買得領掌、立券文分明也」などとみえ、朝方と実遠との血縁についても触れており、長久四年の「藤原実遠解」に記されていた朝方の押妨にも何らかの根拠があったようにも思われるが、ここではその指摘に止め、分析は別の機会に果たしたい。
（27）延久六年七月六日当麻三子所領売券（史六九号）。

(28) 長久四年三月一六日藤原実遠所領売券案（史二七号）、同年月日藤原実遠直米請文案（史二八号）。
(29) 永承三年閏正月三日伊賀国符案（史三二号）。
(30) 天喜四年三月二七日黒田荘工夫等解（史五一号）。
(31) 天喜三年一二月一一日黒田荘出作田損亡日記（史四八号）。
(32) 注(29)永承三年閏正月三日伊賀国符案（史三二号）。
(33) 『小右記』寛仁元年九月一日条。
(34) 『御堂関白記』寛弘六年九月六日条。
(35) 『小右記』長和元年六月二八・二九日条。
(36) 「天王寺、為二八講一於二法隆寺一写二太子疏一語」（「新日本古典文学大系」三五、『今昔物語集』巻第一四の第一一話、岩波書店、一九九三年）。
(37) 『春記』同年二月二六日条。
(38) 高科書店、一九九三年。
(39) 深観の立券を認めた「伊賀国符案」（注(32)）には、「彼房永承二年十月五日牒状偁」とあり、立券手続きの開始は永承二年一〇月であった（史三二号）。
(40) 永承六年八月二二日伊賀国符案（史三九号）。
(41) 注(30)天喜四年三月二七日黒田荘工夫等解（史五一号）。
(42) 注(31)天喜三年一二月一一日黒田荘出作田損亡日記（史四八号）。
(43) 天喜四年二月二三日藤原実遠所領譲状案（史五〇号）。
(44) 注(27)延久六年七月六日当麻三子所領売券（史六九号）。
(45) 延久四年閏七月三日藤原信良処分状案（史六八号）。
(46) 治暦三年八月一一日藤原信良去文案（史六七号）。
(47) 寛治二年六月一九日定使懸光国解案（史八七）。
(48) 戸田芳實注(4)「領主的土地所有の先駆形態」。

(49) 寛弘九年正月二二日和泉国符案（『平安遺文』四六二号）。
(50) 黒田日出男注(8)「私営田領主藤原実遠と「猪鹿の立庭」」。
(51) 現地比定においては、『中世的世界の形成』（注(1)）に付された「関係地図」を参考にした。なお、印代郷の「千歳院垣内」は現在の「千歳（才）」に、長田郷の「神田村」「葦長村」は地形と地名にもとづいた比定である。
(52) 阿部猛編『荘園史用語辞典』（東京堂出版、一九九七年）。
(53) 黒田日出男の名張川流域における河川交通に関する論考を参考にすると、柘植川流域にも、伊賀北杣（玉滝杣など）などからの材木を中心とした河川交通を想定することは可能であろう（「中世的河川交通の展開と神人・寄人」初出一九八〇年、注(8)『日本中世開発史の研究』）。
(54) 戸田注(4)「領主的土地所有の先駆形態」。
(55) 石母田の「私営田領主」論が、奴隷制から農奴制への過渡的形態としてのコロナート制的なもので、本質的にはまだ奴隷所有者性格を脱却していない、という理解に立っていたが、戸田は、本文中に紹介したように、そこに農奴制的本質を見出そうとしていたのである（「私営田領主（経営）」〈安田元久他編『中世史ハンドブック』近藤出版社、一九七三年〉参照）。
(56) 「大蔵大夫藤原清廉、怖猫語」（「新日本古典文学大系」三七、『今昔物語集』巻第二八の第三一話、岩波書店、一九九六年。史四九号）。
(57) 保安四年九月一二日明法博士勘状案（『平安遺文』一九九八号）。
(58) 注(23)延久三年六月二五日大掾秦為辰解案。
(59) 承徳二年三月一〇日安芸高田郡司解（『平安遺文』補二九〇号）。
(60) 承徳二年二月一〇日大掾秦為辰譲状案（『平安遺文』一三八九号）。
(61) 延久四年九月一〇日安芸国符（『平安遺文』一〇八四号）。
(62) 治暦二年三月一一日大僧都有慶房政所下文案（史六六号）。
(63) 黒田俊雄注(2)「荘園制の基本的性格と領主制」、上横手雅敬「私領の特質」（初出一九六〇年、『日本中世国家史論考』塙書房、一九九四年）など参照。
(64) 注(49)寛弘九年正月二二日和泉国符案。

(65) 坂本賞三注(11)『日本王朝国家体制論』など。

(66) 「私営田領主」という概念は用いていないが、この時期の見通しについては拙稿「日本中世史像の現在」(初出二〇〇六年、『日本中世百姓成立史論』吉川弘文館、二〇一四年)で述べた。参照願えれば幸いである。

(67) 第二節一項で、藤原実遠と秦為辰との性格の違いについて言及したが、為辰が死去したとはいえ従者(重藤・秋次)に久富保を「預作」させ在地性を維持しようとしていたのに対して、実遠のB型所領の経営においてはそのような事態を確認することができない。

あとがき

王朝国家の時代（本書では「王朝時代」と表記）の特徴を、歴史と文学の両史料群を用いて明らかにしたいと思って書いてきた拙論をまとめて出版していただくことになった。その意味では、今年二月に再刊した、同時代の社会・都市・外交・文化の特徴を扱った『「国風文化」の時代』（吉川弘文館）の別バージョンともいえる。合わせてお読みいただければ幸いである。

内容は二部構成にした。それは、「歴史と文学」という分析対象の違いにもよるが、各部はそれぞれ私がこれまで加わってきた研究会の成果が元になっていることを重視したからである。

第Ⅰ部は「物語研究会」に基づく成果で、第Ⅱ部は「十世紀研究会」での成果である。両研究会とも、若い頃からの友人である竹内光浩氏、戸川点氏、服藤早苗氏らを中心に若手研究者を交えて、研究会後も喧喧諤諤と議論していたことが思い出される。現在も続いている「荘園史研究会」とともに、これら出身大学の違いや年齢を超えたフランクな研究会は私の研究の原動力であり、これらの研究会から得た「もの」は計り知れない。二つの研究会での成果を私なりにまとめておこうと思ったことも、本書出版の動機の一つである。

さて、第Ⅰ部は物語研究会が目指していた「歴史と文学の架橋」を意図した論考である。古典文学研究の成果を十分摂取できていないことは十分承知しつつも、第五章の『『大鏡』の時代認識』と第三章の『『土佐日記』の主題について』を執筆して、「歴史から古典文学を読む」、いい換えれば「歴史と文学の架橋」という作業のおもしろさと可能性とを実感することができた。

第Ⅱ部の摂関時代の政治史に関する諸論考は、「王朝国家論」を前提に光孝朝から藤原忠平政権までの政治史を扱ったが、それまで農業史や在地社会論など社会経済史の研究しかしてこなかったこともあり、緊張して執筆していたことを思い出す。これらの成果を「一〇世紀の転換と王朝国家」（歴史学研究会・日本史研究会編『日本史講座』第三巻、本書「序章」）に生かすことができたことは嬉しい限りである。

以上のような事情から、本書は構成上二部に分かれているが、上記のように本書の目的は「王朝国家の時代の特徴を歴史と文学の両史料群を用いて明らかに」することにある。第Ⅰ部の論考には政治史の内容を、第Ⅱ部の論考にも文学研究の要素を取り入れて執筆したつもりである。ぜひ二部を通して読んでいただきたいと思う。そして、平安時代の時代像を豊かにするためには「歴史と文学の架橋」を意図した研究が重要であり、これからも一層発展させる必要性があることを読み取っていただければ幸いである。

最後に、出版事情が厳しい折出版の機会を作っていただいた吉川弘文館にお礼を申し上げる。

二〇二四年九月一〇日　残暑厳しい初秋に

木村茂光

初出一覧

序　章　一〇世紀の転換と王朝国家（歴史学研究会・日本史研究会編『日本史講座三　中世の形成』東京大学出版会、二〇〇四年。注を章末に掲出のうえ追加・整理）

第Ⅰ部　文学に読む王朝時代

第一章　光孝朝の歴史的位置と『伊勢物語』（原題「シンポジウム『伊勢物語』を考え直す」『中古文学』第一〇四号、二〇一九年。後半を増補・改稿）

第二章　讃岐国守菅原道真の国務と目線――『菅家文草』巻三・四を読む――（原題「国司の下向と帰京」木村茂光・湯浅治久編『旅と移動』竹林舎、二〇一八年。後半を中心に大幅に改稿）

第三章　『土佐日記』の主題について（木村茂光編『歴史から読む『土佐日記』』東京堂出版、二〇一〇年）

第四章　王朝文学にみる平安京の変容――「田舎」の成立――（原題「王朝文学にみられる「田舎」について」紫式部学会編『古代文学論叢　第十九輯　源氏物語の環境　研究と資料』武蔵野書院、二〇一一年。大幅に補訂）

第五章　『大鏡』の時代認識――「ただ近きほど」を手掛かりに――（原題「『大鏡』の時代認識に関する覚書」『歴史評論』第六三七号、二〇〇三年）

第Ⅱ部　王朝時代の政治と社会

第一章　光孝朝の成立と承和の変（十世紀研究会編『中世成立期の政治文化』東京堂出版、一九九九年）

第二章　王朝期文人貴族の対外認識――三善清行の場合――（『史海』第五〇号、二〇〇三年。補訂）

第三章　藤原忠平政権の成立過程（十世紀研究会編『中世成立期の歴史像』東京堂出版、一九九三年）

第四章　『将門記』の「狭服山」について（『東村山市史研究』第九号、二〇〇〇年）

第五章　藤原実遠の所領とその経営――私営田領主論の再検討――（木村茂光編『日本中世の権力と地域社会』吉川弘文館、二〇〇七年）

索引

I 事項

あ行

か行

さ　行

た　行

な 行

は 行

ま 行

や〜わ行

II 古典文学

Ⅲ　人　　名

あ　行

か　行

さ　行

た　行

な・は行

ま～ら行

IV 研究者名

あ 行

か 行

さ 行

た 行

な 行

は 行

ま 行

や・わ行

著者略歴
一九四六年、北海道に生まれる
一九七〇年、東京都立大学人文学部史学専攻卒業
一九七八年、大阪市立大学大学院文学研究科博士課程国史学専攻単位取得退学
現在、東京学芸大学名誉教授、博士（文学）

〔主要著書〕
『日本古代・中世畠作史の研究』（校倉書房、一九九二年）
『日本初期中世社会の研究』（校倉書房、二〇〇六年）
『中世社会の成り立ち』（吉川弘文館、二〇〇九年）
『日本中世百姓成立史論』（吉川弘文館、二〇一四年）
『「国風文化」の時代』（吉川弘文館、二〇二四年、初版一九九七年）

歴史と文学の王朝時代史
古典に時代を読む

二〇二四年（令和六）十一月二十日　第一刷発行

著者　木《き》村《むら》茂《しげ》光《みつ》
発行者　吉川道郎
発行所　株式会社　吉川弘文館
郵便番号一一三—〇〇三三
東京都文京区本郷七丁目二番八号
電話〇三—三八一三—九一五一〈代〉
振替口座〇〇一〇〇—五—二四四番
https://www.yoshikawa-k.co.jp/

印刷＝株式会社 理想社
製本＝誠製本株式会社
装幀＝渡邉雄哉

ISBN978-4-642-02991-9

木村茂光著

中世社会の成り立ち

【日本中世の歴史】

四六判・二八八頁・原色口絵四頁／二六〇〇円

日本の中世とはいかなる広がりを持っていたのか。武士・百姓・女性・宗教・都市などのテーマから中世の時代像をとらえる。列島南北・東アジア世界をも視野に入れ、わかりやすく中世社会全体を見通すシリーズ総論巻。

「国風文化」の時代

【読みなおす日本史】

四六判・三二〇頁／二五〇〇円

古代から中世への移行期に栄えた「国風文化」。その担い手である貴族の社会は、この時代にいかなる変化を遂げたのか。都や地方の実態、対外関係などから深層に迫り、「国風文化」を育んだ時代と文化の特質を捉え直す。

（価格は税別）

吉川弘文館

木村茂光著

平将門の乱を読み解く

【歴史文化ライブラリー】　四六判・二七二頁／一八〇〇円

「新皇」即位―。皇統を揺るがせ、朝廷に衝撃を与えた平将門の乱。乱の原因を探りつつ、その過程に八幡神や天神など新しい神々が登場する意味や王土王民思想が発現される要因を分析し、反乱の国家史的意義を読み解く。

頼朝と街道

鎌倉政権の東国支配

【歴史文化ライブラリー】　四六判・二三八頁／一七〇〇円

鎌倉に本拠を構えた源頼朝は、数度の長期遠征を経て物流の動脈たる街道をおさえ、その支配領域を拡大していく。幕府成立期において街道が果たした政治的役割を明らかにし、鎌倉に富が集積されるにいたる過程を描く。

木村茂光著

日本中世百姓成立史論

〈残部僅少〉Ａ５判・三二〇頁／九五〇〇円

中世の「百姓」はいかに成立したのか。解状・申状など上申文書の形式や身分呼称の変遷を分析し、百姓の成立過程に迫る。また、「御成敗式目」四二条を読み直し、百姓とイエとの特質を解明して新たな中世史像を展望する。

＊＝安田常雄・白川部達夫・宮瀧交二共著

モノのはじまりを知る事典＊

生活用品と暮らしの歴史

四六判・二七二頁／二六〇〇円

私たちの生活に身近なモノの誕生と変化、名前の由来、発明者などを通史的に解説。人がモノをつくり、モノもまた人の生活と社会を変えてきた歴史がわかる。理解を助ける豊富な図版や索引を収め、調べ学習にも最適。